KB042709

잇츠 빌런스 코리아 10

초판 1쇄 인쇄일 2023년 9월 14일 | **초판 1쇄 발행일** 2023년 9월 19일

지은이 초촌 | **펴낸이** 곽동현 | **담당편집 팀장** 이범수
편집부 정요한 김승건

펴낸곳 (주)조은세상 | 출판등록 제2002-23호
주소 서울특별시 동작구 동작대로1길 27 5층
TEL 02)587-2966 | FAX 02)587-2922
E-mail bukdu@comics21c.co.kr

초촌ⓒ2023
ISBN 979-11-391-2266-4 | ISBN 979-11-391-1390-7(set)
값 9,000원

※잘못 만들어진 책은 구입처에서 바꿔드립니다.
※저자와의 협의에 의해 인지는 생략합니다.

10

북두
(주)한ᆞ세상

잇츠
빌런스 코리아

초촌 현대판타지 장편소설

초촌 현대판타지 장편소설

MODOERN FANTASY STORY

CONTENTS

"맞습니다. 지금 우리가 서 있는 곳도 총기 사고 터지기 딱 좋은 장소라는 겁니다. 아이들이 다니는 학교는 다를까요? 정부의 논리대로라면 우린 우리를 보호하기 위해 총기를 갖고 다녀야 한다는 겁니까? 언제 누가 위해를 가할 줄 모르니 지금에라도 주머니에 권총을 넣고 다녀야 한다는 거 아닌가요? 우리 아이들도 가방에 책이 아닌 총을 들고 다녀야 한다고요!"

"……."

"……."

"……."

"……."

9

"……"

"……"

조용해졌다.

"여기에서 근본적인 질문이 하나 나오게 됩니다. 우리가 이렇게 우리 스스로를 알아서 보호해야 한다면 대체 국가는 무슨 역할을 하는 겁니까? 세금은 왜 걷는 거죠?"

"……!"

"……!"

"……!"

"……!"

"……!"

"……!"

세금 얘기가 나오니 눈이 번뜩.

"여러분 이게 정상입니까? 이게 옳은 방향성입니까? 아니죠. 완전히 비정상입니다. 전 세계인이 비정상인 걸 아는데 우리만 모릅니다. 자기를 보호하기 위해 총을 소지할 권리가 있다고요? 그런 논리라면 전 세계 모든 국가가 핵을 가져도 되는 거 아닌가요? 미국은 왜 나서서 반대하죠?"

입을 떡.

그제야 군중들도 매디슨 라이트가 무엇을 초점으로 두고 말을 하고 있는지 깨달은 얼굴이 됐다.

미국 사회가 잘못 돌아가고 있음을…… 아주 오래전부터 관성적으로 해 왔던 일들이, 그 믿음이 잘못된 것일 수도 있다는 걸 꼬집고 있었다.

"비둘기한테 돌을 던지면 지탄의 대상이고 이라크에 미사
일 던지면 칭송합니다. 이 무슨 말도 안 되는 논리란 말입니
까? 온통 오류투성이의 미국입니다. 다민족 국가인 주제에
인종 차별의 상징이 된 미국입니다. 잘못된 선택을 수정 없이
덮기만 하다 기형적으로 뒤틀린 미국입니다. 자유를 수호한
다면서 돈 안 된다고 아프가니스탄에서 철수하는 미국입니
다. 이런 게 여러분이 원하는 미국입니까? 이런 게 우리가 사
는 현재의 미국이란 말입니까? 세계 최강국, 위대한 미국이
라는 환상 속에서 수십 년을 노닐었던 우린 지금 대체 무엇을
보고 있습니까? 한낱 테러 단체에 패한 미국을 보고 싶었습
니까? 70년 혈맹인 한국의 입에서 미국 패싱이 나오는 걸 듣
고 싶었습니까? 세계 어느 나라보다 미국을 좋아하고 미국과
함께하기를 즐기던 나라가 우리 미국을 제외하기로 했답니
다. 이게 맞습니까? 이게 정상입니까? 여기 어디에 우리가 자
랑스러워한 위대한 미국이 있단 말입니까?!"

처절하였다.

목이 메듯 절절한 외침에 주변 공기마저 숙연해졌고 관객
도 또한 눈빛이 깊어졌다.

"저 매디슨 라이트는 지금 이 순간 여러분 앞에서 엄숙하게
맹세합니다. 제게 기회가 주어진다면 비밀, 비밀, 비밀, 오로
지 비밀로만 점철된 현 미국을 타파할 겁니다. 온갖 더러운 스
캔들로도 모자라 세계 평화를 흩트리고 미국의 치부만 드러낸

현 정부의 실태를 낱낱이 고발할 겁니다. 제대로 된 미국을 위해, 영광을 되찾을 미국을 위해 이 한 몸 바칠 겁니다. 도와주십시오. 저와 함께 진짜 미국을 만들기 원하시는 분 어디에 계십니까?!"

"우와~~~~~~~~~~~~~~~~~~~~~~."

"와아~~~~~~~~~~~~~~~~~~~~~~~."

미국 센트럴 파크가 열광하는 사진이 헤드라인을 장식했다.

그렇지 않아도 아프가니스탄 패배와 한국의 미국 패싱 소식에 심기가 좋지 않았던 미국인의 시선이 단번에 매디슨 라이트에게 꽂혔다.

논평도 상당히 우호적이었다.

중국의 제어를 위해 이민법을 더 강화해야 한다는 발언엔 찬성 일색이었고 식당과 종업원의 표보다 그 식당을 이용하는 고객의 니즈를 선택한 것도 영리하다는 평가가 나왔다. 공화당이면서 총기 소지에 대한 의혹을 제기한 것에 감탄했고 미국 사회의 문제점을 두루 살핀 대목에서 아주 큰 점수를 주었다.

여기에 마이클 램프시, 존 에드워드란 거물들마저 매디슨 라이트의 손을 들어 올리자 그동안 공고했던 공화당 내 기조마저 무참히 박살 났다.

아프가니스탄 철군에 찬성했던 중진들이 뒤로 물러나고 패배를 꼬집었던 인물들이 대거 전면으로 나서며 매디슨 라

이트를 밀었고 공화당도 세대교체가 시작되고 있음을 알렸
다.

선두에선 매디슨 라이트는 머뭇거리지 않았다.

곧장 한국행 비행기에 몸을 실으며 인터뷰했다.

"우리 미국은 70년 혈맹인 한국을 절대로 외면하지 않을
겁니다. 잘못된 것이 있다면 깊이 반성하고 되돌릴 것이고 잘
한 것이 있다면 다시 함께 온전하게 만들겠습니다. 그것이 동
맹에 대한 예우이고 보답이라 저는 믿습니다. 기도해 주십시
오. 부디 한국과 우리 미국이 예전의 회복된 관계로 돌아서
길."

보무도 좋게 날아온 매디슨 라이트지만.

막상 와서는 할 게 없었다.

청와대에 두어 번 들락거리며 대충 친분이나 과시하고 경
복궁에서 인증샷 찍고 한정식의 위대함에 감탄하고 한국인
이 좋아할 만한 일로만 몇 가지 하다 돌아갔다.

그러고는 대북 정책과 관련해 상당한 진척이 있었다고 떠
들었다. 자세한 건 협의 중이니 말할 수 없다고.

상처 입은 바이른은 더욱더 강력하게 한국 제재를 부르짖
는데.

그렇게 몇 개월이 흘렀다.

"오늘 중앙선관위에서 20대 대선 일정이 공개됐습니다."

"예?"

깜짝 놀랐다.

대선은 내년 3월에나 돼야……가 아니구나.

도종현이 전해 준 일정표를 봤다.

21년 6월 인구수 통보를 시작으로 7월에 예비 후보자를 등록하고 10월부터 국외 부재자 신고 및 재외 선거인 등록 신청 등 바쁘게 이어진다. 12월에는 공직에 있던 이들이 사직해야 하고 의정 활동도 중단해야 한다. 22년에 들어서는 선거인 명부를 작성하고 거소·선상 투표 신고 등이 이뤄진다. 2월 중순에 후보자 등록 신청하고 2월 15일부터 선거 개시, 3월 9일에 투표였다.

지금부터 움직여야 일정에 맞다는 것.

"……."

갑자기 훅 다가왔다.

이제 정말 자리에서 떠날 때가 오는구나.

"……."

대한민국 최초의 해외 순방 없는 대통령.

"대통령님, 지금도 늦지 않았습니다."

도종현이 간절하게 말했다.

개헌하자고.

7공화국을 열자고.

"……."

그러나 마음이 움직이지 않는다.

"개헌에 대한 논의는 지난 2년간 꾸준히 진행해 왔습니다. 대통령님께서 결단을 내린들 누구 하나 이견을 달 수 없습니다."

"……."

"이대로 내려가시게 된다면 우리 한국은 개혁을 안 하느니만 못한 꼴이 될 겁니다."

지금껏 이뤄 놓은 모든 것이 수포로 돌아갈 거라 경고하였다.

벌집을 쑤셔 놓았지 않았냐는 것.

맞다.

다 맞는 말이었다.

현재 한국의 형세가 그랬다.

옆 나라 중국은 지난 신경전에서 패배한 거로 모자라 교역마저 타격을 입고 북한에 대한 주도권을 놓치며 막대한 정치적 타격을 입었다. 장리쉰은 현재 와신상담의 마음으로 한국을 지켜보는 중이다.

일본은 또 달랐다.

여름날 쌓아 놓은 과일 더미에서 피어오른 날파리같이 귀찮게 굴었다. 수시로 해양 순시선을 동원해 신경을 긁고 노골적으로 독도를 자기네 땅이라 날조하고 재일교포 인종 차별로 반한 감정을 부추기고.

미국은…….

"결국 미국이 FDPR(해외 직접 생산품 규칙)에서 한국을 제외시켰습니다."

FDPR은 반도체·정보 통신·센서·레이저·해양·항공 우주를 비롯한 7개 분야 57개 기술에 걸쳐 제3국이 미국 기술·소프트웨어(SW)를 사용해 어떤 제품을 만들었다면 반드시 미국 상무부에서 허가를 받아야 수출할 수 있다는 규칙이었다.

"······."

"더 짜증 나는 건 상무부가 공지한 57개 기술에 구체적인 기술이 없다는 겁니다. 기업이 제재를 피하려면 미국 상무부에 매번 확인을 받아야 한다는 거죠."

코에 걸면 코걸이 귀에 걸면 귀걸이란 것.

일본과 유럽 연합(EU), 영국·캐나다·호주·뉴질랜드 같은 핵심 우방국 대부분을 FDPR 규제 면제 대상에 포함시키며 한국은 제외했다.

한국과 함께 규제 대상에 포함된 주요국은 중국과 인도 정도뿐.

당장 한국 기업은 수출에 차질이 불가피해졌다.

"······그렇다면 우리도 시행하세요."

"정말 저 미국과 무역 전쟁을 벌이시려는 겁니까?"

"어디까지 갈 수 있는지 해 봐야겠죠."

"하지만······."

"그럼 바이른을 죽일까요?"

"······알겠습니다. 해 보죠."

다음 날로 한국의 미국 제재안이 세계 언론의 헤드라인으로 장식됐다.

마음대로 휘는 유기성 반도체 개발 성공을 정식으로 공표하고 전면 미국 수출을 금지했다.

뒤이어 한국산 배터리도 전량 미국 수출 금지.

미국산 무기 수입 계약 전량 파기.

ASML EUV 장비 미국 수출 금지.

미국산 플라스틱 쓰레기 반입 금지.

세계는 기겁했다.

지금껏 지구상 어떤 나라도 하지 못한 미국 제재를 실사로 벌이는 나라가 나타났다.

이것만도 놀랄 일인데.

후속 기사는 더욱 경악스러웠다.

유기성 반도체 중국 수출 고려.

러시아 수출 고려.

이란 수출 고려.

인도 수출 고려.

대만에 현무 미사일 수출 고려.

마지막으로 NPT 탈퇴 고려.

한미 동맹만 건들지 않은, 미국의 세계 전략을 방해하는 강력한 라인업에 관련된 모든 국가가 시선을 주목했다.

장대운은 한술 더 떴다.

"미국이 한국의 기술을 탐내더니 급기야 말려 죽일 작정

으로 덤빕니다. 나도 더는 참지 않겠습니다. 백악관 저 깊숙
한 곳에서 탐욕을 부리는 노인네에게 묻겠습니다. 내가, 한
국이 이대로 죽을 것 같습니까? 나의 나라를 죽이겠다고 덤
비는 놈을 가만히 둘 것 같습니까? 경고합니다. 미국이 더
패악질을 부리고 부당한 요구를 관철시키려는 순간 미국의
절반을 태평양에 수장시키는 한이 있더라도 싸울 겁니다.
인류 최악의 악명 정도는 각오하고 있으니 1년 안에 미국을
삼류 후진국으로 만들어 드리지요. 어디 한번 너도, 네 가문
도 그 업보에서 견뎌 보시지요."

당장에라도 미사일을 날릴 듯 으르렁거렸지만.

사실 발악에 가까웠다.

저 큰 중국마저 미국과의 분쟁에서 체통 없이 비명 지르길
주저하지 않는데.

한국의 체급으로 무슨 놈의 신경전일까.

길어 봤자 반년?

항복하든지 같이 죽든지 양단간에 결단을 낼 때가 올 것이
다.

"그 전에 한미 동맹부터 파기해야겠지."

할 수 있는 건 다 한다.

필요하다면 70년 동맹도 파기한다.

여차하면 미사일도 날린다.

그러기 위해선 1년 남은 임기론 역부족이다.

"과연 내가 내려가는 게 맞나? 이 마음이 나만의 아집은 아

닌지…… 우리 민족의 저력과 운을 믿고 조용히 감내하는 게 맞는지."

요 며칠 아주 절실해진 화두였다.

아집인가?

시대의 요구인가?

솔직히 말하면 놓고 싶지 않았다. 여러 핑계를 대도 내 안의 본심이 그랬다.

사고 쳐서라도 얻어라.

송골매처럼 낚아채라.

"……."

결정만 내리면 움직여 줄 사람이 천지건만.

조금만 더 깊게 생각한다.

며칠만이라도 더.

그사이.

"특사를 보내세요. 중국, 러시아, 이란, 인도, 대만에."

발표했다.

중국에는 중국산 공산품 미국 수출 금지를 요구했다.

러시아에는 군사적 동맹을 요구했다.

이란에는 핵무기 기술 협력을 요구했다.

인도에는 KF-21 전투기 사업 협력을 요구했다.

대만에는 대만의 독립적 지위 인정과 군사적 동맹을 요구했다.

"중국이 항의했습니다. 대만에 독립적인 지위와 군사적

동맹을 제안했다고 말이죠."

"까불지 말라고 해. 중국에 대만이란 존재가 각인된 건 국 공 내전에서 패한 장제스가 거기로 갔기 때문이잖아요. 언제 부터 대만이 자기네 땅이었다고 그런답니까?"

"그……렇긴 하죠."

"대만에서 하나의 중국을 찬성하는 이들은 주로 외성인이 라 들었어요."

"……저도 그런 거로 알고 있습니다."

"대만에 제안하세요. 외성인들을 전부 중국으로 추방시키 라고요."

"그렇게까지요?"

"우리가 적시에 친일파를 제거 못 해 수십 년 고통받은 것 과 같은 원리입니다. 본성인이 80%라면서요. 그깟 몇백만 내 보내라고 해요. 그놈들 없어도 대만은 건재합니다."

이 소식이 또 대만을 쳤다.

찬반양론으로 갈리며 지들끼리 싸워 댔으나 알 게 뭔가.

중국은 또 인도에 KF-21 전투기 사업을 제안한 것도 불만 을 품었다. 다른 국가들도 한국의 행보에 우려를 드러내며 걱 정했으나 협력이 이뤄지든 안 이뤄지든 관계없었다.

목적은 분탕질이었으니까.

매디슨 라이트에게 전화했다.

"바이른의 지지율 분포는 알아봤나요?"

"안 그래도 그것 때문에 어제부터 회의 중입니다. 근데 너

무 강경하게 나가는 것 아닙니까? 한국에 대한 여론이 좋지
않습니다."

"조막만 한 한국이 까불어서요?"

"그것보단 지나친 도전으로 보고 있습니다."

"그 말대로 주먹만 한 한국이 겨우 발 좀 뻗으려는데 다리
를 잘라 먹으려는 짓은 괜찮고요?"

"워워~ 당신의 적은 내가 아닙니다."

"지지율 분포나 알려 주세요."

"예."

바이른의 지지율 분포는

평균 소득 5만 달러 이하에서 53%로 우세.

5만에서 10만 미만에서는 49%로 경합.

10만 달러 이상에서는 47%로 열세로 나왔다고 한다.

문제는 5만 달러 이하가 투표인단의 37%에 해당한다는 건
데.

중간은 36%, 10만 달러 이상은 27%밖에 없다.

"이 문제를 파고들 만한 건 한 가지밖에 없겠네요. 민주당
집권 중 물가가 잡혔냐?"

"역시 그것을 꼬집으시는군요."

물가가 잡히기는커녕 되레 20%나 올랐다.

그래서 부랴부랴 인플레이션 감축법을 통과시켜 예산을
줄이고 정신이 없는 미국이다.

"이럴 때 콱 찌르는 겁니다. 너희들, 무턱대고 민주당만

지지하는데 정작 서민을 힘들게 한 정권이 어디냐? 공화당
이냐? 민주당이냐?"

"물가는 오히려 공화당이 더 잘 잡을 수 있다는 걸 어필해
야겠네요."

"수치를 잘 이용하세요. 성추행하는 노욕과 인지 능력 장
애의 상징은 백악관에서 그만 사라져 주는 게 낫지 않겠습니
까?"

"그건 전적으로 동의합니다."

매디슨 라이트는 자신이 가진 걸 아주 잘 이용했다.

다음 날부터 어딜 가든 물가 폭등의 이유를 바이른과 민주
당의 실책으로 몰았다. 또한 잘못된 정책으로 동맹국들에 위
해를 끼치면서 중국을 제재한다며 뒤로는 중국에 의존함을
비꼬았다. 이러니 세계가 미국을 깡패라 부르는 것이라며 자
신이 집권하면 반드시 이것부터 바로잡고 물가도 잡겠음을
알렸다.

시끌시끌.

"괜찮소? 요새 미국 때문에 곤란하다던데."

김정운도 참지 못하고 안부 화상 전화를 보냈다.

그만큼 위기감이 크다는 것.

"괜찮다. 너흰 20년을 넘게 겪은 일 아니냐."

"원하면 핵을 주겠소."

"걱정 마라. 너 곤란하지 않게 식량이랑 기름 안 끊기게 해
놨다."

벌써 네 번째로 블라디보스토크를 통해 식량이 들어갔다. 땅굴로는 기름이 올라갔고.

이대로면 몇 달 내로 약속한 500만 톤 지원이 완료될 것이다.

"그 때문에 전화한 건 아닌데. 미안하오. 우리만 배 두드리는 거 아닌지. 그거이 풀리면서 한결 숨 쉬기 좋아지긴 했소."

"맞다. 우리도 배 안 곯는 데부터 시작했다. 애들 공부시키고."

"흠, 임기가 1년 남은 거로 알고 있소."

"그래."

"이대로 물러날 기요?"

"……."

"아무리 뒤에 믿을 만한 사람이 있다 해도 본인만 못하다는 거 아시오?"

"……."

안다.

아주 잘 안다.

아주 예전, 지금은 돌아가신 누군가도 이런 말을 해 준 적이 있었다.

∞ 뭐라꼬 고민하노. 함 해 봐라. 내가 딴 놈들은 안 믿어도 니만큼은 철석같이 믿는다.

∞ 저를요?

23

∞ 봐라. 딴 놈들 같으면 얼씨구나 받았을 것도 시큰둥 안 하나. 노자인가? 거 중국에 그 양반이 안 그랬나? 뭐든 하려는 놈은 시키지 말라고. 그놈이 바로 도둑놈이라고. 그래, 맞다. 정치는 니 같은 놈이 하는 기다. 귀찮아하고 하기 싫어하고 편히 지내려는 놈들.

∞ ······.

∞ 다시 생각해도 옳은 말이다. 니 같은 놈들한테 정치를 맡겨야 민족이 평안해진다. 이래도 거절할 끼가? 개쌍놈들한테 맡겼다가 나라 꼴이 우째 됐는지 못 봤나?

∞ 그야······.

∞ 내도 바로 정하란 말은 아이다. 돌아가는 꼴을 보니 한심해서 생각 좀 해 보라는 기다. 언제까지 멍청한 놈들한테 미래를 맡겨 둘꼬.

∞ ······아이고, 알겠어요. 예, 생각해 볼게요.

"이제 반대 입장이 됐나?"

"???"

∞ ······그냥 네가 대통령 할래?

∞ 그냥 해 봐.

∞ 못 할 게 뭐 있어? 역량이 딸리냐 인지도가 낮냐 인맥이 부족하냐. 돈이 없냐. 왜 널 상자 속에 가둬? 말마따나 최악인 나도 대통령 하겠다는데.

∞ 이게 피한다고 될 일이야?

∞ 하라니까.

∞ 해.

∞ 해 봐 좀.

오랜 친구의 권유도 떠오른다.

"내가 이런 고민에 휩싸일 줄은 몰랐네."

"……괜찮소?"

"응, 아주 괜찮아. 머리도 맑고."

"내래 장 대통령이 필요하오. 북조선 인민도 장 대통령이
절실하오."

"알아. 여기 남조선도 내가 있어야 해."

"그러믄 개헌인가 거 머시기를 집행하겠다는 기요?"

"지금은 안 돼."

안 된다.

언제든 할 수 있지만, 충동적으로는 아무것도 안 된다.

국민을 움직일 명분이 턱없이 부족하다.

"일단 알았으니까. 나 조금만 더 고민해 볼 시간을 줄래?"

"알았소. 내래 장 대통령 편이니끼니. 잊디 말기오."

끊고.

겨우 숨을 돌리며 여름이 짙어지는 늦은 밤, 하늘을 보았
다.

밤하늘에 별이 사라진 지 오래됐지만.

달만큼은.

"휘영청 좋구나."

납덩이처럼 무거운 선택의 길이었다.

그러나 달을 보니 이 마음을 더 잘 알겠다.

맞다. 난 권력을 원한다.

여기에서 주저앉기 싫다.

"더 무엇을 망설이는 건지."

세상은 어차피 죽고 죽이는 싸움이 아니던가.

지면 죽는다.

노욕의 노인네에게 지는 건 죽기보다 더 싫다.

"젠장, 한 번 죽어 본 적도 있는데."

무엇에 석 죽어서 이리 머뭇댈까.

"미친놈."

피식 웃은 장대운은 전화기를 다시 들었다.

가 보자.

"천강인 씨죠. 나 장대운입니다. 긴밀히 만날 수 있습니까?
여기 청와대인데."

다음 날 오전, 천강인은 JR 교토역 앞에 서 있었다.

한국에서 간사이 공항으로 간사이 공항에서 오사카역으로
오사카역에서 쾌속선을 타고 25분.

새벽 첫 비행기로 일본까지 날아온 천강인은 JR 교토역에 들어서자마자 안내 표지판을 읽었다.

"으흠, 이렇게 가라는 거군. 친절히도 표시해 놨네."

인포메이션이 시키는 대로 먼저 600엔짜리 교토 버스 1일 권을 끊고 역 앞 아기자기하게 꾸며 놓은 버스 정류장에 섰다.

한국과 일본은 역사적 사건과 그에 비롯된 유감에 관계없이 무비자로 다닐 수 있었다. 여권만 있으면 누구든 점심을 오사카의 라멘집에서 즐기고 저녁을 서울의 순대국밥으로 마무리할 수 있는 아주 친밀한 관계였다.

"겉으로는 이렇게 잘돼 있는데 말이야."

이곳 교토는 옛 왕궁이 있던 지역이었다. 근 천 년의 역사를 가졌고 일본 학술 문화의 도시답게 교토대학, 도시샤대학 외 수많은 대학과 박물관이 들어와 있었으며 청수사, 헤이안 신궁과 같은 관광 명소도 많기에 매년 관광객들이 수없이 몰려들었다.

천강인이 있는 버스 정류장에도 관광객들이 많았다.

중국인, 한국인, 서양인…… 도리어 일본인을 보는 게 귀할 정도로 버스 정류장엔 다양한 국가의 사람들이 모여들었다.

잠시 후, 정차한 버스를 탄 천강인이 내린 곳은 30분쯤 걸린 장소였다.

모두가 질서를 지키며 천천히 버스에서 내리는 가운데 뒤에 있던 여자애 둘이 옷깃을 스치며 내달렸다.

히히 호호 좋단다. 외지로 나온 두려움 반 설렘 반이 시녀지를 일으킨 활력이 느껴졌다. 넘치는 힘을 주체하지 못하고 달려 나가는 젊음.

이맘때는 교복만 입어도 예쁘다고 했던가?

천강인도 모처럼 흐뭇하여 천천히 뒤를 따랐다.

5분쯤 걸었나?

매표소가 나왔다. 성인 400엔이란다.

줄 서서 표를 사니 하얗고 긴 직사각형 종이 안에 검은색 글씨와 붉은 인주로 도장이 박힌 표를 줬다. 희한한 디자인이었다.

"꼭 이렇게 티 나게 만들어야 하나."

종이만 황지로 바꾸면 영락없이 부적이다.

"신이 많다더니 사소한 것 하나까지도 연관되지 않은 게 없어."

천강인은 길을 따라 천천히 올라갔다.

큰 나무를 지나 전각의 문을 지나 관광객들이 이뤄 놓은 흐름에 편승하여 계속 앞으로 나갔다.

"흠……."

기분은 삼삼하니 괜찮았다.

바닥에 얕게 깔린 돌이 사각사각 밟히며 청각과 촉각을 잔잔하게 어루만지고 풍광은 신선하니 예뻤다.

피로가 덜어지는 느낌이다.

날씨는 살짝 흐렸지만 그래서 더 촉촉한 금각사.

이 여운을 얼마나 즐겼을까.

관광객들의 흐름이 조금 소란스러워졌고 천강인도 연못 가운데 황금빛으로 빛나는 사리전을 만나게 되었다.

날씨가 화창했다면 연못에 둥둥 비친 화려한 녀석을 볼 수도 있었겠지만 아쉽게도 오늘은 날이 아니었다.

"예전엔 저기에서 술 먹고 놀기도 했다는데…… 지금 그러면 잡혀가겠지?"

옛 그림의 정취가 스치나 천강인은 금세 외면했다.

옛은 옛이다.

지금의 천강인도 어제의 천강인이 아니다.

"그래도 기념은 남겨야겠지?"

지나가는 사진사를 잡아 2천 엔 주고 사진 한 방 찍었다. 관광객들이 많았지만, 사진사는 용케 좋은 자리를 마련해 천강인의 시간을 도왔다.

때마침 비도 부슬부슬 내린다.

어깨에 사뿐히 내려앉는 가랑비를 느끼며 천강인은 시커먼 하늘을 봤다.

"너도 애석한 거냐? 울지 마라. 6백 년이면 충분히 산 거야. 종말이 아니라고. 으음, 아니야. 안 돼. 말려도 소용없어. 어쩔 수 없다고. 나에겐 저 빛나는 전각보다 내 땅의 한 사람이 더 중요해."

"너무 좋아. 너도 그렇지. 미치코?"

"응, 여기 오길 잘했어."

"저기 가서 사진 찍자."

기모노를 곱게 차린 여인 셋이 은은한 라일락 향을 흘리며 지나갔다. 하늘은 우는데.

뭐가 그리 좋은 건지 호호거리며 사진 찍고 오늘의 초상을 기록한다. 하늘이 우는데.

이도 결국 허상이란 것.

천강인 눈에는 다 보였다.

불타고 부서지고 문드러진 절규.

그 눈에서 한낮의 정취와 정겨움이 사라진 건 그때였다.

메마른 황무지 같은 감성으로 전면이 교체되고 야수의 들 끓는 흉폭성이 그 아래로 똬리를 틀어 간다. 언제든 어떻게든 튀어 나가 적을 말살시킬 수 있게.

"처음부터 이랬어야 했어. 어설픈 인류애 따위로 발목 잡히는 게 아니라. 그런 면에서 보면 우리 대통령이 참 대단해."

어제 늦은 밤 불렀다.

'긴밀히'를 강조하길래 그에게만 모습을 드러냈다.

∞ 지금부터 하는 말은 천강인 씨와 나 사이에 비밀로 두고 싶은데 어떤가요?

∞ 바이른 가문을 지구상에서 없애라 하셔도 가능합니다.

∞ 쿠쿠쿠쿡, 누군가가 이렇게 든든하게 다가올 수도 있군요.

∞ 저는 대통령님의 손과 발입니다. 명령만 내려 주십시오.

∞ ……하나만 물어봅시다. 어째서 이렇게까지 하는 겁니까? 천강인 씨의 능력이라면 세상 무엇도 두렵지 않을 텐데.

∞ 그건 맞습니다. 저 스스로도 그렇게 느낍니다. 아마도 동서고금을 통틀어 제가 인류 최강자가 아닐까 생각합니다.

∞ 내가 아는 한 그럴 것 같기도 합니다.

∞ 그런데 말이죠. 이런 저라도 할 수 있는 일이 있고 할 수 없는 일이 명백합니다. 무언지 아시겠습니까?

∞ 맞춰 보라고요?

∞ 옙.

∞ 으음, 개인과 국가 단위의 차이……인가요?

∞ 정확합니다. 개인을 두고서는 최강이라 자부하지만, 국가를 움직이는 건 단지 혼자 잘났다고 가능한 게 아니니까요.

∞ 그래서 국가와 민족을 위해 헌신하겠다는 겁니까?

∞ 정확히는 장대운 대통령님 한정입니다.

∞ 그……런가요?

∞ 저를 드러내기 전, 대통령님의 일대기를 살펴봤습니다. 일정 규모를 벗어난 후부턴 사리사욕이란 눈 씻고도 찾아볼 수가 없더군요. 탐욕에 물들어 가는 전조도요. 어떻게 이런 삶이 가능한지 궁금했습니다. 제가 아는 인간은 이렇게는 살 수 없으니까요. 그래서 결론 내렸습니다.

∞ 그렇습니까?

∞ 아마도 대통령님은 죽음을 넘어선 무언가를 경험한 것이

31

아닐까? 그렇기에 초연할 수 있었다. 고로 대통령님은 나와 같은 부류다. 결론 내렸죠.

∞ 그래서 드러낸 겁니까?

∞ 예.

∞ 그렇군요. 나도 어쩐지 천강인 씨를 그리 느끼고 있었던 듯합니다. ……좋습니다. 지금부터 명령을 내리죠.

∞ …….

∞ 일본으로 건너가세요. 가서 일본의 자랑을 망가뜨려 주세요. 저 일본이 분노하여 오판을 저지르게끔.

∞ 철저히 이행하겠습니다.

천강인이 이를 드러내며 웃었다.

티 없이 맑고 아름다운 미소였다.

아주 잘생긴 남자. 순수하고도…… 그래서 더 잔인한 그림자.

대통령이 원하는 건 하나였다.

- 일본을 괴롭혀라.

천강인의 시선이 금각사 사리전을 향했다.

"너도 불만은 없을 거야. 그 금빛도 원래 네 빛이 아니잖아. 석양이 져 가는 연못에 비친 네 모습이야말로 진짜지. 그렇게 금을 덕지덕지 바른 모습은 어울리지 않아. 원래 넌 수

수한 놈이니까."

사리전은 본래 일반 전각과 같았다. 나무로 만들어지고 나무로 다듬어 올린 건축물이다. 이걸 후세 사람들이 억지로 금으로 덮어 놓았을 뿐.

천강인은 조용히 사람들 사이에서 사라졌다.

그리고 그날 밤.

6백 년을 이어 온…… 현대에 이르러서는 그 화려한 자태로 수많은 사람에게 영감과 감동을 주었던 금각사 사리전이 무너져 내렸다. 그 옆 호조의 건물도 무너지고 그 앞 청청 서 있던 늙은 소나무도 뿌리째 뽑혀 나갔다.

금각사 자체가 송두리째 망가지고 불타올랐다.

누군가의 다급한 신고가 울려 퍼졌고 깜짝 놀란 경찰이 총력을 다해 출동했으나 불타오르는…… 일대에 폴리스라인을 치는 것 말고는 할 수 있는 게 없었다. 이 소식을 캐치한 일본 언론이 헬기까지 띄우는 강수를 뒀고 아침 톱뉴스로 전국에 뿌려졌다.

【금각사의 종말】

불타오르는 사진이었다.

그러나 이는 겨우 시작이었다.

다음 날엔 청수사가 활활 타올라 잿더미가 됐다. 그 다음 날엔 헤이안 신궁이…… 일본이 자랑하는 세계적 문화유산이 하루아침에 무너지고 불타고 파괴되었다.

일본이 발칵 뒤집혔다.

일본 정부는 이를 테러로 규정하고 교토를 봉쇄하는 특단의 조치를 내린다.

사이렌이 울리며 자위대가 출동, 실탄까지 휴대하고 교토 지역을 포위했다.

순식간에 반경 100km에 걸친 광활한 라인이 형성됐으며 주민의 전수 조사는 물론 1차로 억류된 관광객들에 대한 집중 조사가 벌어졌다.

전격적이었으며 무척이나 폭력적이었다.

눈이 벌게진 자위대는 그 표정만큼 분노했고 일본인들 또한 크게 성토했다. 세계도 공분을 일으키며 이 일에 촉각을 곤두세웠다.

"뭐야? 왜 못 가게 해?"

"몰라. 청수사랑 헤이안 신궁이 무너졌대."

"그게 우리랑 무슨 상관이라고? 여기에서 못 나가면 안 되는데 오늘 안으로 오사카에 돌아가야 하는데."

이정미와 친구들도 하필 이 시기에 일본에 왔다가 억류돼 버렸다. 문화재가 그리된 것도 모르고 아침 일찍 교토로 온 게 패착이었다.

급히 돌아가려 했으나 억류됐다. 그리고 시간이 지날수록 이상한 점이 하나둘 생겨났다.

우르르 몰려 있던 서양인들이 하나둘씩 없어지기 시작하

더니 두 시간이 채 안 돼 한 명도 찾아볼 수 없게 됐다. 누가
이 사실을 알렸다.

"미국인이랑 유럽인들만 먼저 조사해서 돌려보낸다는 게
사실이야?"

"뭐라고?! 그런 게 어딨어?!"

"몰라. 내가 알아? 조사받으러 갔던 사람 중에 한국인은 한
명도 돌아가지 못했대."

"우리나라 사람만?"

"응."

"동남아랑 중국은?"

"늦게라도 조사받고는 돌아갔다고 들었어. 봐봐. 근처에
우리 한국인들밖에 없잖아."

괴담 같은 말이었지만 실제 둘러봐도 웅성대는 건 한국어
밖에 없었다. 인근에 흔히 보이던 금발들이 자취를 감췄다.

아무리 생각해 봐도 이대로는 안 되겠다고 마음을 먹은 이
정미는 자꾸만 대기하라고만 반복하는 자위대 병사에게 다
가갔다.

굳은 얼굴로 서 있던 자위대 장교가 이정미를 발견하고 권
총부터 잡았다.

"무슨 일이지?"

"물어볼 게 있어서요."

"돌아가. 지금부터 한국인은 특별 감시 체제에 들어간다."

"무슨 얘기죠? 우리 한국인을 특별 감시하다니요."

"돌아가! 당장에라도 테러범으로 몰리기 싫으면 제자리로 돌아갓!"

"⋯⋯."

서슬 퍼런 협박에 이정미는 더 말을 붙일 수가 없어 돌아올 수밖에 없었다.

오자마자 친구들에게 말했다.

"분위기가 이상해. 대사관에 전화 좀 해 봐. 아무래도 큰일 난 것 같아."

"알았어. 전화번호 받아 놓은 거 있지?"

"여기."

대사관도 딱히 무슨 수가 있는 건 아니었다.

그저 지시에 잘 따르면 원만히 해결될 거란 말만 되풀이하였다.

"이상해. 대사관도 뭘 모르는 것 같아."

"다른 나라는 대사관이 직접 데리러 나오던데⋯⋯ 우리 대사관은 뭐지?"

"언제는 우리 대사관이 힘쓴 적 있었냐? 지들 자리만 지킬 줄 알았지 할 줄 아는 게 없는 놈들이야."

확실히 수상했다.

한국 국민이 억류당했는데도 대사관에서는 단 한 명도 나오지 않았다. 통화가 됐어도 그들은 지금 주변에 있는 한국인이 몇 명인지, 또 이들의 신상 명세가 어떤지 다친 사람은 없는지 궁금해하지도 않았다.

일이 점점 어려워지는 기분이었다.

"일단 잠자코 기다려 보자."

"언제까지?"

"나도 몰라. 내가 어떻게 알아."

"싸우지 말고 기다려 보자. 기다려 보랬으니 어떻게 되겠지."

그러나 상황은 전혀 나아지지 않았다.

얼마 지나지 않아 군용 트럭이 와서 사람들을 실어 나르기 시작했고 이정미와 친구들도 트럭을 타고 어디론가 끌려갔다.

트럭은 교토대학으로 향했다. 정확히는 교토대학 서부 강당.

피난민처럼 혹은 포로처럼 우르르 몰아넣어 버리길래 이정미 그룹은 할 수 없이 한쪽 구석에 자리 잡았다. 뒤이어서도 사람들이 줄줄이 들어오는 게 보였다.

"이상해. 너무 이상해."

이런 장소, 이런 모습 TV에서 본 적 있었다.

태풍으로 수해를 입은 사람들…….

이정미는 조용히 작은 창으로 바깥을 내다보았다. 강당 외부는 총 든 자위대가 지키고 있었고 장갑차와 비슷한 차량이 돌아다녔다. 하늘엔 전투 헬기로 보이는 비행체도 날아다녔다.

꼭 전쟁이 난 것 같았다.

이정미는 쪼그려 앉아 무릎에 몸을 포갰다.

혼란스러웠다.

어떻게 해야 할지 갈피가 잡히지 않았다. 진짜로 전쟁이
났다면 누구랑 난 것인지. 설마 우리나라라면 집으로 돌아갈
수는 있는 건지.

강당은 한국인들로 버글거렸고 불안함에 웅성대던 이들은
곧 주변 사람들과 정보를 나누며 조금이라도 위로받으려 하
였다.

그러다 일이 터졌다.

"아 씨, 전화도 안 터져."

"어! 그러네."

"아까부터 그랬어요. 여기 강당에 들어오면서부터 신호가
안 떠요."

"집에 전화해야 하는데."

정말 급한 일이 있는지 한 사람이 강당 문을 두드렸다.

그러자 자위대 셋이 들어왔는데 막무가내로 나가려는 남
자를 붙잡고 실랑이하더니 욕설과 함께 마구 때렸다. 총기 개
머리판에 맞은 남자의 입에서 핏물과 함께 하얀 뼛조각 같은
것들이 튀어나왔다. 치아였다. 남자는 금세 피투성이가 됐고
정신을 잃고서야 폭력에서 벗어났다.

그제야 사람들도 일의 심각성을 깨달았다. 또 누군가가 들
어왔는데 장교로서도 제법 높은지 단상에 섰다. 한국어로 말
했다.

"결론부터 말씀드리겠스므니다. 여러분은 테러 용의자로 이곳에 있스므니다."

웅성웅성.

문화재 파손 이야기는 들었다. 그 때문에 억류된 것도 알았다.

하지만 테러 용의자로서 갇히게 된 건 몰랐다.

불안감은 일파만파로 퍼져 나갔다.

"조용, 조용! 지금부터 일 대 일 심층 조사가 있겠스므니다. 성실히 임해 주신다면 최대한 불이익이 가지 않게끔 조치해 드리겠으니 여권 준비하시고요. 한 명씩 들어오시면 되므니다."

그때부터였다.

한 명씩 들어갔다가 나오고 들어갔다가 나오고를 반복한 게.

조사를 마친 사람도 보내 주는 게 아니었다. 대기 명령과 함께 겨우 일행의 품으로 돌아갔다.

그러다 처음으로 돌아오지 않은 이가 생겼다.

들어오라 부르는데 들어간 자가 나오지 않았다. 바톤 터치 형식이 엇갈린 것.

강당이 싸늘해졌다.

나오지 않은 사람에 대한 온갖 추측이 난무했다.

불안함에 말소리는 점점 더 커졌고 결국 조사관 중 하나가 나와 해명했다.

"여권을 오사카에 두고 왔다기에 확인차 따로 분리한 거니 괜한 오해 마시오."

이정미는 그 말이 더 무서웠다.

일행 모두 교토는 반나절 일정으로 왔다. 중요한 물건은 모두 오사카의 호텔에 있었다.

이정미와 친구들도 결국 차례가 되자 분리되었다.

옮긴 곳은 다행히 먼 곳이 아니었다. 강당 옆 吉田泉殿(요시다이즈미도노)라 적힌 일본식 옛 가옥이었다.

이곳엔 스무 명이 넘게 있었다.

이정미와 친구들도 이젠 더는 여행의 낭만을 찾아볼 수 없었다.

뭔가 잘못됐겠지. 오해가 있는 거야. 곧 풀려나 오사카로 돌아갈 수 있겠지란 희망이 점점 퇴색되어 갔다. 본능적으로 느꼈다. 이들은 우릴 놔줄 생각이 없고 우리는 우리를 지킬 수 없다.

이곳은 일본이다.

대한민국이 아니다. 국민의 생명과 재산을 안전하게 지켜 주던 굳건한 팔과 거리가 너무 멀었다.

그리고 지난밤 또 하나의 문화재가 타올랐다는 소식을 들었다.

뉴스 보는 건 막을 생각이 없는지 강당에 설치된 TV가 그대로 보여 줬다.

은각사였다.

은각사가 무너지자 일본 매체들이 기다렸다는 듯 일제히 테러의 주범을 한국인으로 지목하는 걸 봤다. 어디에서 나타났는지 몇몇 증인이 나와 그 주장을 거드는 것도.

우익 단체들이 들불처럼 일어났다. 전국에서 시위가 일어났고 미리 조사해 둔 것처럼 재일 교포가 운영하는 가게만 골라 박살 냈다. 한국인 2세가 다니는 학교로 쳐들어가 난장을 폈다.

수많은 인파 속에서도 한국인만 골라내 린치를 가하는 놈들.

이정미는 이 모든 게 한 편의 잘 짜인 시나리오 같았다.

이상할 정도로 너무 쉬웠다. 법도 없고 신뢰도 없고 양심도 없다.

언론은 마치 명령받은 것처럼 오로지 한국인만 가리켰고 시위대는 그걸 명분으로 폭력과 만행을 저지른다. 뉴스에서는 온통 재일 한국인이 일본에서 저지른 흉악 범죄만 나열했고 그들이 일본 사회를 어떻게 좀 먹는지 설파했다.

온통 더럽고 추악하고 노골적인 적나라함만 있었다.

이곳 수용소에도 취재진이 왔다.

다치고 피 흘리고 짓밟힌 건 나오지 않았다. 눈앞에서 불타오르는 태극기를 찍어 갔음에도 방송은 없었다.

이정미는 점점 더 두려웠다.

잘못임에도 누구 하나 지적하지 않는 나라.

이정미는 온 나라가 한데 몰려가는 것 같은 기분이 들었다.

모든 일본인이 한국인, 조센징을 죽이자고 소리치는 것 같은.

기다렸던 주일 한국 대사관은 여전히 그림자도 비치지 않았다.

테러는 멈추지 않았다.

다음 날엔 전국 최대의 견직물 도매 상가인 무로마치정 일대가 불타올랐고 도쿠가와가의 재경 거관인 니조성이 무너져 내렸다.

전날과는 달리 두 개나 박살 난 상황.

더구나 무너진 니조성 입구엔 경고의 메시지도 있었다.

[まもなく 大阪だ]
[다음은 오사카다.]

열도가 싸늘해졌다.

은각사가 무너지고 더 많이 보충된 자위대가 교토 일대를 물 샐 틈도 없이 지키고 있었음에도 테러범은 쥐도 새도 모르게 다시 또 두 개의 문화재를 망가뜨렸다.

이 어이없는 사실이 크게 대두되며 어떤 흐름을 만들어 냈는데 자위대의 효용론으로까지 넘어갔다. 일본 방위성 대신이 TV에 나와 피를 토하듯 다시는 절대로 이런 일이 일어나지 않게 만들겠다는 약속을 하는 걸 봤다.

언론도 그리 달랬다. 일본의 자위대를 믿으라고. 일본의 경찰력을 믿으라고. 앵무새처럼 반복했다.

수용소의 분위기는 더욱 싸늘해졌다. 문화재가 무너질수록 갇힌 사람들을 보는 자위대의 시선에 악의가 찼다. 트집 잡히는 순간 무차별 린치를 가할 것처럼 병사들의 눈이 희번덕거렸다. 실제로 몇몇이 잡혀 흠씬 두들겨 맞고 돌아왔다.

이정미도 이들이 왜 이러는지 알았다.

오사카의 중요도는 교토를 넘어선다.

속으로 빌었다.

'누군지 모르겠지만, 저 개새끼들의 오사카도 부숴 주세요.'

만일 오사카가 무너진다면 문제는 이제 문화재 소실 차원이 아니게 된다. 경제는 물론, 일본의 대외 신인도와도 직결될 것이다.

다 망해 버려라.

일본 따위 다 망하고 바닷속에나 가라앉아 버려라.

그렇게 일본은 다음 날 자랑스러워하던 오사카성을 잃었다.

이쯤 되자 자위대가 마네킹이냐는 성토가 튀어나왔다. 매해 수조 엔씩 쏟아부으며 키운 병사들은 대체 어디로 갔냐는 불만이 터졌고 그 와중에 어째서인지 알게 모르게 자행되던 억류 한국인들에 대한 폭행이 외부로 알려졌다.

말도 안 되게 UN에서 먼저 증거를 내밀며 억류한 한국인들을 즉시 풀어 주라 하였다. 미국, 유럽의 언론들이 하나같이 일본의 만행을 떠들어 댔다. 한국 정부도 더 이상 손 놓고 있을 수가 없게끔.

일본은 묵묵부답으로 버텼지만.

스스로 만든 패러독스에 갇혀 허우적댔다.

국민이 자위대란 존재에, 정부에 의문을 품기 시작한 것이다. 이 상태에서 억류된 한국인을 풀어 준다는 건, 이곳에서 있었던 일들이 세계에 공공연히 알려진다는 것과 다를 바가 없었다. 돌이킬 수 없는 악재. 갇힌 사람 중에 테러범이 있어도 곤란하다. 이래나 저래나 무능만 드러낸 결과였으니.

어떤 식으로든 반드시 명쾌한 해결(일본에 유리한)을 봐야 했다.

일본 정부의 눈은 광견이 도망갈 정도로 홱 돌아갔고.

어느 샌가 넘으면 안 될 선을 넘기 시작했다.

"휘유~."

저 멀리 검은 연기가 치솟았다.

천강인은 손으로 햇빛을 가리며 검붉은 불길을 뿜어내는 자신의 작품을 감상했다. 자위대가 철통같이 지켰다지만 오사카의 사천왕사와 한신 공업 지대가 박살 나고 있었다.

"이 정도 난리 쳤으면 알아서 모여들었겠지?"

피눈물 흘리는 자위대와 더욱 독해질 일본 정부는 고려치 않은 채 그는 다시 교토로 가는 길에 올랐다.

◇ ◆ ◇

서울 청운 무역 안가.

"정말 정부엔 일본의 개만 있는 겁니까?!"

"……."

"어떻게 자국민이 갇혀서 고통받고 폭행당하고 있는데 손 놓고 보고만 있죠?"

"……."

"군대라도 이끌고 가야 하는 거 아닙니까? 구해야죠. 어서 가서 구해 와야 하잖아요!"

이도진이 길길이 날뛰었다.

석준일은 그런 이도진의 말을 묵묵히 들어 줬다.

"아, 무슨 말 좀 해 봐요. 나라가 있는 이유가 뭔데요. 선량한 국민이든 나쁜 국민이든 일단 보호하고 보라고 세금 내고 의무를 다하는 거 아닙니까. 이 씨벌! 일본이든 미국이든 우리 국민 괴롭히면 무조건 들이받아야 하는 거 아닙니까?! 도대체 누구 눈치를 그렇게 봅니까!!!"

"……그만해라."

"뭘 그만해요. 겨우 이 정도 보여 주려고 나 청운에 들인 겁니까? 내 앞에서 조금 세다고 뻐기더니 정작 강한 놈이 나타나니까 꼬리나 말면서."

"……."

"씨벌, 안 움직일 거면 나 혼자라도 가서 싸울 거요. 까짓거 한 번 죽지 두 번 죽나."

팔을 걷으며 당장에라도 뛰쳐나갈 것처럼 구는 이도진이었지만.

석준일은 여전히 침착했다.

"하지 마라."

"아, 왜요?!"

"그게 놈들이 원하는 거다."

"뭐요?"

"일본 놈들……. 이참에 우리와 전쟁할 생각이다."

"예?!"

느닷없는 발언에 이도진은 눈만 크게 떴다.

석준일은 한쪽 구석으로 가 담배에 불을 붙이고는 한껏 빨아 재꼈다.

"후우~ 왜 안 가냐고? 안 가긴 뭘 안 가 자식아. 은수가 지금 어디에 있는데, 억류 한국인 소식을 누가 전했는데? 그러면 풀어 줄까 했더니 일본 놈들이 지금 뭐 하고 있는지 줄 아냐? 동해에다 자기네 전투함들 쫙 깔아 버렸다."

"……뭐라고요?"

"우리가 조금이라도 잘못 움직이는 순간 놈들은 침략이라 규정하고 미사일부터 쏠 거다."

이 무슨 개소린지…….

이도진은 도무지 납득이 안 갔다.

아무리 지랄 같은 일본이라지만 근처에 미군이 있고 우리나라에도 미군이 있는데 어떻게 그런 짓을.

"미, 미국은요?"

"제삼자처럼 행동하고 있다."

"예?! 제삼자라뇨?! 동맹이라면서요?"

"엿 같은 동맹이지. 지들 유리할 때만 찾는."

"그……럼 어떻게 되는데요?"

"아무래도 일본 쪽에 머리 좋은 놈이 있는 것 같다. 일이 틀어짐과 동시에 작전이 튀어나왔어. 전국을 전시 체제로 돌렸다. 미국에도 커넥션이 있는지 은근 호응하고. 꽤 오래전부터 준비한 플랜 같다. 이번에 일어난 문제가 한국인이라는 결정적인 증거가 나온다면 저들은 틀림없이 선전 포고해 올 거다."

"선전 포고요?"

"우리나라 국방부도 준전시 상태다. 여기 누가 일본 앞잡이가 있어?! 자식아!! 알지도 못하면서 까불기나 하고."

"그럼?"

"나대지 말고 잠자코 있어. 이제는 너 하나 죽는다고 곱게 끝날 문제가 아니니까. 머리 시끄럽게 굴지 말고 저쪽에 짜져 인마."

"아, 예."

대차게 대들다 쭈그러진 이도진은 제자리로 돌아가다 말고 다시 쭈뼛댔다.

쭈뼛대는 게 꼭 뭐 마려운 강아지 같아 석준일이 참지 못하고 먼저 물었다.

"뭐?"

"박은수 과장님은 어떻게 하고 있어요?"

"은수? 나야 모르지. 지금 잘하고 있잖아."

"그럼 이 일을 박……."

"이 미친놈아, 이게 은수 혼자서 될 일이냐?"

"그……렇긴 하죠? 그럼 대체 누가 이런 짓을……."

"몰라. 아, 몰라. 나도 몰라. 대체 누가 이런 짓을 하고도 무사할 수 있을까. 어떤 유능한 요원이 금각사, 청수사, 니조성, 상업 지대, 오사카성까지 부수고 멀쩡히 돌아다닐 수 있을까?"

"정말 아무것도 모르세요?"

"몰라. 씨벌. 그러는 너는 이런 게 가능한 놈을 알아?"

"모르죠."

"나도 몰라. 그러니까 우리는 우리대로 우리 할 일이나 하자고. 지금 우리가 누굴 지켜봐야 하는지 몰라? 아직도 일본이 주는 콩고물이나 받아먹으려는 놈들. 이걸 기회로 움직이려는 놈들 조져야 하지 않겠냐?"

"아아, 맞아요! 이럴 때 다 찾아내서 조져야죠."

"그렇지. 그럼 지금 이 시점에 우리가 일본에서 난동 피우는 놈한테 관심 가져야겠냐? 아니, 찾아낸들 이길 수는 있겠냐? 아니면 잘 숨어 다니는 박은수를 불러내야겠냐? 그걸 위해 우리 따위가 일본엘 가야겠어?"

"그야…… 가지 말아야겠네요. 방해만 되겠죠?"

"그럼 박은수를 어떻게 할까? 불러올릴까?"

"아니죠. 한 반년 정도 푹 계시라고 하세요. 이참에 저 새 끼들이 뭘 하는지 전부 기록하라고 하세요."

"쿠쿠쿡, 이제야 이도진이답네. 준비해라. 나가자."

"넵."

Chapter. 74

"돌을 아주 살벌하게 깔아 놨어."

오사카에서 스트레스를 풀고 교토로 나온 천강인은 조금은 개운한 얼굴로 교토고쇼로 들어가는 입구에 섰다.

교토고쇼는 일본의 옛 왕궁이었다.

니조성과도 가까워 관광객들이 한 일정으로 잡는 코스였으나 지금 이곳엔 천강인 외 아무도 없었다. 왕복 4차선 같은 넓은 길에 홀로.

"터가 제법 넓어. 왕궁이라서 그런가 운치도 좋고. 바로 도쿄로 가지 않고 멈춘 건 잘한 것 같아."

탁 트인 자갈길 주변에는 나무 한 그루가 없었다. 이 자갈길을 경계로 모든 건물이 직사형의 배치로 지어져 있었다.

대단한 정성이다.

"일설에는 하도 자객들이 많아 그놈들 발소리를 듣기 위해 자갈길을 깔아 놨다고도 하던데 정말 그런 건가?"

중요한 건물일수록 손님을 맞이하는 길은 영락없이 자갈길이라.

"그나저나 예쁘긴 하다. 아까울 정도로."

작은 연못과 어우러지는 조경, 앙증맞은 돌탑, 구름다리.

얼마나 지독히 관리해 댔는지 떠다니는 나뭇잎 한 장이 없다.

"이런 건 자연스럽지 않지."

천강인은 천천히 걸어 교토고쇼의 메인 건물이자 왕의 즉위식에 사용했다던 시신덴 앞에 섰다. 확실히 다른 건물들과는 다르게 웅장하고 위압적이었다.

"너도 400년을 못 넘기는구나. 불쌍하게."

기둥을 탁탁 쳤다.

"교훈을 줬는데도 반성하지 않고 내 땅에다 전쟁을 일으킬 모양인가 봐. 너희가 부서지는 핑계로 말이야. 대단하지? 이 일이 벌어진 지 며칠이나 됐다고 한국을 지목하고 전쟁부터 생각할까. 범인을 잡지도 못한 주제에. 그래서 이번엔 나도 좀 다르게 움직여 볼 생각이야. 일본 애들이 워낙에 독해서 강점기 때와 비슷한 일이 벌어질 것 같거든. 그건 너무 싫어. 일본의 지각판을 부수는 한이 있더라도 난 너희가 넘어오지 못하게 할 작정이니까 너도 지금 죽는 것에 너무 억울해하지 말라고. 어차피 너희는 같은 운명이잖아."

쿵.

툭 친 것 같은데 아름드리 거대 기둥이 쪼개질 듯 부르르 떨었다.

"제법 단단한 재질로 만들었나 봐. 그래도 널 보호해 줄 순 없겠지."

주먹이 다시 공간을 갈랐다.

퍼석.

지푸라기 뜯기듯 허물어지는 첫 기둥처럼 시신덴은 얼마 버티지 못하고 폭삭 주저앉았다. 발동 걸린 천강인은 길길이 날뛰며 눈에 띄는 건물마다 폭탄을 터트리고 불을 놓고 부숴 댔다. 너무 잘 무너져 지붕이 무사한 것도 놔두지 않았다. 곤 죽을 만들어 놔야 몸을 돌렸다.

발동이 올라온 천강인은 교토고쇼를 분해하고도 성에 차지 않는지 다른 곳을 봤다.

"온 김에 오미야랑 센도도 부술까?"

교토공원에는 세 개의 고쇼가 있었다. 아무래도 그것마저 부숴야 마음이 진정될 것 같았다.

"그래, 요것까지만 부수고 도쿄로 가자. 어려운 걸음 했는데 후회는 남기지 말아야지?"

도쿄 수상 관저.

간노 고이치를 필두로 현 일본 국방과 치안, 외교를 주무르는 인물들이 모였다.

"여전히 소식은 없나?"

"……예."

"하아…… 우리 일본엔 병신들만 사는 건가? 수만의 자위대와 경찰력까지 동원했는데 어떻게 단 한 놈도 못 잡아?"

"면목 없습니다!"

혼다 히로미쓰 방위대신이 허리를 푹 숙였다.

그로서도 미치고 팔짝 뛸 일이라.

도대체 어떻게 생겨 먹은 놈들인지 사단급 병력이 지키고 있는 곳마저 비집고 들어와 테러를 일으킨다. 혹시나 병사로 위장했는가 싶어 전체 점호를 실시했음에도 흔적조차 잡지 못했다.

오늘은 보란 듯이 오사카가 아닌 교토로 돌아가 교토공원 내 세 개의 고쇼를 파괴했다.

신출귀몰도 이런 신출귀몰이 없었다.

"속수무책인가?"

"도무지 방법이 없습니다. 가용 가능한 인원은 전부 동원했지만 이런 식이라면 수십만이 지킨들 감당 못 합니다. 그놈들이 언제까지 오사카, 교토에 머물러 있을지도 모르고요."

육상 자위대 병력이 15만이었다.

이 중 1/3을 테러범 소탕에 투입하고 있는데도 소용없다는 것.

그도 모자라 혼다 히로미쓰는 불길이 도쿄로 번져 올 수 있음을 시사했다.

간노 고이치는 아찔했다.

도쿄가 불탄다.

도쿄가 불탄다면 한두 명 옷 벗는다고 끝날 일이 아니었다. 내각 총사퇴까지 가야 할 것이다. 국제적 위신은 말도 못하게 떨어질 게 뻔하고.

그 전에 방법을 마련해야 했다.

"오오이사 마사시 경시총감."

"하이!"

"일은 어떻게 되고 있지?"

"언론과 손잡고 이참에 껄끄러웠던 조센징 세력을 일소하고 있습니다."

"우리가 드러날 일은?"

"없습니다. 몇 가지 의혹이 담긴 투서만 던져도 애국자들이 알아서들 몰려가 때려 부수는 중입니다. 작업도 나중에 조센징 중 적당한 자를 고르면 됩니다."

"완벽해야 하오."

"걱정 마십시오. 무조건 조센징이 한 짓입니다!"

오오이사 마사시가 자신감을 보이자 간노 고이치도 표정이 한결 좋아졌다.

다시 흰머리가 수북한 남자에게 시선을 돌렸다.

"야마자키 하지메 통합막료장."

"말씀하십시오. 총리님."

"준비는?"

"마이즈루에서 다케시마를 원천 봉쇄할 겁니다. 그렇지 않나. 사카이 고로 해상막료장?"

"그렇습니다. 완편한 마이즈루 함대가 출격 지시만 기다리고 있습니다."

잔뜩 군기가 든 자세로 대답하는 남자에 야마자키 하지메는 물론 간노 고이치도 마음에 드는지 고개를 끄덕였다.

일본 해상 자위대는 아시아 최강이었다.

한국 따위 봉쇄하는 건 일도 아니다.

다만 불만인 건 육상 자위대였다.

5만에 달하는 병력을 동원하고도 이렇다 할 실적이 없다.

'흠······.'

그러나 희망은 아직 있었다.

테러로 온 나라가 몸살을 앓고 있으나 잡기만 한다면, 그 테러리스트가 한국인과 관련 있다면 하늘이 준 기회다.

"좋소. 여러분 테러범 색출에 최선을 다해 주시오. 여러분의 어깨에 우리 일본의 미래가 달려 있소."

우렁찬 대답과 함께 나가는 혼다 히로미쓰 방위대신 아래 인물들.

총리 집무실에는 하라다 마사토시 외무대신만 남았다.

"미국은?"

"당초 계획과는 달라졌으나 역시 기회로 보고 있습니다."

"약속했던 건?"

"그대로 이행될 거라 확인받았습니다."

"바이른은 모르는 일이겠지?"

"미국 자체가 모르는 일일 겁니다."

"그렇겠지."

피식 웃는 간노 고이치였다.

미국 놈들이야 늘 그랬다. 앞에선 공명정대를 외치고 뒤로는 로비에 축배를 들고.

일본에 잃어버린 30년을 선물한 것도 잊지 않았다.

치욕과 오욕의 역사를.

"외무대신은 더욱더 미국과 붙어 동태를 살펴 주시오. 어떤 기미라도 놓치지 말고."

"알겠습니다."

집무실을 나가는 하라다 마사토시를 본 간노 고이치는 어금니를 지그시 깨물었다.

"너희 미국은 동아시아 구도 재편만을 원하지만 나는 다르다. 이번에 아주 한국을 점령해 주지."

◇ ◆ ◇

대한민국 청와대.

장대운은 이른 아침부터 회의를 주재하느라 바빴다.

회의실의 분위기는 무척이나 무거웠다. 한순간의 판단 착오

59

로 돌이킬 수 없는 참화를 일으킬 중대한 사안임을 모두 알기에 임하는 이들 또한 긴장하는 모습이 역력했다.

주제는 일본의 도발과 일본 내 자국민의 안전이었다.

"간노는 뭐라는 겁니까?"

"일본 총리는 아직 공식적인 입장을 내놓지 않고 있습니다. 대화를 피하고 있습니다."

"주일 대사는요?"

대답 대신 고개를 젓는 정홍식에.

"……일본 해상 자위대가 독도 근해까지 넘어온 걸 아시죠?"

"압니다. 하지만 어떤 외교적 루트를 활용해도 간노 총리에게 닿질 않습니다. 주한 일본 대사도 대사관에서 일체 다른 외부와의 접촉을 금하고 있습니다. 주한 미국 대사도 우릴 외면하고 있습니다."

"크음……."

장대운은 침음성을 흘렸다.

김문호가 입을 열었다.

"너무 이상합니다. 협상의 여지가 있었다면 지금쯤 나가미 주한 일본 대사를 만나고 있어야 옳습니다."

"맞습니다. 여느 때와 분위기가 다릅니다. 대화 창구마저 단절하고 외면합니다. 해상 자위대를 보내 시위하고 동맹 미국마저 이에 대해 아무런 조치도 취하지 않습니다."

도종현도 거들었다.

모두의 머리에 이런 의문이 떴다.

- 설마 진짜 전쟁하자고?

일본이 테러의 배후로 한국을 지목한 건 봤다.

테러리스트가 한국인이고 한국인이 테러하는 걸 봤다는 증언까지 나왔다는 걸 일본 언론이 떠드는 것도 봤다.

여기까진 예상 내였다.

무슨 문제만 터지면 일본은 반드시 한국을 거론하니까.

장대운은 마른 입술을 적시며 다시 정홍식을 봤다.

"주일 대사는 정말 아무 말도 없었습니까? 우리 한국인이 억류돼 있잖습니까."

"그와도 연락이 끊겼습니다. 마지막 통화가 어제였고 포위당해 움직일 수 없다고 말한 뒤로는 지금까지. 죄송합니다."

"허어……."

외교 루트 단절에 무력시위, 통신 차단까지…….

너무 빨랐다.

최소 몇 번 정돈 고성이 오갈 거라 봤는데.

기다렸다는 듯 순식간에 풀린다.

모든 지표가 일사천리로 전쟁을 향하고 있었다.

'진정 그 야욕이 실현될 거라 믿는 건가?'

장대운은 고개를 흔들고는 잔념을 떨쳤다.

결국 자신이 원하는 것도 이쪽이 아니었나. 이제사 남의 사정 따윈 아무렴 어떨까.

'너무 쉬워서 껄끄럽다니. 이럴 수도 있구나.'

툭 건드렸는데 좋다고 옷부터 벗는다.

그래서 더 섬뜩했다.

아무리 아름다운 남자, 여자라도 일련의 과정 없이 마구 덤 빈다면 저게 왜 이러나 싶잖나. HIV 보균자일 수도 있고.

물론 장대운은 이 사태를 완벽하게 해결할 자신이 있었다.

'애초 미국이 시작한 거야. 우리를 망가뜨리기 위해 일본을 이용했으니.'

적당히 부수고 다져 다시 말 잘 듣는 한국이 되길 원하는 것 같으나 저 미국이 간과한 건 오히려 한국과 일본이었다.

일본은 이참에 한국을 점령할 생각이고, 한국은 이참에 일 본을……

'응징할 생각이지. 한민족의 앞날을 위한 주춧돌로 삼기 위 해.'

너무 술술 풀린다.

마치 온 우주의 기운이 이 땅으로 향하는 것같이.

'일단 외적으로는 전쟁에 반대해야겠지?'

해도 문제, 안 해도 문제란 걸 인식시킨다.

자칫 잘못됐다간 돌이킬 수 없는 일이 벌어진다는 것을.

"아직 최악은 아닙니다. 일본과의 대화 창구를 열어 보세 요. 해외 언론엔 일본이 또 피해 의식에 도져 가만히 있는 한국을 건드리는 중이라고 알리고요."

전쟁에 져도 현재 세상에서 나라 자체를 빼앗기는 일은 없을 것이다.

하지만 심장이든 신장이든 무언가는 반드시 떼어 줘야 한다. 그 순간 누군가의 이름은 이완용보다도 위에 서겠지.

'내가 이완용이라니.'

끔찍했다.

'더더욱 이겨야겠군.'

장대운의 어금니가 악물렸다.

"민태준 국방부 장관. 당장 데프콘 2를 발령하세요."

"네?! 투를요?"

"상황에 따라 원으로 격상시킬 겁니다. 그에 따른 준비도 해 놓으세요. 아무래도 안 되겠습니다. 이대로 넋 놓고 있다간 아주 더러운 꼴을 당할 것 같네요."

"대통령님. 현재 대한민국의 전시 작전권은 미국에 있습니다. 게다가 일본을 더 자극했다간……."

오잉?

이건 또 무슨 시추에이션?

쾅.

장대운이 테이블을 내리쳤다.

"일본이 저따위 행동을 하는데 미국이 지금 어디에 있습니까?! 넘어오는 정보도 실시간이 아니라 일부러 1시간씩 지연하고 있잖소. 이건 틀림없이 미국도 관련된 겁니다. 그리고 일본을 자극하다니요. 지금 그게 말이오. 된장이오?!"

"그렇지만 아직 속단하기는 이릅니다. 일본의 속내를 봐야
합……."

이 새끼 봐라.

"그래서 못 하겠다는 거요?"

"그 말씀이 아니잖습니까. 좀 더 명확한 정보를 얻은 다음
에 일본을 달랠 방……."

"당장 해상 자위대가 미사일을 겨누는 판에 또 무슨 정보
를 얻고 달랜단 말입니까. 이 사람 이거 안 되겠구만. 도 비서
실장님."

"옙, 대통령님."

"당장 해임시키세요. 국방부 장관이라는 사람이 나라가 위
태로워졌는데 저따위 신중론이나 펴고 있다니. 내가 사람을
잘못 봤어요."

밖에서 경호 요원이 들어오고 방금까지 국방부 장관이었
던 남자는 지정된 안내에 따라 밖으로 나갔다.

갑자기 전 국방부 장관 서범주가 보고 싶었다.

방산 비리로 별들이 쓸려 갈 때 같이 쓸려 가는 바람에 서
열 2위였던 민태준을 올렸더니 이상한 대목에서 본색을 드러
낸다.

이걸 똑똑하다고 해야 하는 건지 멍청하다고 봐야 하는 건
지…… 정말 우주가 돕는 건 아닌지.

장대운은 말석에 앉은 세 명의 참모총장을 봤다.

"이 중 누가 제일 고참입니까?"

"육사이긴 하나 제가 입교가 가장 빨랐습니다."

육군참모총장 마대길이 일어섰다.

"좋소. 마대길 대장이 공석인 국방부 장관 석을 대리해 주시오."

"알겠습니다. 대통령님."

그가 국방부 장관 석에 앉자 장대운은 가장 물어보고 싶었던 걸 꺼냈다.

"우리가 일본을 이길 수 있소?"

잠시 생각한 마대길은 다시 장대운에게 물었다.

"어디까지를 원하시는 겁니까? 점령전입니까? 아님 격퇴까지인가요?"

"점령전이요? 일본을 점령할 수도 있다는 말씀입니까?"

장대운의 눈이 커졌다. 뜻밖이다.

그러나 마대길은 분위기에 휩쓸리지 않았다.

"저에게 질문하지 마시고 원하시는 부분만 말씀해 주십시오. 우리 군은 거기에 맞춰 전략을 구상할 따름입니다."

참군인인가?

"그래도 어느 정도 자신 있기에 그런 말씀을 한 게 아닙니까."

"우리 군은 주적과 잠재적 적을 상대로 끊임없이 시뮬레이션해 왔습니다. 그 안에서 많은 것들을 경험했지만, 구체적인 선을 알려 주지 않으시면 이도 답을 할 수가 없습니다. 죄송합니다."

"그러니까 이길 수 있다는 거요? 없다는 거요?"

"8할입니다."

"승산이 8할이나 됩니까?!"

장대운의 표정이 일순 놀랐으나 다음 나온 말에 싸게 식었다.

"아닙니다. 패배한 수치입니다."

"협…… 어째서 그런 겁니까?"

"일본의 경우 해상 자위대 전력이 막강하기 때문입니다. 그들을 무력화시키지 못하면 총동원령을 내려도 겨우 2할의 승률만 기록했습니다. 그 2할의 조건도 우리 육군이 일본 본토로 상륙하느냐 못 하느냐에 달려 있습니다."

"총동원령을 내려도 겨우 2할이라니. 일본이 그렇게 막강했던가."

분단 70년간 천문학적인 예산을 쏟아부어 키운 국군이 이길 수 없다 말하고 있었다. 물론 일본도 국방 예산 자체로만 본다면 한국을 가볍게 상회하긴 한다.

결국 돈.

결국 국력이라고.

GDP의 차이가 이런 승률을 만들어 낸 것이 아닌지.

그러나 장대운은 콧방귀를 꼈다.

한쪽에 앉은 흰머리 노인을 봤다.

"국정원장의 의견은 어떻습니까."

"……."

답이 없다.

"일본에도 우리 요원들이 있을 거 아닙니까. 그들을 활용하면 최소한의 정보를……."

"현 상태라면 우리 요원이 움직이는 순간 선전 포고부터 나올 겁니다."

"설마 우리 요원의 신상을 저들이 다 알고 있다는 얘깁니까?"

"현재로선 그렇습니다."

하명진 국정원장의 말은 내부 교란은 꿈도 꾸지 말라는 의미였다.

역시나 처참하였다.

군도 안 되고 요원으로도 안 된다.

각료들은 심각한 표정으로 고개만 숙이고 있다.

"정말 방법이 없습니까? 진정 이렇게 당해야만 하는 겁니까? 뭐라도 좋으니 말이라도 해 보십시오."

아무도 대답이 없었다.

당연했다.

이들이라고 해답이 있을 리 만무.

그때 마대길 국방부 장관 대행이 손을 들었다.

장대운이 반가운 눈짓으로 가리켰다.

"무슨 좋은 방법이 있소?"

"의견이 있어서 손을 든 게 아닙니다. 아직 대통령님은 우리 군의 일본에 대한 전략을 명확히 해 주시지 않았습니다.

전략이 세워지지 않은 군은 유명무실합니다. 그리고 한번 힘이 투사된 군은 이전으로 돌아갈 수도 없습니다. 이 역시도 유명무실해지는 길입니다. 그러니 대일본전략을 말씀해 주십시오. 군은 그것부터 시작합니다."

이 정도만 해 줘도 다행인 건가?

기는 죽지 않았으니.

"점령전이야 2할의 승률이라지만 격퇴는 어떻게 되는 겁니까?"

"격퇴는 단 한 번뿐입니다. 점령전도 속전속결이었기에 겨우 승리할 수 있었고…… 잊지 마십시오. 저들의 생산력은 우리를 앞지릅니다."

운 좋게 격퇴해도 그걸 빌미 삼아 다시 쳐들어오면 막을 수 없다는 뜻.

일단 시작하면 무조건 초전박살 내야 희박한 승률이라도 가져올 수 있다는 것이다.

지금의 전력으로선 그렇다는 얘기.

"좋습니다. 군은 점령전을 전략으로 삼아 전술을 구상해 주세요. 민간은 민간대로 모든 외교적 노력을 다해야겠죠. 마대길 장관 대행 부탁합니다."

"이 늙은 몸 하나 바쳐 조국의 승리를 가져올 수 있다면 초개와 같이 버리겠습니다. 충성."

"'충성.'"

다른 두 참모총장도 함께 일어나 경례를 붙였다.

경례를 받은 장대운은 머리를 싸매는 척 털썩 앉았다.

"회의를 잠시 쉬겠습니다."

혹시라도 또 곤란한 질문 받을까 우르르 나가 버리는 국무위원들을 보며 장대운은 고개를 절레 저었다.

지금은 참는다.

지금은 분란을 일으켜선 안 된다.

그러나 모두 나간 듯 보이던 회의실엔 아직 한 명이 남아 있었다. 머뭇대며.

"마 장관 대행? 어째서 남아……?"

"실은 아직 점검 중이긴 한데 신형 무기 체계가 하나 개발되어 있긴 합니다. 제법 괜찮은 효용이라 실전 배치 중인데 아직 시뮬레이션을 돌리지 않은 터라……."

"으응? 그런 게 있었소? 그럼 아까 왜 그 얘기를……."

"죄송합니다. 극비라서 나중에 확실해지면 보고 올리려 했습니다. 사안이 사안인지라."

"아니오. 아니오. 괜찮습니다. 내 오늘 겪어 보니 세상에 믿을 사람이 없어요. 말 안 한 건 잘했습니다. 자, 어서 말해 주세요. 나 지금 죽을 것 같으니."

"알겠습니다. 그 무기 체계가 뭐냐면……."

장대운 옆자리로 마대길이 붙어 앉았다.

정장을 입은 여성이 빠른 걸음으로 계단을 오르고 복도를 지나 낡은 문 앞에 섰다.

캔디 해결사 사무소였다.

잠시 숨을 고른 레이첼은 문을 벌컥 열었다.

두 사람이 짜장면을 먹다가 고개를 들었다.

천강인과 이선혜 둘 다 있다.

짜장 소스를 가득 품은 면 무더기를 한입 거하게 물던 천강인이 뭐야? 라며 눈으로 묻는다.

그러나 레이첼은 급했다.

"당신……입니까?"

"???"

"이번 일본 건, 당신이냐는 겁니다."

"무슨 소리야. 갑자기. 사람 밥 먹는 데 와서."

흘겨보다 다시 짜장면에 집중하려는 천강인에 레이첼은 소리쳤다.

"캔디!"

"……!"

"당신이 맞냐고 묻잖아요!"

그 순간 캔디 해결사 사무소의 공기가 싸늘해졌다.

"레이첼, 너 지금 선 넘었어."

"……!"

그제야 자신이 소리친 작자가 누군지 떠올린 레이첼이었다.

그동안 너무 나사 풀린 모습만 보다 보니 잊어버렸다.

"죄……송합니다. 사안이 너무 급해 실례를 범하고 말았습니다. 죄송합니다."

"네가 급하면 나한테 함부로 굴어도 된다는 거야?"

번들거리는 눈빛이 레이첼을 훑었다.

뱀을 만난 쥐처럼 사정없이 쪼그라들고 있을 때.

짝.

"아얏!"

욱죄던 기운은 온데간데없이 사라지고 천강인이 아프다고 팔을 비빈다.

이선혜가 눈을 부라리고 있었다.

"지금 연약한 여자한테 성질내는 거예요?"

"아, 아니, 그게…… 밥 먹는 데 와서 윽박지르잖아. 소화 안 되게."

"소화 안 되는 사람이 짜장면을 다섯 그릇씩 먹어요?"

옆에 빈 그릇이 쌓여 있었다.

"아, 왜 그래? 쟤가 우리 식사를 방해한 건 맞잖아. 쟤 연약 하지도 않다고."

"오죽 급했으면 저렇게 땀을 뻘뻘 흘리며 달려왔을까요? 급한 거잖아요. 우선 묻는 말에 아니면 아니다. 기면 기다. 말 해 주면 되잖아요. 성질 안 내고."

"알았어. 알았어. 내가 잘못했어. 됐지?"

"내가 아니라 레이첼에게 사과하세요."

"그렇게까지 해야 해?"

"쓰읍."

"레이첼, 미안해. 내가 밥 먹을 땐 좀 예민해서. 다른 의도
는 없었어. 됐지?"

이게 무슨 상황인지.

천하의 캔디가 쩔쩔맨다.

나 아포~ 하며 맞은 팔을 내민다.

이선혜는 때려서 미안하다며 호~ 해 준다.

"……."

"근데 탕수육도 시킬 걸 그랬다. 그치?"

"돈 아껴야죠. 소장님 한 끼에 쓰는 돈이 얼마예요. 오늘도
무리한 거잖아요. 의뢰도 없는데."

하며 이선혜가 물끄러미 레이첼을 본다.

눈빛이 이렇게 말하고 있었다. 지금 우리에겐 의뢰가 필요
하다고?

"그, 그게…… 의뢰해도 되나요?"

기든 아니든 캔디가 받아 준다면 금상첨화…….

"안 돼!"

"왜 안 돼요?!"

이선혜가 발끈해 지느러미를 세우지만.

이번만큼은 천강인도 물러서지 않았다.

물론 목소리는 아주 부드럽게.

"선혜야. 쟤가 지금 의뢰하려는 건 국가적 문제야. 잘못 끼
어들면 전쟁 터져. 그깟 돈 몇 푼 벌려고 날 전쟁 속에 밀어

넣으려는 거야?"

"에엑?! 전쟁에 관한 거였어요? 말도 안 돼. 레이첼, 지금 우리 소장님을 전쟁에 밀어 넣으려고 한 거예요? 세상에……
어떻게 이럴 수가. 그런 문제라면 정부를 찾아가야죠. 대체 우리 소장님을 왜 찾아온 거죠? 지금 상식이 있는 거예요? 없는 거예욧?!"

소리치는 눈빛이 강렬했다.

어쩌면 천강인보다 더.

무서운 여자다.

당황한 레이첼은 어디에다 초점을 맞춰야 할지 몰랐다.

너무 이상한 커플이라.

'이거 어쩌지? 캔디가 아니면 누가 한 거야? 캔디가 일본으로 간 흔적은 없다 해도 그런 걸 남길 위인도 아니고. 아니라면 참으로 다행인데. 맞다면 대체 왜?'

천강인과 일본은 어떤 접점이 없었다.

무쌍의 캔디가 누군가의 사주를 받아 움직인다는 것도 별 설득력이 없었고.

그럴 거라면 애초 미국의 1급 독립 요원으로 사는 게 훨씬 낫지 않겠나? 이 조그맣고 문제가 많은 땅이 아니라. 아무리 조국이라고 해도.

'아닌가? 혹시 장대운의 사주를 받았다면?'

한숨을 푹 쉬며 사무소를 나오던 레이첼은 문득 등 뒤로 섬뜩함을 느꼈다.

서둘러 몸을 돌려 공격하려는데.

팔이 단숨에 잡힌다.

천강인이었다.

"줄초상 나는 거 보고 싶지 않으면 배치한 애들이나 치워라."

"배치한 애들을요? 그 건은 캔디도 허락한……."

"추가됐잖아. 몰랐냐?"

"아……."

"혹시 몰라 놔뒀는데 그럼 다 죽여도 괜찮다는 거구만."

"자, 잠깐만요. 제가 알아보고 얼른 치울게요."

"반나절 줄게."

"근데 정말 일본 건은……."

- 빨리 안 들어와요?! 그릇 가져다 놓는다면서 중국집까지
가셨나?

"아, 알았어. 얼른 들어갈게."

그러고 보니 천강인의 오른손엔 빈 그릇이 들려 있었다.

1층까지 내려가 그릇을 두고 돌아가는 천강인.

그런 그를 보며 레이첼은 혼란스러웠다.

아니, 지금 이럴 시간이 없었다. 번뜩 정신을 차리고는 전
화부터 했다.

"두폴, 혹시 나 몰래 인력 배치했어요? 예?! 왜 그랬어요?
반나절 준대요. 안 치우면 다 죽이겠대요. 몰라요. 몰라요.
난 분명히 전했습니다. 애들 죽으면 다 당신 탓이에요."

　서울 삼청동 자미원.

　삼청동 뒷길 고급스러운 주택가들을 지나 조금 더 깊이 들어가면 어느 시점 길 끝에 다다라 널따란 마당과 기와로 두른 가옥을 하나 만나게 된다.

　자미원이었다.

　언제부터인지 모르게 그 자리에 있었고 북악산 산줄기에서 내려오는 깊숙한 곳에 터를 잡아서인지 예로부터 비밀스러운 이야기를 즐기는 고관대작들이 자주 찾은 곳.

　자미원은 요정이었다.

　은밀하면서도 격조 있는 분위기를 즐길 수 있는 장소이기에 널리 알려지진 않았어도 또 알 만한 사람은 다 알았다.

　그곳으로 차 한 대가 멈추고는 급히 뛰어 들어갔다. 그는 방금 전까지 청와대에 있었던 전 국방부 장관 민태준이었다.

　"저 사람, 국방부 장관 아니에요?"

　"그러네. 왜 저렇게 헐레벌떡 뛰어 들어가지?"

　"……."

　"……."

　"……."

　"……."

　"설마……."

　"내부 상황 잘 체크하고 있지?"

"예."

"한순간도 놓치면 안 된다."

석준일과 이도진이 이곳에 있었다.

이 둘은 원래부터 이곳에 있으려던 것은 아니었다. 매국노의 향기를 짙게 뿌리는 놈들의 행적을 은밀히 뒤쫓다 보니 여기까지 오게 된 건데 같은 시각, 같은 공간에 또 매국노로 유력한 인사들이 몰리기 시작하자 느낌을 팍 받아 버렸다.

운이 진짜 좋았다.

이렇게 다 모이는 장면을 포착한다는 건 정말 이례적인 일이라.

모인 이들도 눈에 띄는 걸 극도로 조심하였기에 최측근 보좌관이 아니면 동행하지 않았고 혹시라도 경호원들이 따라왔다면 이런 식으로 노골적인 행동은 시도도 못 했을 것이다. 보라. 국방부 장관이라는 놈도 자기가 직접 운전해 오지 않았나.

여기에서 이도진은 석준일의 또 다른 모습을 보게 되었다.

D.I.Y.

흔히들 원하는 물건을 직접 만든다는 개념이다.

저들이 한곳에 모이자 잠시 차에 다녀온 석준일은 쑥떡쑥떡 무언가를 만들었다. 뭐 하냐는 이도진의 눈빛에.

"이놈들이 무슨 얘기를 하는지 들어야겠어."

"어떻게요?"

"도청하면 되지."

"도청하겠다고요?"

무엇으로요?

"……혹 저 안에 도청기 심어 놨어요?"

"아니."

"예?"

"지금부터 도청기 만들어야지. 잠시 기다려 봐."

석준일은 레이저 포인터를 하나 꺼내더니 잘 나오나 확인했다. 그걸 돌담에 고정하고는 놈들이 모인 방의 창에 쏘았다.

"잘 나가는군. 반사도 좋고."

그러고는 멀쩡한 헤드폰의 전선 피복을 벗기고 신기하게 생긴 단자를 하나 꺼냈다.

"이게 광전지다. 빛을 받으면 전류가 흐르는 성질을 가졌지. 빛을 감지하거나 빛으로 전기를 발전시키는 데 쓰기도 하고. 아무튼 유용해."

물어보지도 않은 걸 얘기해 주며 광전지란 것을 헤드폰에 연결하였다. 이 역시도 돌담에 고정시켰는데 창에 반사된 레이저를 받을 수 있도록 각도 조절을 하는 것 같았다.

마지막으로 헤드폰 input을 노트북 마이크 입력 단자에 꽂았는데 신기하게도 그때부터 말소리가 들렸다.

"요즘 세상에 도청기를 들고 다니다 걸리면 아주 더러운 꼴을 당하겠지? 필요할 때마다 이렇게 만드는 게 속 편해."

"……"

석준일이 설명해 준 원리는 간단했다.

레이저 포인터에서 나간 빔이 창문에 맞고 반사되는 걸 광전지로 받아 미세하게 바뀌는 전압의 파동을 소리로 변환한다.

뭔 소린지.

"……."

석준일은 별거 아니라고 말하지만, 이도진은 배불뚝이 아저씨 석준일이 맥가이버처럼 보였다.

음질도 꽤 좋았다.

이때부터 이도진은 도청에 집중했고 석준일은 카메라로 출입하는 모든 사람을 찍었다.

민태준이 안으로 들어서자마자 한복을 곱게 차려입은 중년의 여성이 나와 반겼다.

"호호호, 어서 오세요. 모두 기다리고 계신답니다."

"고맙소."

"애란아, 매화실로 안내해 드려라."

곱게 한복을 차려입은 젊은 여성의 안내를 따라 민태준은 별채로 이어진 통로를 걸었다.

정문에서 볼 땐 그저 으리으리한 기와집이었는데 뒤편으로 나오니 아담한 정원도 있고 조그마한 별채도 한 채 있어 상당한 은밀성이 보장되어 있었다.

민태준은 젊은 여성이 열어 준 미닫이문 안으로 들어갔다.

안엔 쟁쟁한 인물들이 모여 있었다.

야당 실세로 다음 대 대통령 후보로 불리는 한민당 원내대표 조태정과 제1야당 민생당 원내대표 현은태, 국회 법사위원장 정민태, 화준그룹 신상조 부회장, 태청물산 이동문 대표, 강원형 검찰총장, 백준삼 대법원장.

　현 대한민국을 움직이는 실세 중의 실세들이 전부 있었다.

　그들은 민태준의 등장에 반가워하며 자리를 권했다.

　"어서 오시오. 민 장군. 고생 많으시었소."

　"몸 둘 바를 모르겠습니다. 이번 일로 옷을 벗게 됐습니다."

　"할 수 없는 일이지요. 장대운 군으로서도 사면초가였을 테니. 그래 어떻게 할 것 같소?"

　"데프콘이 발령될 겁니다. 군도 그에 맞게 움직일 테고요."

　"이런이런이런…… 가만히만 있으면 깨끗하게 넘어갈 텐데 괜한 움직임으로 자극하는군요. 근데 이번 소요는 누가 일으킨 것이오?"

　"저도 처음엔 국정원에서 일을 벌였나 했는데 국정원장도 모르는 눈치였습니다."

　"우리 쪽이 아니던가?"

　"아직 알 수 없습니다. 이후의 일은 민정 수석이 남아 있으니 그가 알려 드릴 겁니다."

　그 말을 끝으로 민태준은 조용히 가장자리로 가서 앉았다.

　회의의 주재자인 조태정도 이후로는 민태준에게 눈길을 주지 않았다. 지금은 일본과의 긴장감이 극도로 치달은 상태. 미온적 태도를 보인 민태준은 정치 생명이 끝났다 해도 과언이 아니다. 아마도 이 일이 잘되든 안 되든 이 땅에서는 살 수 없을 것이다.

별로 아깝지도 않은 패였다.

애초 길어도 2년만 쓰다 버릴 패였으니 조금 일찍 로스 났다고 해도 달라질 건 없었다.

조태정의 시선이 그나마 젊은 편인 화준그룹의 부회장 신상조에게로 옮겨갔다.

"아버님은 건강하신가?"

"병세가 좋지 않습니다. 저도 잘 알아보시지 못하고요."

"위인께는 안 된 일이지만 슬슬 자네가 일선에 나설 때로 군."

"잘 부탁드리겠습니다."

"이쪽은 걱정 마시게. 자네는 본국의 지분 구조나 잘 정리해 놓으면 될 거야. 동생이랑도 잘 얘기가 되는 거겠지?"

"걱정 마십시오. 동생도 제가 나서는 걸 인정하고 있습니다."

"깨끗하군. 이제 본국 건만 남은 건가."

"그렇습니다. 아무래도 일이 일인 만큼 우리가 나서 줘야 본국에서도 면이 설 것 같습니다."

국회 법사위원장 정민태가 끼어들었다.

조태정의 오른쪽 눈썹이 살짝 올라갔다.

"이쪽에서 사람을 보내라는 건가?"

"적당한 놈으로 보내 수작 벌이다 잡히는 시나리오로 가시지요. 그렇지 않아도 자위대 효용론이다 뭐다 말도 못 하는데 이쯤에서 저들의 기를 살려 줄 필요가 있습니다."

"으흠, 그렇겠지. 근데 알아줄까?"

"실은 한 시간 전, 본국에서 제 쪽으로 타진해 왔습니다."

"오호, 말씀해 보시게."

"몇 시간 전, 우메다스카이 빌딩이 무너지며 강력한 용의자로 보이는 인물을 포착하기는 했는데 워낙 신출귀몰하여 행적을 놓쳤다고 했습니다."

"포착까지 했는데도 못 잡아?"

"그들은 그를 몬스터라 부르며 경계했습니다. 물론 그에 대응한 방법을 마련할 테지만 그전까지 국민의 신임을 얻을 계기가 필요하다 하였습니다."

조태정과 정민태의 시선이 마주쳤다.

"그럼 여기서 출발하는 건 나중을 위해서라도 안 되겠고 본국에 거주하는 놈으로다 하나 골라 봐. 그놈이 폭탄 정도 터트려 주고 본국 언론에 적의를 표출해 낼수록 그림이 좋아지겠지."

"원하는 바도 바로 그것이었습니다. 명백한 증거와 국민적 공분. 본국은 이 땅을 점령하는 데 일 개월도 걸리지 않을 거라고 장담했습니다."

"쉿, 주둥이가 너무 거칠군."

조태정이 급히 정민태를 제지했다.

"아! 죄송합니다. 제가 너무 흥분했습니다."

"그 얘기는 일 개월 후에 하는 게 좋겠어."

"알겠습니다."

정민태가 시선을 내리깔고 할 말을 다 했음을 보이자 조태정이 좌중을 보며 인자한 미소를 보였다.

"이렇게 빨리 기회가 올 줄은 몰랐습니다. 이 기회를 살리는 것도 어쩌면 우리의 몫이겠지요. 자, 지금부터 어떻게 하면 이 땅을 마비시킬까에 대한 의견을 만들어 보자고요. 마비되는 곳이 많을수록 우리의 숙원은 빨리 이뤄지지 않겠습니까?"

◇ ◆ ◇

일본 교토

교토대학 한국인 강제 수용소.

얼마 전, 한국인 수용자에 대한 폭행과 모욕적인 행사가 세상에 알려졌다.

어떻게 유출됐는지 수용소 내부의 상황이 상세히 노출되었고 세계의 공분을 샀다.

엉뚱한 곳에 화풀이하는 게 아니냐는 질책에 곤란을 겪기도 했지만, 이는 더 강하게 핍박할 빌미도 되었다.

문제는 누가 어떻게 이 사실을 외부에 알렸느냐는 건데.

자위대는 그 가능성을 내부에서 찾지 않았다.

무조건 억류된 한국인에게서만 찾았다. 조센징 중엔 워낙에 특이한 놈들이 많은지라 전파 장애도 뚫을 수 있는 어떤 수단을 가지고 있지 않냐는 논리로.

그때부터 2백에 가까운 수용소 한국인들은 인간으로서 가질 최소한의 권리마저 박탈당했다.

독일 나치가 했던 것처럼 남녀로 강제 분리되었고 이 과정에서 여자를 지키려던 남자들은 군홧발과 삼단봉으로 갖은 구타를 당했다. 이후 여자는 물론 남자들까지 소지품 검사를 핑계로 밀실에 끌려가 발가벗겨진 채 약쟁이처럼 항문까지 털려야 했고 몸에 난 털이란 털은 전부 밀렸다.

산부인과를 경험해 본 여자들도 수치심에 눈물을 흘리는 판에 매일 공부만 하던 처녀들이 받은 충격은 이루 말할 수 없었다. 남자들도 치욕적이긴 피차일반.

저항은 일절 용납되지 않았다.

조금이라도 반항기가 보이면 끌려가 죽도록 얻어맞고 돌아왔다.

조사가 끝난 이들은 준비된 죄수복으로 갈아입고 돌아갔지만 이게 끝이 아니었다.

매일 밤, 지목되는 신체검사가 또 있었다.

몇 가지 추가 조사란 명목으로 밤마다 여자를 데려갔는데 다음 날 돌려보낼 땐 너덜너덜해져 돌아왔다. 전신에 피멍이 들고 하체는 쉴 새 없이 부르르 떨렸다. 정신줄을 놓는 여자도 있었다.

여자들이 모인 장소만 이랬다.

밤마다 누군가가 다가오는 발소리가 들리면 틀림없이 몇
몇은 끌려 나갔고 이것이 며칠째 이어지자 여자 수용소는 생
지옥이 되었다.

　- 오늘은 누굴까. 내일은 또 누굴까. 나는…… 아니겠지?

　자위대원들은 여자들을 아이스크림을 골라 먹듯 매일 돌
렸고 그게 권리인 양 굴었다.
　사정해도 소용없었다. 반항하면 일행이든 뭐든 근처에 있
는 모두가 끌려 나와 몰매를 맞고 끌려갔다. 피투성이가 돼
돌아왔다.
　명목은 도주 모의라고.
　하루하루가 지옥이었다.
　모두가 일본에 온 것을 후회하였다.

　- 그 많은 나라 중 어째서 난 하필 일본 여행길에 올랐을까.
　- 그중에서도 또 하필 교토로 왔을까.
　- 한국은 어째서 가만히 있을까.
　- 언제까지 이런 일을 겪어야 할까…….

　그럴수록 이정미는 심장을 후벼 파는 아픔에 몸을 웅크렸
다.
　몇 년 전 어느 집회장, 일본 대사관 앞으로 몰려든 할머니

들이 사과하라고 외치던 날.

지나가면서 슬쩍 보았다. 그리고 금세 시선을 돌렸다. 남일이었고 자신이 관여할 문제가 아니었다. 오히려 길바닥에서 시끄럽게 왜 저러나 눈살을 찌푸렸다.

그것이, 그 행동이 이정미의 눈에서 닭똥 같은 눈물을 떨어뜨렸다. 어금니를 맞물리게 했고 두 주먹을 꽉 쥐게 하였다.

"죄송해요. 전 몰랐어요. 그게 그렇게 절망적이고 처절한 외침이었는지 전 정말 몰랐어요."

"……정미야?"

"죄송해요. 정말 죄송해요. 전…… 모른 척했어요. 시끄럽다 생각했어요. 그 눈물을, 그 절규를 스타번스 커피 한잔의 애깃거리로 사용했어요."

"정미야 왜 그래? 정미야."

"여기에서 살아 나간다면 반드시 그 일에 앞장서겠어요. 할머니들의 눈물을 이어받을 거예요. 전 이들을 절대로 용서하지 않을 거예요."

"정미야, 정신 차려. 얘가 왜 이래. 조용히 하라고."

친구가 필사적으로 말렸다.

복도에서 다시 군홧발 소리가 들려왔기 때문이다.

뚜벅 뚜벅.

뚜벅 뚜벅.

한 걸음씩 가까워질수록 여자들은 심장이 욱죄어 옴을 느꼈다.

이정미는 이런 상황에 대해 배운 적이 있었다. 교양 과목의 어느 이름 모를 교수였는데…… 당시 학점이나 채우려고 들었다가 얼마나 후회했는지 몰랐다.

그 교수는 제목으로 〈21C 국제 사회에 대한 고찰〉이라고 써 놓고는 학기 내내 전쟁에 대해서만 가르쳤다. 결국 학점을 망치긴 했는데 마지막 수업 때 그가 이랬다.

∞ 전쟁이 벌어지면 남자는 깨끗이 죽겠지만, 여자는 그렇지가 못해. 이제껏 여자로서 누려 오던 모든 권리를 잃어버리고 온갖 추악한 꼴은 다 보게 될 거다. 성(性)의 선택권, 삶의 선택권 아니, 선택권 자체를 박탈당한 채 창녀보다 못한 삶을 이어 가게 될 거다. 전쟁은 광기의 시절이다. 지금껏 삶을 이뤄 오던 모든 것들이 뒤죽박죽될 테고 그렇기에 너희는 반드시 전쟁을 경계해야…….

21C를 살아가는 최첨단 세계에 이 무슨 가당치도 않은 주장인가 했다.

궤변이라 판단했고 똥통에나 박아 넣을 개똥철학이라고 생각했다. 그리고 우리 대학에는 어울리지 않는다 여겨 그 교수를 신고까지 했다.

철저히 무시했는데.

그렇게 무시했던 문이 열렸다.

"킬킬킬, 今日はどれを選ぼうか？"

"오늘은 아무거나 선택해라."

"私はあれがいい."

"너도 저게 좋아 보이냐?"

헤실대며 세 놈이 들어왔다.

인간을 '것'이라고 표현한다.

그러나 놈들은 말과는 다르게 시시덕대며 어제 데려간 여자를 또 찾았다.

여기 있는 모두가 이들이 찾는 여자를 알았다.

유독 정신을 못 차리는 한 사람.

하루 종일 몸져누워 먹지도 일어나지도 못하는 여자. 온몸에 피멍을 안은 채 끙끙 앓기만 하던 여자.

이정미는 그런 여자를 찾아 질질 끌고 나가는 장면을 지켜보며 또 안심하는 주변의 모습을 보며 구토가 올라오는 걸 느꼈다.

저 악질들보다 더 역겨운 건 우리였나?

참을 수 없었던 이정미가 일어섰다.

"놔둬라."

"뭐라고?!"

"걔 아픈 거 안 보이냐? 아픈 애는 개도 안 건드린다."

"아직도 대가 선 년이 있었군. 아직 삼단봉 맛을 보지 못한……."

"내가 가면 되잖아."

"호오, 대신 따라오겠다?"

87

"나로선 안 되겠니? 나 정도면 나쁘지 않잖아. 비실대는 년
보단 좋지 안 그래? 가서 성실히 조사받을게."

"조사? 조사 좋지. 쿠쿠쿠쿠쿡, 이거 좋군. 아주 색다른 맛
이야. 가자."

병사 둘이 팔을 잡으려고 했으나 이정미는 뿌리쳤다.

"놔. 내 발로 걸어갈 거야. 너희는 건들지 마."

병사 둘도 그런 이정미를 의외라는 듯 쳐다보았다.

이들을 따라간 곳은 그리 멀지 않은 장소였다. 이놈들의
숙소는 한 동을 사이에 둔 일본식 건물이었다.

이정미는 들어가자마자 죄수복을 훌훌 벗어 무심히도 바
닥에 던졌다.

간이침대에 다리를 꼬고 앉아 누구부터 덤빌 거냐고 도도
하게 턱을 들었다.

참지 못한 병사 하나가 달려들려 하자 장교가 소리쳤다.

"이마무라! 나는 보이지 않나."

"아, 아닙니다. 일등육위님."

"차례를 지켜라. 늘 그랬듯 다음은 너희다."

"하잇."

병사 두 놈이 밖으로 나가자 장교 놈이 서둘러 옷을 벗는
다. 허리춤에 찬 총도 한쪽에 내려놓는다.

외투도 벗고 속옷마저 벗는데 앙상한 갈비뼈가 유독 눈에
띈다.

나름대로 긴장했건만.

앙상한 갈비뼈가 그렇게 우스울 수가 없었다.

"쿠쿠쿠쿠쿡."

"왜 웃지?"

"쿠쿠쿠쿡, 벗겨 놓으니 별거 없네. 난 또 괴물이라도 나타날 줄 알았지."

"뭐라?!"

"이봐. 꼬맹이. 그 쪼그만 걸 달고 소리쳐 봤자 위협이 되지 않는다고."

"이게……."

장교가 주먹을 휘두를 듯 다가왔다.

이정미도 벌떡 일어났다.

"이 미친 개새끼가 누구한테 눈을 부라리는 거야?! 총칼이 없으면 아무것도 못 하는 새끼가. 넌 남자로서 부끄럽지도 않나?!"

"이게 미쳤나."

"그것도 문신이라고 했냐? 네 빈약한 팔이나 더 단련하는 게 좋을 거다. 병신아. 한국의 일반 병사도 너보다는 강해. 샌님 새끼야!"

"빠가야로!"

퍽.

장교의 주먹이 이정미의 얼굴을 쳤다.

고개가 돌아간 이정미도 지지 않았다. 손톱을 세워 그의 얼굴을 할퀴었고 때린 팔을 물었다.

"으악, 미친년이다. 미친년."

"그래, 나 미친년이다. 이 개새끼야."

악에 받쳐 물고 늘어지는 여자를 떼어 내기엔 장교가 가진 힘은 그리 크지 못했다. 병사 둘이 문을 열고 들어온 건 그때였다.

이번엔 이정미는 아예 장교의 목을 물려 덤볐다.

"으, 으갸가. 빨리 떼어 내라!"

장교 놈이 간발의 차로 목을 피하자 이번엔 아예 목을 끌어 안고 귀를 물었다.

"크아악."

퍼퍽 퍽퍽퍽.

병사 둘은 되는대로 이정미를 폭행했다. 눈에 보이는 모든 곳에 주먹과 군홧발이 꽂혔다. 아무리 굳세게 마음먹었다고는 하나 연약한 몸은 성인 남성의 구타를 이겨 낼 재간이 없었다.

"그르르르르."

결국 버티지 못하고 피거품을 물며 쓰러졌다.

그러자 장교는 벌떡 일어나 총을 빼 들었다. 이정미의 심장을 향해 쏘려고 했다.

하지만 이것도 병사 둘이 막아서 하지 못했다.

"비켜라!"

"안 됩니다."

"비켜라. 이 거지 같은 년은 반드시 죽여야 한다."

"안 됩니다. 여기에서 죽는 자가 나오면 저희는 끝입니다."

"이런 년 하나 죽어 나간다고 달라질 건 없다. 어차피 조선도 그렇게 될 것이다."

"이시카와 일등육위님 정신 차리십시오. 상부에서도 어느 정도 괴롭히는 것만 눈감아 주는 겁니다. 조선 합병이 아직 이루어진 게 아닙니다. 그때까지는 진급해야 하지 않겠습니까?"

"진급……."

"그렇습니다. 조선을 점령하면 틀림없이 많은 군인이 필요할 겁니다. 그때를 대비해서라도 사고를 치면 안 됩니다."

"하아, 이마무라. 네 말이 옳다. 대신 이년은 두고두고 괴롭혀 주겠다."

"당연히 그러셔야죠. 죽이지만 않으면 됩니다. 죽이지만 않으면 오히려 상부는 이시카와 일등육위님을 선봉으로 세울 겁니다."

"그래, 그래야겠지."

기절한 이정미를 노려보는 이시카와였다.

널브러진 채 피를 계속 쏟아 내는 이정미였다.

같은 밤, 무너진 금각사 사리전 인근.

병사 하나가 무언가를 찾듯 서성이며 두리번거렸다.

견장에 달린 계급은 육사장이다.

자위대는 정식 군대로 인정받지 못하기에 병, 부사관, 위관, 영관, 장군이라는 세계 공통 계급 체계를 갖추지 못했다.

그렇기에 자신들만의 체계로 계급을 분류하는데, 예를 들어, 일등육위는 우리로 말하면 대위. 육사장은 병장이다. 여기에서 놀라운 점은 저들이 쓰는 분류 체계는 옛 제국주의 시절에 사용하던 계급 체계라는 것이다. 그걸 그대로 옮겨 와 쓰고 있다는 것.

정말 말도 안 되는 일이었다.

전범 국가가 전범의 잔재를 그대로 쓴다는 건 유럽에선 있을 수 없는 일이었고 자위대란 조직도 원래 보이스카웃 수준으로 격하돼 영토 수호에만 열을 열리는 게 맞는데 어느새 외부에 무력을 투사할 정도로 이들은 상식과 많은 부분에서 벗어나 있었다.

하지만 누구 하나 잘못됐다고 얘기하는 사람이 없었다.

세계 최고의 경제 대국이자 기술 대국.

그 그림자는 아직도 세계인의 가슴에 남아 있었고 때마다 욱일기를 꺼내 들든 자위 수준을 압도하는 군사력을 가지든 신경 쓰지 않게 만들었다.

그런데 일본이 지향하는 것이 예전 그 시절임을 정말 몰라서 주변국이 놔두는 걸까.

아니다.

일본을 패전시킨, 그 행태를 따져 물어야 할 미국은 침묵을 고수했다. 아니, 그들의 용인하에(무기 구입이나 로비) 일본은 말도 안 되는 짓거리를 벌이고 있었다.

두 손으로 하늘을 가릴 수 있다고 생각하는지.

그래서 일본이 그토록 사과를 안 하는 건지.

이웃 국가인 한국을 무시하고 한 번 지배해 봤으니 다시 지배하는 것도 어렵지 않다고 공공연히 떠들었다.

반면, 한국은 매국노 청산도 흐지부지. 경제도 중간재 부분은 대부분 일본에 의지하였다. 일본의 막강한 자금력으로 한국 경제 곳곳 영향을 끼치지 않은 곳이 없었고 상상을 초월

한 개념으로 무장한 매국노들은 자기가 일본인인 줄 착각하였다.

두 나라가 이렇게나 달랐다.

강제로 국민을 억류하고 폭행과 모욕적인 조치를 취했다는 시점에 이미 두 나라는 전쟁 중임에도 누구 하나 나서는 이 없었고 언론은 침묵으로 일관했다. 세계는 인권 탄압이다 뭐다 말이 많은데. 괜한 연예인 성 상납이나 마약, 탈세 같은 것만 잔뜩 늘어놓고.

한국은 쩔쩔맸다.

엿 같은 정부만 믿고 있다간 수용소에 갇힌 국민이 어떻게 될지 모르기에 박은수는 위험을 무릅쓰고 다시 살벌한 교토로 돌아올 수밖에 없었다.

육사장 즉 병장 계급을 단 병사 하나가 을씨년스럽기 그지없는 무너진 절터에 와 있는 것도 박은수 때문이었다.

주변에 아무도 없다는 걸 확인하자 박은수는 점으로 보이는 소형 플래시를 켜 방향을 알려 줬다.

병사는 그 빛을 보고 따라왔는데 오자마자 주머니에서 뭘 꺼내 던졌다.

"이번이 마지막이오. 다시 부르면 그때는 같이 죽겠소."

"여기에 뭘 담았는지가 중요하지. 그만한 파급력이라면 나도 당신을 놓아주지."

"확인해 보시오. 내 장담하건대 나를 덮는 거로 모자라 돈을 받아도 시원찮을 증거물일 테니."

"당신 말대로 그렇다면 보상도 충분히 하지."

"됐소. 다신 부르지 마시오."

병사는 서둘러 어둠 속으로 사라졌다.

USB를 손에 쥔 박은수도 원래 없었던 것처럼 자리에서 사라졌다.

◇ ◆ ◇

오키나와 동아시아 사령부.

"왓 더 퍽."

"저게 말이 돼?"

"우, 우웩."

위성 사진을 모니터하던 병사 몇몇이 웅성댔다.

갑작스러운 소란에 보고서를 읽던 작전실 참모 케니 대위는 즉시 움직여 이들이 본 위성 사진을 수거했다.

"누가 허락도 없이 기밀문서에 손댄 거지? 영창 가고 싶나?"

"아닙니다."

"우연히 본 겁니다. 일부러 보려 한 게 아닙니다."

병사들이 부인했으나 케니 대위의 표정은 이미 굳을 대로 굳어 있었다.

"그건 조사해 보면 알겠지. 마크."

"넵."

"연행해."

"알겠습니다."

헌병들이 들이닥쳐 순식간에 병사 셋을 데려갔다.

케니 대위는 가뜩이나 얼어붙은 작전실에 대고 말했다.

"지금이 어느 때인 줄도 모르는 바보가 이 작전실에 앉아 있는 건 나로서도 아주 곤란해. 아프리카나 콩고로 전출 가고 싶다면 지금이라도 손드는 게 좋을 거야."

"………."

"이만하면 알아들었을 것으로 판단하겠다. 이후 소란은 즉결로 처리될 것이다. 명심하도록."

"………."

보고서와 사진을 들고 밖으로 나간 케니 대위는 곧바로 사령관 집무실로 향했다.

노크 두 번에 익숙한 모습으로 들어간 케니 대위는 대런 사령관의 곁에 착 붙어 보고서를 내밀었다.

"이걸 보십시오."

"뭔가?"

"지금까지 일본에서 일어난 사태의 유력한 용의자입니다."

대런 사령관은 케니가 들고 온 사진과 서류를 스윽 훑고는 다시 내려놓았다.

"나더러 뭘 보라는 거지?"

"이 자를 유심히 봐 주십시오."

케니가 다시 올려 준 사진엔 흐릿한 모습의 천강인이 찍혀 있었다. 천강인인지 전혀 구별이 안 되지만.

그러나 대런은 보라는 사진은 보지도 않고 케니의 붉게 칠한 입술과 그 아래 파이팅 넘치는 가슴 언저리에 시선을 고정시켰다.

"케니, 나에게 뭘 보라는 거지?"

"이런 제가 엉뚱한 곳을 긁고 있었군요."

피식 웃은 케니 대위는 자연스럽게 앞섶을 풀었다. 단추가 떼어지고 정복이 좌우로 쫙 벌어지며 가장 먼저 나타난 건 마리아나 해구같이 깊은 골이었다. 그 옆, 두 손으로도 쥐기 힘들 것 같은 뽀얀 풍만함이 집무실 라이트에 비춰 반짝였다. 케니 대위는 자신이 가진 잘록한 허리와 그와 반대되는 엄청난 크기의 골반이 어떤 의미인지 아주 잘 알고 있었다.

그제야 대런 사령관의 미간도 펴졌다.

케니 대위도 입가에 묘한 미소를 담았다.

"귀여운 사령관님께서는 아직 일하실 마음이 없으신가 봅니다."

"케니 너의 그 백만 불짜리 가슴을 보지 않고는 무슨 일이든 영 손에 안 잡혀."

대런의 손이 닿으면 묻어 나올 것 같은 뽀얀 가슴 안쪽으로 파고들었다.

생각보다 차가운 손길에 케니는 살짝 미간을 찌푸렸지만 이내 눈을 감고 시간을 즐겼다. 그녀의 입이 살짝 벌어진 채 뜨거운 김을 내뿜은 건 1분도 지나지 않아서였고 대런의 손길도 바빴다. 그녀의 몸은 어느새 파도를 탄다.

냉랭한 얼음마녀보다도 더 독살스러웠던 작전실 때와는 전혀 달라졌다. 그녀는 요사스러웠고 또 안락하기도 했다. 무엇보다 사내의 원하는 바를 기민하게 읽을 줄 알았다.

부하들을 제 마음대로 채찍질하는 사감 선생님의 변신이라.

업무 시간이고 잠시의 유희만 즐기려 했던 대런 사령관이라도 더는 버티지 못하고 절제의 한계를 맞이했다. 발정 난 강아지가 되어 그녀를 갈구했다. 그 모습을 우월감으로 지켜보던 암고양이도 슬슬 차오르는 열기를 어쩌지 못해 그를 감쌌다.

5,000가우스짜리 자석이 된 것처럼 찰싹 붙은 남녀.

사령관과 참모라는 사회적 껍데기를 벗어던진 남녀는 주름진 나이도 중요치 않았다. 욕망에 충실했고 곧 동남아 스콜과 같은 격류에 휩쓸렸다.

오직 한 곳만을 향해 전진하는 브레이크 없는 기차는 금방이라도 생의 끝에 다다를 것처럼 파노라마를 펼쳤고 폼페이를 작살 낸 베수비오처럼 끝없이 분출했다.

그렇게 욕정의 파티가 끝나고.

이들이 벌인 격정의 향기가 가실 때쯤에야 케니의 풍만한 가슴을 희롱하던 대런의 손길이 그녀가 가져온 사진으로 옮겨 갔다.

"이놈이라는 건가?"

"예."

케니 대위도 일어나며 옷매무새를 가다듬었다.

"이놈이 귀중한 문화재를 망가뜨렸다는 거로군."

"현재로선 가장 유력한 용의자입니다."

"그런데 어째서 얼굴이 드러나지 않지?"

"그 이유에 대해선 아직 찾지 못했습니다. 유독 이 자만 사진이 흐릿하게 나옵니다. 인간인 것 외 형상마저 구별하기 힘듭니다. 확대해도 말이죠."

"안면윤곽술에도 잡히지 않나?"

"예."

"흐음…… 그렇군. 내가 짚어 봐야 할 사안은?"

"이 자의 이해할 수 없는 신체 능력입니다."

"그게 무슨 뜻이지?"

"오사카에서 오카야마 현까지 직선거리가 120km입니다. 이 자는 한 시간도 안 돼 주파했습니다."

"뭐?"

"차량, 헬기 모든 것을 동원해 살펴봤지만, 이동 수단을 쓴 흔적을 찾을 수가 없었습니다."

그러면서 사진을 한 장 더 꺼냈는데 일본인 남자의 사진이었다.

"이 자가 우메다스카이 빌딩에서 나와 헬기로 곧장 이동한 곳이 이 오카야마 현의 작은 마을입니다. 이 정체불명의 자도 곧 그 마을로 향했는데. 보십시오."

다음 사진에는 온통 피떡이 된 광경만 나왔다.

아까 구토한 요원들이 본 사진이다.

대런 사령관도 미간을 잔뜩 찌푸렸다.

"이도 이 자의 짓이라는 건가?"

"놀라울 따름입니다. 이런 자가 숨어 있었다니."

케니 대위는 새로운 장난감을 발견한 아이처럼 눈을 빛냈다.

하지만 대런 사령관의 생각은 그녀와 달랐다.

"무슨 생각인지 알겠는데 우리는 개입할 수 없다."

"어째서입니까?"

"백악관의 의지다."

"이 자를 잡으면 인컴(incomprehensible)에 대한 실마리를 풀 수 있을지도 모릅니다."

"아직은 추적만 해라. 이는 백악관의 재가를 받아야 할 사안이다."

"……알겠습니다."

순순히 물러서는 케니 대위를 대런 사령관은 믿지 않았다.

"케니, 너의 야망을 알지만, 잘못 발을 놀렸다간 지금까지 쌓아 온 커리어를 날릴 수도 있다. 더구나 지금 한국과 일본은 언제 전쟁이 터져도 모를 때다. 빌미가 잡혔다간 나도 널 보호해 주지 못해."

"걱정 마십시오. 제가 알아서 하겠습니다."

"후우…… 이 케니 말괄량이."

귀여워서 참지 못하겠는지 다시 케니 대위에게 키스하려
던 대런 사령관.

그때 누가 문을 두드렸다.

"들어와라."

들어온 자는 두 사람을 보고도 경례를 붙이지 않고 TV부터
켠다.

그러고는 대런에게 오늘 자 신문 톱기사의 팩스 본을 던져
준다.

남자의 이름은 두폴 루이티.

CIA 극동아시아 지부장이었다.

"일의 양상이 조금은 변한 것 같습니다. 대런 사령관님."

"두폴, 갑자기 뭐요?"

"두 분이서 면밀히 정담을 나눌 때도 세상은 돌아간다는
뜻이지요."

대런 사령관은 팩스 본을 보고 깜짝 놀랐다.

【현대판 홀로코스트】

내일 자 CNN에서 나올 뉴스란다.

현재 일본에서 벌어지는 만행과 더불어 독도 인근까지 진
군한 해상 자위대, 또 이것을 용인한 미국의 행태가 적나라하
게 까발려지고 있었다.

두폴은 무표정이었다.

"곧 연락이 올 것입니다. 사령관님은 그에 맞춰 움직일 준비를 해 주시죠. 여기에서 더 시간을 지체하신다면 우린 동맹국을 배반한 거로 모자라 침략자의 멍에를 지게 될 겁니다. 그리되면 단순히 누구 하나 옷 벗는 것으로는 끝나지 않을 테니까요. 내 말뜻 알겠습니까?"

"알……았소."

두폴이 나가자 대런 사령관은 테이블을 내리쳤다.

"젠장, 이게 어떻게 된 거야?!"

"급히 알아보겠습니다."

"쥐새끼 하나 간수 못 하고. 이 병신 노란 원숭이 새끼들이!"

일본이 원망스러웠다.

하필 나치나 벌이던 짓을…… 이런 증거 동영상이 방송을 타면 어떤 일이 벌어질까.

나치를 혐오하는 자들은 이 일을 절대로 두고 보지 않을 것이다. 나치를 직접 경험했던 유럽과 유대인들은 더더욱 극렬히 규탄할 것이고.

특히 유대인이 문제였다.

미국은 유대인의 나라.

그렇기에 미국은 증명해야 할 것이다. 동맹국을 배신하지 않았고 또 연관되지 않았음을.

'수단과 방법을 가리지 않을 거야. 가능한 모든 가지를 잘라서라도 봉합하려 할 게 뻔해.'

그림이 그려졌다.

아래 라인부터 꼭대기까지 줄줄이 잘려 나가는 그림.

이대로 있다간 이등병으로 강등돼 불명예 전역 길에 오를지도 모른다. 아니면, 저 두 폴에 의해 그보다 더한 꼴을 맞볼지도……

대런 사령관은 두 주먹을 꽉 쥐었다.

"fuck."

"대런."

"케니, 이제부터 너는 작전실 소속이 아니다. 즉시 전출 준비해."

"어째서……."

공황에 빠진 케니 대위를 두고 대런 사령관은 즉시 전화기를 잡았다.

하지만 저장된 번호 누구도 통화가 되지 않았다.

쾅.

최신형 위성 전화기가 바닥에 떨어져 산산조각이 났다.

저 부서지는 전화기처럼 대런 사령관도 자기 인생이 곧 산산이 조각날 것을 깨달았다.

"도대체 어디에서부터 잘못된 걸까."

【21세기 나치 등장? 일본은 과연 과거 제국주의를 벗어나지 못했나?】

【일본 내 한국인 수용소의 실태. 그들은 대체 왜 이런 상황

에 놓여야 했나?】

【일본의 해상 자위대는 어째서 한국의 영토까지 진격한 걸까?】

【과연 악의 축은 어느 나라일까?】

미국의 CNN, 영국의 BBC, 프랑스의 AFP는 물론 하다못해 중동의 알자지라에서도 이 일을 특별 보도로 다루었다.

세계적으로 톱뉴스가 됐고 갖은 매체에서 일본 내 한국인 수용소에 대한 자극적인 보도를 쏟아 냈다.

뿌려진 영상은 빼도 박도 못하게 나치를 기억나게 했으며 그들이 벌인 참상을 떠올리게 하였다.

세계인들이 비명을 질렀다.

세계인들은 깨달았다.

일본이 금기를 건드렸다.

금기를 범한 대가는 명확하다.

쓰나미처럼 몰려갔다.

- 일본은 악마다.

각국 정상들은 자리보전 혹은 지지율 상승을 위해서라도 일제히 일어나 일본의 만행을 규탄했다. 민간에서도 피켓을 든 시위자들이 각국 일본 대사관으로 몰려갔다. 닛케이 지수는 급락하였고 관련이 없는 일식 음식점들이 테러를 받았다.

일본어만 쓰여 있어도 습격을 받았고 대단위 수출입 계약들이 줄줄이 취소되어 돌아왔다.

원자재를 수입해야 유지가 가능한 일본이라.

수출입이 멈추니 더는 버티지 못하고 성명을 냈다.

- 이 일은 자신들과 관련이 없고 좋지 않은 의도를 가진 세력들의 음모다.

그러나 다음 날, 그 성명을 조목조목 반박하는 기사가 올라왔다.

두 번째 동영상이 송출된 것이다.

이번엔 재일 한국인에 대한 몰상식한 테러가 추가됐다. 갑작스럽게 몰아닥친 우익 세력에 속수무책으로 당하는 재일 한국인의…… 피 흘리고 부서진 참상에 격분한 세계인들은 한층 더 격렬하게 항의하였다.

사태는 이제 한국과 일본이 아닌 세계와 일본의 구도로 잡혀가고 있었다.

◇ ◆ ◇

일본 내각.

"미국은!!"

"연락되지 않습니다."

"대련 사령관도 안 되나?!"

"일이 터지자마자 가장 먼저 본국으로 소환됐습니다."

"칙쇼!"

"해상 자위대부터 불러들이심이……."

히라다 마사토시 외무대신의 간언에 간노 고이치는 하늘이 노래짐을 느꼈다.

장장 십여 년을 준비해 온 대계가 겨우 동영상 두 개에 뿌리부터 뽑혀 나가기 직전이다.

간노 고이치가 한숨을 쉬며 계속 미적대자 히라다 마사토시가 재촉했다.

"교토 주둔 부대 교체는 제가 요시다 코우지 육상 막료장에게 지시해 놨습니다만 해상 자위대는 총리의 명이 없이는 움직이질 않습니다."

"……정말 그 방법밖에 없나?"

"UN군을 상대로 전쟁할 생각이 아니시다면."

"바이른은?"

"연락이 닿지 않습니다. 사실 저는 처음부터 반대였잖습니까. 미국의 의도가 뻔히 보이는 상태에서 계책을 만들어 나간 것 자체가 큰 리스크였으니까요. 조금 더 신중히, 원래 우리의 계획대로 갔어야 했습니다."

"하지만 자네도 봤지 않은가. 놈들의 제안."

"봤습니다. 그런데 지금 보십시오. 어떤 약속도 이뤄지지 않았습니다. 미국이 조금만 더 빨리 움직여 줬더라면 한국의 내부 세력과 함께 일주일도 안 돼 저 땅을 정복했을 겁니다. 그런 믿음을 저도 한때 가졌지요. 우리의 비원을 위해. 그러나 결과는 어떻습니까?"

히라다 마사토시도 침통한지 두 주먹을 불끈 쥐었다.

간노 고이치는 끝났음을 직감했다.

아마도 옷을 벗는 것 정도로는 모자랄지도 모르겠다.

간노 고이치가 힘없이 고개를 끄덕이자 히라다 마사토시는 즉시 혼다 히로미쓰 방위대신에게 연락했고 지시를 내렸다.

바쁘게 움직이는 외무대신의 모습을 물끄러미 보던 간노 고이치는 무슨 생각이 들었는지 자기 머리를 쥐어뜯었다. 공격 개시 명령만 눈 빠지게 기다리고 있을 군부의 강성들을 또 어찌 설득해야 할는지 도저히 엄두가 나지 않았다. 아니, 곱게 돌아오기만 해도 다행일 거라 여겼는데.

그러다 별안간!

아주 끔찍한 상상을 해 버렸다.

"설마…… 그렇게까지 하진 않겠지?"

불안한 마음이 든 간노 고이치는 벌떡 일어나 히라다 마사토시의 뒤를 쫓았다.

◇ ◆ ◇

교토대학 수용소.

무슨 일인지는 모르지만 일이 심상찮게 돌아가고 있음을 수용소에 갇힌 이들도 느꼈다.

몇 시간 전부터 고성이 오가고 차량이 바쁘게 왔다 갔다 하며 부산스러웠다.

변동이 생긴 것이다.

사람들은 다시 불안해하였다.

대체 어디로 또 끌려가 모진 고초를 겪어야 하는 건 아닌지.

떨고 있는데 그나마 나이가 있는 중년 남자가 조심스럽게 살피고는 알려 줬다.

"부대가 바뀌고 있다."

"예?"

"저것 봐. 깃발과 마크가 바뀌었어. 다른 부대가 이곳을 맡게 된 거야."

"정말, 정말이네. 그럼 우린 계속 여기에 있는 거네요."

"아마도 그럴 테지."

사람들이 중년 남자에게 몰렸다.

빨리 더 뭐라도 말해 달라는 눈빛이었다. 안심하라고 괜찮다고 말해 주길 바라는 것처럼.

하지만 중년 남자는 더욱 신중해졌다.

"뭔가 일이 크게 터진 거야. 그래서 부대도 바꾸고 새로 정비하려는 거다. 지금부터 정신 똑바로 차리고 눈여겨봐야 해. 이들이 친절해진다면 우리 쪽으로 좋게 바뀌었다는 신호다."

"정말요?"

"우선은 조용히 있어. 괜히 튀었다간 일벌백계로 걸린다. 그때까지 자리로 돌아가서 참아."

이 일은 여성들만 있는 수용소에도 알려졌다.

"군인들이 떠나."

"어머어머, 정말이네."

"다른 군인들이 오나 봐요."

"놀랄 게 뭐 있어? 다 그놈이 그놈이지."

"그래도 알아요? 사정이 좋아질지. 언니는 그걸 바라지 않아요?"

"……나도 바라지. 여기에서 더 나빠진다는 건 결국 죽는다는 거니까."

다소 우울한 면이 있었지만, 여자들도 변화를 긍정적으로 받아들였다. 상황이 변하지 않았다면 군이 주둔한 군대를 옮길 이유도 없겠거니와 이렇게 바쁘게 움직일 리가 없다고 판단했다.

그때 문이 쾅하며 열렸다.

이시카와 일등육위가 잔뜩 분노한 채 들어왔다. 뭔가에 쫓기는 듯 땀범벅이 되어서는 희번덕거리며 누군가를 찾았다.

여자들이 비명을 질러 댔지만, 그는 상관하지 않고 방해되는 여자들을 밀치고 발로 찼다. 그러다 누구 앞에 섰다. 온몸이 피멍투성이인 이정미 앞에.

"또라이 같은 년. 내가 네년을 그냥 두고는 못 떠나지."

"병신 같은 새끼. 결국 병신은 병신이라는 걸 증명이라도 하러 왔냐?!"

이정미도 지지 않고 소리쳤다.

"오냐. 귀가 아플 때마다 너를 곱씹었다. 어떻게 죽일지. 이렇게 빨리 떠나게 될 줄 알았다면 진즉 죽였을 거다."

반쯤 남은 오른쪽 귀를 아픈 듯 조심히 만지는 그였다.

아직 몸을 회복하지 못했지만, 이정미도 일어나 이를 드러 냈다.

"나머지도 잘라 주지 못해 억울하네. 그래, 넌 어딜 가도 내 생각을 하게 될 거다. 하지만 걱정 마. 나도 네 생각을 할 테 니. 등신 꼬맹이로."

"꺄악."

"초, 총이야."

이시카와가 총을 꺼내 들었다.

"쿠쿠쿠쿡, 걱정 마라. 더러운 조센징년. 네가 내 생각할 일은 없을 것이다. 넌 오늘 죽을 테니까."

죽일 듯 겨누고 있어도 이정미는 눈 하나 깜짝하지 않았 다.

도리어 비웃었다.

"꼬맹이가 하는 짓이 늘 그렇지. 쏴라. 내가 너 같은 걸 두 려워할 줄 알아?!"

"끝까지 잘난 척이군. 그래 총을 맞고도 그렇게 잘난 척할 수 있는지 보자고. 죽어랏!"

탕.

진짜 쐈다.

총에 맞은 이정미가 믿어지지 않는다는 듯 자기 가슴을 확인하고는 마네킹처럼 쓰러졌다.

"꺄아악."

"언니!"

총 맞은 부위에서 피가 꿀떡꿀떡 넘어왔다.

여자들이 서둘러 이정미를 살피나 답이 없었다.

빨리 병원으로 옮겨야 하는데…….

"크하하하하하, 드디어 죽였군. 진즉 이렇게 해야 했어. 이년들이 왜 앞을 쳐 막는 거야?! 죽겠다고? 오냐. 좋다. 다 죽여 버릴 거다. 캬하하하하."

눈이 돈 이시카와가 총을 불특정 다수를 향해 내밀었다.

그때 총소리를 듣고 군인들이 달려왔다.

"이시카와, 총 내려!"

"으응?"

"총 내려!"

"이거 왜 이래? 이런 년들 한둘 죽는다고 달라질 게 뭐 있어?"

"총 내려! 안 내리면 즉결 처분이다."

몇몇 소총을 든 이들이 더 들어왔다.

그제야 이시카와도 방아쇠에서 손가락을 뺐다.

"왜들 이래? 같은 일본인끼리."

"이 미친 새끼가. 너 같은 것 때문에 우리 일본이 욕먹고 있는 거다."

픽.

턱을 맞고 쓰러진 이시카와를 다른 병사들이 제압했다.

총 든 장교는 주위를 둘러보다 핏물이 번져 오는 걸 보고 기겁했다.

"이 미친놈이 진짜 사람한테 총 쏜 거야?! 비켜 봐. 비켜 보라고."

장교도 총 맞은 이정미를 보았다.

"군의관 불러! 이 여자가 죽으면 우리도 끝이다! 빨리!"

한국도 난리가 났다.

서울에 있든 지방에 있든 너도나도 거리로 쏟아져 나왔다. 광화문으로 몰려와 시위하였다.

어째서 이런 일을 외국을 통해서 들어야 하는지.

어째서 이런 일이 벌어졌음에도 정부는 가만히 있는 건지.

우리 국민을, 저들의 손에 이대로 방치해 둘 건지.

일제강점기 때의 악몽이 되살아난 민중은 더 이상 참지 않았다.

전쟁을 외쳤고 장대운 정부를 무능한 정부, 국민을 외면한 정부라 불렀다.

고통받은 민심은 더는 정부를 믿지 않기로 마음먹은 듯 격렬해졌고 어느새 대통령 하야로까지 진행됐다.

쾅.

청와대 집무실.

각 관료 앞에서 이 모든 소식을 듣던 대통령 장대운이 테이블을 내리쳤다.

"당신들은 대체 생각이 있는 겁니까. 없는 겁니까?!"

"대통령님, 진정을……."

"내가 진정하게 됐어요?! 괜찮을 거라던 놈들 다 나오세요! 다 나오세요!!"

고개 드는 놈이 없다.

당연히 없겠지.

누가 이 상황을 책임지고 싶겠나?

장대운은 꼭지가 돌아 당장에라도 피를 토할 것 같은 표정을 지었다.

지금 민심이 그랬다.

- 일본과의 통교를 끊으라!
- 미국과의 동맹을 깨라!
- 당장에라도 국민을 구해 오라!

어느 것 하나 쉬운 게 없었다.

아니, 지금으로선 할 수 있는 것 자체가 없다.

외견상 산업, 경제가 얽혀 있는 일본과의 완전한 단절은 불가능했고 며칠 사이에 주한 미군을 철수시키는 건 더 말도 안 되는 요구였다. 그렇다고 저 일본에 강제된 국민은 또 무슨 수로 잡음 없이 데려오나.

성난 민심 앞에서 이런 조치가 앞으로 한국 경제력에 미칠 타격 같은 걸 떠들어 봤자 짱돌이나 날아올 것이고 미군의 필요성을 역설해 봤자 이 사태를 방조한 미군 따위 없어도 된다고 할 것이다. 저들에게 잡힌 이들을 구출하는 건 아예 전면전을 각오해야 한다.

그러나 이 순간에도 한국은 전쟁을 입 밖에도 내선 안 된다. 지금 일본이 가장 원하는 카드일 테니.

"이런 놈들이 참모라고 국무위원이라고 거드름이나 피우고. 다 죽여 버릴까 보다."

꼭지가 돈 척 장대운은 하늘이 원망스러운 척 천장을 보았다.

일본이 못마땅하고 미국이 밉다. 이 자리에 있는 각료란 새끼들 전부 총으로 쏴 죽이고 싶다는 기운을 넘실 흘렸다.

장대운의 눈에 광기가 든 것도 이때였다.

"좋아. 너희들이 그렇게 원한다면. 아니, 이제 뭐든 상관없어. 나도 이 이상은 당하지 않겠다."

일본과의 전쟁?

승률 2할?

웃어 준다.

괜찮다. 이 사태를 해결할 수만 있다면 미국과도 전쟁이 가능하다는 뉘앙스를 풍겼다.

어차피 하려던 것.

그러나 이토록 무대가 화려하게 꾸며질지는 몰랐다.

너무도 완벽한 쇼케이스.

"……."

열받은 척 내지른 장대운은 냉철하게 상황을 돌아보았다.

이제 전쟁은 기정사실이다.

이긴다고 자신해도 질 수 있는 게 전쟁임을 감안했을 때 승률 2할은 사실 절망적. 해선 안 될 전쟁이라는 것.

하지만 마대길이 다시 가져다준 수치는 달랐다.

국방부가 가정한 한일전쟁 시뮬레이션은 전통적인 관념에 의한 것이다.

그렇기에 아마도 이 결과를 알고 있을 일본도 저리 자신하는 거겠지.

한국 따윈 언제든 이길 수 있다는 것처럼.

'후후훗, 여전히 발전이 없어. 아주 갈아 마셔 주지.'

쾅.

그때 회의실 문을 부수듯 열고 누군가가 들어왔다.

김문호였다. 그가 사색이 되어 소리쳤다.

"일본이, 일본이 공격했습니다!"

"……."

"……."

"……."

"……!"

"……!"

"……!"

"일본이 독도를 포격했습니다!!!"

오호라, 선빵까지 쳐 줬어?

장대운은 필사적으로 얼굴을 일그러뜨렸다.

당황한 표정으로.

외쳤다.

"뭐, 뭐라고요?!"

"독도가, 독도 수비대가 공격받았습니다. 일본의 함포에."

"뭐, 뭐?!"

"독도가 공격당했다고?!"

"옙!"

모두가 얼떨떨해하는 가운데 장대운의 오페라 같은 포효가 터졌다.

"이 미친 개자식들아~~~~~."

회의실은 혼돈의 도가니였다.

모두가 어쩔 줄 몰라 하며 허둥지둥. 누구 하나 자세한 내용을 들어 보려는 자도 없었고 침착하게 이 상황을 판단하려는 자도 없었다. 웅성웅성 너도나도 일어나 이 일을 어찌하느냐만 떠들어 댔다.

무능한 놈들.

제 살기에만 능한 개자식들.

문상식만이 침중한 표정으로 자리를 지켰다.

타오르는 고구마처럼 붉어졌던 장대운은 빠르게 판단을 내렸다.

'정말 설마설마했다. 삶아 먹어도 모자랄 일본 놈의 새끼들이 진짜로 공격할 줄이야. ……이건 분명 너희가 먼저 공격한 거다.'

공격당했다.

가뜩이나 억류 한국인을 상대로 홀로코스트다 뭐다 언론이 난리 치는 판에.

'일본이 공격했다. 선제공격을 가했다. 태평양 전쟁 패전이래 자위의 목적으로만 존재해야 하는 무력 집단이 타국을 공격했다!'

장대운의 눈이 매섭게 빛났다.

공황에 빠진 도종현 비서실장이 어찌해야 하느냐고 부르짖으나 손을 뻗어 중지시켰다.

"잠깐! 잠시 대기. 모두 조용!"

정리해 보자.

일본이 공격했다.

그것도 선제공격이다.

자위대 주제에 남의 나라를 타격한 것.

악의 축이라 일컬어지는 이때.

'명분이, 전쟁할 명분이 완벽하게 나에게 왔다. 여기까진

오케이!'

장대운의 시선이 여태 아무 말도 없던 마대길 국방부 장관을 향했다.

눈빛을 받은 그가 아무도 모르게 살짝 고개를 끄덕였다.

준비도 끝났다는 것.

'해냈구나.'

장대운의 머리도 이제껏 경험해 보지 못한 속도로 돌아갔다.

역사, 전쟁, 경제, 국제적 역학, 이미지, 지지율 등등 로또 공처럼 마구 날아다니던 것 중 하나가 손에 떨어졌다.

펼쳐 보니 희망이다.

정치 입문을 다짐하고 바닥에서 구른 이십 년이 이렇게 외치고 있었다.

절호의 기회다!

하늘이 내려 주신 기회다!

역사에 기록될 위대한 대통령으로 길이 남을 기회!

"마 장관님."

"예, 대통령님."

"이길 수 있겠습니까?"

"명령만 내려 주십시오."

녹음해서 수십, 수백 번 다시 들어도 질리지 않을 믿음직한 대답이다.

주먹을 불끈 쥔 장대운은 결론을 내린 표정을 지었다.

"좋소. 곧장 발표할 테니 비서실은 춘추관을 개방하세요."

"옙."

◇ ◆ ◇

청와대 춘추관.

마음 바쁜 장대운은 기자들이 채 착석하기도 전에 단상에 올랐다.

웅성대던 국내 기자와 외신들은 모두 입을 다물고 장대운에 주목했다.

물을 한 잔 마신 장대운은 단호한 표정으로 입을 열었다.

"참으로 무참한 일입니다. 이웃 국가로서 지난 세월 상생의 시간을 걷자고 약속에 약속을 거듭한 국가가 우리 대한민국을 배신했습니다. 선량한 국민을 납치해 홀로코스트를 연상케 하는 악행으로도 모자라 이제는 명백한 우리의 영토인 독도를 선제공격했습니다. 우리 대한의 아들들인 독도 수비대가 주둔한 곳을 말이죠. 안타깝게도 독도 수비대는 포격을 받은 15시 15분부터 현재 시각까지 연락이 두절된 상태입니다. 이게 일본의 진면목이었습니다. 이게 이웃 나라란 탈을 쓴 악마였습니다."

춘추관에 적막만이 흘렀다.

"돌이켜 보면 일본이 한반도를 탐내는 건 어쩌면 본능 같은 걸지도 모르겠습니다. 연어가 때만 되면 자기가 난 고향으로 찾아가듯 한민족의 조상이 세운 일본의 숙원이라는 건 결국 회복을 뜻하는 게 아니겠습니까? 예전, 아주 오래전 그때처럼 이곳에서 살고 싶어서 말이죠. 패배해서 쫓겨났으니 그 열등감이 오죽할까요. 원래 고향이 아니었고 제 것이 아니었으니 왜곡하기에도 주저하지 않았던 거겠죠. 자기 것이 아니니까. 별로 소중하지 않으니까. 이는 서쪽의 중국도 같습니다. 수많은 민족 중 그 시절에 득세하는 자들이 차지하는 땅이라 뭐든 흡수하는 데 이골이 나 있어요. 뒤섞이든 말든 자기 유리한 쪽으로 말이죠. 결국 일본이나 중국이나 오리지널리티는 없다는 겁니다. 여기 우리 한국밖에."

장대운의 차가운 목소리가 계속 이어졌다.

"한국은 죽었다 깨어나도 자기네 발뒤꿈치조차 따를 수 없을 거라 자신하던 일본이었습니다. 맞습니다. 거의 하늘처럼 높이 솟은 그들을 바라본 적이 있었습니다. 한국은 그 뒤를 따르기 바빴고요. IMF 전 세대만 해도 그런 일본을 동경하는 이들이 많았습니다. 그런데 지금은 어떤가요? 누가 일본에 관심이 있나요? 없습니다. 그들은 이미 우리의 관심 대상에서 사라졌습니다."

드디어 장대운이 송곳니를 드러냈다.

"할 줄 아는 건 음해하고 왜곡하고 차별하는 것밖에 모르는 것들이 말이죠. 결국 일을 벌이고 말았습니다. 나는 대한민국의 대통령으로서 국민이 주신 권한으로 이 일을 절대로 묵과하지 않을 것입니다. 일방적인 공격에 대해 즉각적이고 단호한 대처로 움직일 것이며 이에 7월 8일 15시 50분을 기하여 국민 총동원령을 내립니다. 기필코 저 악적 일본을 물리치고 저 땅에 태극기를 꽂을 것을 엄숙히 선언하는 바입니다."

대한민국이 발칵 뒤집혔다.

데프콘 1이 발동됐고 민방위도 전시 체제 따라 전원 비상 소집 장소로 불러들였다. 촛불 시위대는 순식간에 해체됐고 각 방송과 언론들은 하나같이 일본의 만행과 전시 상황에서의 대처 요령을 떠들어 댔다.

그렇게 한순간에 경색된 한국은 내부적으로 다시 세 가지 움직임이 일었다.

기꺼이 싸우겠다는 자.

아무것도 하지 않겠다는 자.

나라를 뜨겠다는 자.

인천과 김해공항, 각 항구에 유례가 없을 만큼 인원들이 붐볐다.

하지만 계엄령이 내려진 이 나라에서 뜰 수 있는 비행기와 배는 전투기, 함선밖에 없었다. 선박도 어선까지 징발되어 어디론가 옮겨졌다. 공항이든 터미널이든 어디든 몰려든 사람들은 그곳으로 투입된 민방위 병력에 잡혀 끌려갔다. 국가적 위기 시 도망가는 배신자들이라……. 가차 없어라 명령이 떨어졌고 가차 없이 행동했다. 조금이라도 반항할라치면 몽둥이세례가 떨어졌다.

동네북처럼 이리 치이고 저리 치이던 대한민국이 드디어 건국 이래 두 번째로 총을 빼 들었다.

◇ ◆ ◇

"뭐라고? 전쟁이 났다고?"

[옙.]

"왜?"

[교토에 억류된 국민의 영상이 세계에 퍼졌어요. 그리고 30분 전, 해상 자위대가 독도를 포격했고요.]

"포격했다고?"

[예.]

"허어…… 그렇구나."

[……저기, 우리 때문이 아닌가요. 과장님?]

"우리 때문이지."

[어떡하죠?]

"자책하지 마라. 우리 아니었어도 이놈들은 이미 쳐들어올 작정이었어. 우린 단지 핑계에 불과해."

[그런가요?]

"정황이 그렇잖아. 나도 이놈들 속에 있다 보니 듣는 게 많다. 그러니 도진아, 넌 네 할 일을 해라. 어쨌든 세계가 우리 편이잖아."

[예, 근데 이제 어쩌실 생각이세요?]

"으흠, 슬슬 빠져나가야겠지. 상황이 이 정도면 내 존재 자체가 나라에 부담이다."

[그렇겠죠.]

"내 걱정은 말고 긴밀히 연락해 주라."

[어디로 가시려고요? 지금 대한해협은 막혔어요.]

"가장 안전한 곳으로 가야지. 오키나와로."

◇ ◆ ◇

미국 백악관.

론 레인즈 비서실장이 대통령 집무실로 뛰어들 듯 들어왔다.

"큰일 났습니다!"

"왜 그러세요?"

"한국이 일본에 선전 포고했습니다."

"뭐, 뭐요?!"

"그게…… 일본 해상 자위대가 독도를 포격했습니다."

"이 미친!"

포근한 집무실 의자에 기대고 있던 바이른은 그렇지 않아도 하얀 얼굴이 탈색된 것처럼 하얗게 질렸다.

이 와중에도 세계의 대통령이라 부르는 미국 대통령인 만큼 이 일로 인해 벌어질 일들이 좌르륵 머릿속으로 나열된다.

나열된 어디에도 자신에게 유리한 곳이 없다.

가뜩이나 일본이 벌인 짓 때문에 여론이 들끓어 난리인데 선제공격에, 두 나라 간 전쟁까지 벌어지면…… 혹 거기에 연관됐다는 증거가 나오기라도 한다면, 몇몇 옷 벗는 거론 답이 없다. 민주당이 폭파될 것이다. 이런 이슈를 고이 놔둘 공화당이 아니니.

"오키나와는?"

"대련의 소환으로 사령관이 공석입니다."

"7함대는?"

"사이판 일대에서 기동 중입니다."

일본에 시간을 벌어 주기 위한 기동이 도리어 발목을 잡았다.

강력한 전쟁 억제력을 가진 7함대마저 근처에 없다면 미국도 정말 손 놓고 있을 수밖에 없다.

그때 또 한 사람이 뛰어 들어왔다.

로이 발렌틴 국방부 장관이었다.

바이른은 잔뜩 일그러진 그의 얼굴을 보자마자 무슨 일이 또 터졌음을 직감했다.

"또 뭡니까?"

"한국 전역에서 1천여 기의 미사일이 발사됐습니다."

"뭐라고욧?!"

"……"

"……"

"……"

"……"

"미스터 프레지던트!"

론 레인즈의 부름이 있고서야 바이른도 겨우 정신을 차렸다.

넋 놓고 있다간 정말 탄핵이다.

"당장 국가 안전 보장 회의 소집하세요!"

"옛썰."

"론은 지금부터 두 나라에 대한 시나리오를 최대한 분석해서 가져오세요."

긴장감만 올리다 끝났다면 최상이었지만.

그 속에서 또 한 번 동북아 내 미국의 위상을 드높였다면 더할 나위 없었을 테지만.

일이 벌어졌다.

미사일은 쏘아졌고 전쟁을 막지 못한 이상 이번 사태로 벌어질 일에 대한 최대한의 방어와 이익을 봐야 했다.

바이른의 머리가 다시 쾌속을 지향했다.

대응부터 마무리까지 어떤 기조로 응할지.

이 가운데에서 명분과 이익 둘 다 쥐어짤 수 있는 만큼 가져와야 한다.

미국은 언제나 영광의 나라여야 했으니.

그렇게 회의에 들고 1시간이 안 돼 바이른의 미간은 전례가 없이 찌푸려졌다.

"fuck!!"

아무리 묘안을 짜내도 미국의 영광 속에 자신은 없었다.

어떤 식으로든 이번 사태에 대한 책임을 져야 했고 아마도 이 일을 빌미로 공화당은 다음 대권을 잡을 것이다. 민주당마저 자신을 버리겠지.

곤란했다.

곤란한 건 죽도록 싫었다.

"안 되겠어. 나라도 살려면 다른 특별한 무언가가 필요해."

◇ ◆ ◇

1시간 전, 대한민국 독도 인근 해상.

마이즈루 함대에 속한 구축함 하나가 느닷없이 포격했다.

그 포격에 잘 있던 다케시마의 봉우리가 와르르 무너지는 걸 본 마이즈루 함대의 사령관이자 한국군 계급으로는 소장인 하세베 해장보가 기함했다.

"뭐야?! 뭐 하는 거야?! 당장 멈춰!"

"아오야마입니다!"

"오오키 이놈!"

"어떻게 합니까?"

"뭘 어떻게 해?! 빨리 연결해!"

"하잇."

하세베 해장보는 심장이 덜컥 내려앉았다. 어째 불안하다

불안하다 했더니 결국 아오야마 함장 오오키 일등해좌가 사고를 쳐 버렸다.

하세베도 현재 세계가 일본을 악의 축이라 부르며 여론이 좋지 않은 걸 알고 있었다. 총리도 그렇기에 신신당부하며 조용히 퇴군하라 명했건만 그걸 전달하자마자 저 앞뒤가 없는 후레잡놈의 새끼가 뒤틀어 버렸다.

- 오오키입니다.

"오오키 이놈!!!"

- 왜 갑자기 소리치십니까?

"퇴군하라는 명 못 들었나! 어째서 공격한 거냐?!"

- 말이 헛 나왔습니다. 너무 긴장해서.

"뭐, 뭐라고?!"

뭐, 말이 헛 나왔다고?

퇴각과 공격이 비슷한 계열의 발음인가?

이런 개잡종이…….

하세베 해장보는 하늘이 노래졌다.

조용히 퇴군만 하면 한낱 해프닝이 되고 다음 기회를 노릴 수 있었다. 비록 자신이 그 영광을 누리진 못해도 온전한 전력을 유지하여 다음 세대로 전달이 가능했다. 다음 기회는 다음 세대가 잡으면 되니까.

그걸 저 망나니 같은 놈이 망쳐 버렸다.

'처음부터 꺼려지더라니.'

극도의 보안을 요구하는 일에 자기가 제일 먼저 조선 땅에

깃발을 꽂을 거라고 떠벌리고 다니던 놈이었다.

몇 번이나 주의를 줬음에도 귓등으로도 안 듣던 놈.

결국 내쳐 버리려 했음에도 반려당했던 놈.

'해상막료장 아들만 아니었다면…… 칙쇼.'

자위대는 말 그대로 자위를 위한 조직이었다.

외부의 침략에 대비하여 자위와 방어 차원에서 무력 집단을 꾸리는 것.

그런데 자위대가 다른 나라를 침략했다. 그것도 아무 명분도 없이. 과거 전범 국가라는 낙인이 찍힌 주제가.

"하아……."

이제 일본은 선택해야 할 것이다.

군을 포기할 것인지 아님, 세계를 상대로 싸울 것인지.

"……."

하세베 해장보는 그 속에서 일본의 나락이 보였다.

제아무리 아시아 최강이라는 자부심을 부리더라도 실제로는 저 허약한 조선조차 입맛대로 요리 못 하는 전력이었다.

그런데 세계를 상대로?

결국 선택은 정해져 있었다.

"위대한 대일본제국의 영광이……."

수십 년 또 후퇴한다.

하세베 해장보는 비틀거리다 겨우 탁자를 짚었다. 그런 와중에도 할 일을 잊지는 않았다.

"오오키를 직위 해제한다. 함장실에 연금하고……."

"사령관님!"

보좌관의 부름과 동시에 온 함에서 붉은빛과 경고음이 요동쳤다.

하세베 해장보는 정신이 번쩍 들었다.

"한국에서 미사일이 발사됐습니다."

"뭐라?!"

"수십…… 아니, 최소 수백 기입니다."

"하아……."

진짜로 전쟁이 시작되었다.

오오키 같은 양아치 놈들의 놀이가 아닌 진짜 전쟁이.

하세베 해장보도 자세가 달라졌다.

"가동할 수 있는 모든 전력을 사용한다. 최대한 요격하……."

"미사일의 비행경로가 나닙니다. 우리 쪽으로 오는 건 일부입니다!"

"뭐라?!"

"보, 본토로 향합니다. 우리 쪽으로는 약 이백여 기입니다. 한국 해군도 움직입니다."

"……."

하세베 해장보의 눈이 감겼다.

"사령관님."

"……."

"사령관님 어서 명령을!"

보좌관의 다그침이 이어졌지만 하세베 해장보의 감긴 눈은 떠지지 않았다.

함 내엔 경고음과 경광등이 가득하고 미사일은 이백여 기나 날아오고 본토로는 그것보다 훨씬 더 많은 미사일이 날아가는 중이다.

하지만 사령실 누구도 움직이는 자가 없었다. 아무것도 하지 않은 채 하세베 해장보의 입만 보았다.

그것이 사령관이었고 그것이 배 위의 율법이었다.

일 초가 억겁 같은 시간이 지나갔다. 웬만한 미사일이라면 수십 km는 전진할 시간.

그제야 하세베 해장보의 눈이 떠졌다.

"전원 전투 준비."

""""전원 전투 준비!!!""""

복명복창에 전 인원이 자기 위치를 잡았다.

하세베 해장보는 어금니를 잘근 깨물었다.

본토는 본토고 우선 함대부터 보호해야 한다. 다음은 다음에 생각한다.

차라리 잘됐다는 생각도 들었다.

언제고 끝을 볼 거라면 자신의 대에서 끝을 보는 게 낫다.

더구나 상대는 비루한 한국군.

자신 있었다.

복명복창한 명령이 각각 함에 전달되기까지 걸린 시간은 단 5초.

하세베 해장보는 굳센 표정으로 입을 열었다.

"총력을 다해 미사일을 요격한다. 다음은 한국 해군을 제물로 삼고 부산으로 진격한다."

윙 윙 윙.

이지스함의 통제 체계가 열렸다.

각 함은 이지스함의 명령에 따라 표적을 할당받았다. 포문을 열어 일제히 미사일을 발사했다. 촘촘한 화망이 펼쳐지며 날아오는 이백여 기의 미사일과 마주해 갔다.

꼴깍.

누군가의 침 삼키는 소리였다.

하세베 해장보도 또한 그에 따라 본능적으로 침을 삼키려다 멈칫, 참았다.

지금은 침 삼키는 심력조차 낭비다.

고도의 집중력으로 이목을 기울였다.

콰쾅 콰콰콰콰쾅.

보이지 않는 먼바다로부터 엄청난 굉음이 전해졌다.

저 멀리 어딘가에서 하늘이 울리고 강렬한 빛이 터지길 반복.

"서, 성공입니다."

고대했던 보고가 올라왔다.

하세베 해장보는 두 눈으로 확인하기 위해 급히 레이더를 살폈다.

확실히 날아오던 점들이 사라졌다.

이백여 기의 미사일을 기어코 막아 낸 것.

"와아~."

"우와!"

함 내는 마치 한국의 항복을 받아 낸 것처럼 들끓었다. 매년 1조 엔 이상을 퍼부으며 최신형 함으로 교체한 보람이 결실을 보았다.

하세베 해장보는 깊은숨을 내쉬었고 주먹을 불끈, 결심을 다졌다.

이젠 되갚아 줘야 할 때!

목표를 찾으려 하는데 관측병의 다급한 보고가 터졌다.

"아, 아직 이십여 기가 남았습니다!"

"뭣?!"

"한 템 늦게, 다른 경로로 발사한 미사일이 우회해 들어오고 있습니다. 이지스도 그래서 그것들을 표적으로 설정하지 않은 것 같습니다."

"빨리 요격해!"

"하잇!"

이지스함이 급히 표적 설정에 들어갔으나 낭비한 시간이 너무 많았다. 미사일은 미처 포문을 열기도 전에 도착했고 급급한 CIWS 팰링스 기반의 대당 150만 달러짜리 C-RAM 대공포 다섯 대가 지이이이이잉 소리를 내며 20mm 탄을 분당 6천 발이나 공간에 뿌렸으나 소용없었다. 미사일은 유유히 피하고는 어느새 시선으로 들어왔다. 하세베 해장보와 병사들은

135

두 눈을 질끈 감았다.

제발 이쪽으로는 오지 말길.

오더라도 최소한으로만 피해당하길.

콰콰콰콰콰쾅.

굉음이 일었다.

"……."

"……."

"……."

"……."

"으응?"

"……?"

"……?"

"……뭐지?"

굉음이 일었는데 아무 일도 일어나지 않는다.

마땅하게 왔어야 할 충격파도 없다.

불발탄인가?

표정들이 점점 밝아졌다. 모시는 신이 진짜 소원을 들어준
건지…….

그러나 하세베 해장보는 함대 상황부터 알아야 했다.

"각 함대에 연락해 피해 상황을 보고하라."

"저 그게……."

"왜 그러지?"

"기기가 먹통입니다."

"레이더가 꺼졌습니다."

"모든 전자 기기가 멈췄습니다. 함선의 엔진도 멈췄습니다."

"뭐라고?! 엔진이 멈췄다고?!"

설마…….

어떤 사실이 하세베 해장보의 뒤통수를 후려쳤다.

"이게 진짜배기였던가."

앞의 이백여 기는 이 이십여 기의 미사일을 숨기기 위한 고육지책.

이 판단이 맞다면 함대는 창설 이래 가장 큰 위험에 노출된 상태다.

하세베 해장보가 머리를 잡고 소릴 질렀다.

"아아, 으아아아아아~~~."

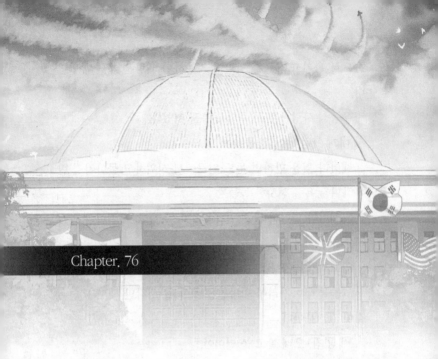

포항 인근

세종대왕함.

"성공입니다!"

"이걸로 저들의 전력은 유명무실해졌습니다!"

"함대는 전력 기동하여 저들을 수장시켜라."

100km 혹은 200km를 격하고 싸우는 현대 대함전에서 레이더와 전자 기기의 유무는 단순히 있느냐 없느냐의 차이가 아니었다.

생명선.

최신 함정일수록 예민한 전자 기기의 탑재는 필수였고, 함선 내부도 자동화 시스템을 지향한다. 예전처럼 포탄을 손으로 옮기고 좌표를 일일이 지정하던 때랑은 개념이 달랐다.

우동식 사령관은 두 주먹을 불끈 쥐었다.

'내게 이런 날이 올 줄이야.'

때마다 잊을 만하면 독도 인근에서 시위하고 돌아가길 반복하며 굴욕을 선사한 놈들.

그때마다 얼마나 많은 질타를 받아야 했고 또 얼마나 많은 분루를 삼켜야 했는지.

입꼬리가 절로 올라갔다.

그놈들의 아가리에 미사일을 꽂아 줄 생각만 해도 10년은 젊어진 기분이다.

"세상 참, 오래 살고 볼 일이야."

진격 명령을 내리면서도 우동식은 자기 뺨을 꼬집어 봤다.

최초 이 계획을 입안했을 때만 해도 대부분이 부정적이었다.

단순 비교만으로도 3배 전력 차인 상대를 도박과 같은 수법으로 이길 수 있으리라 여기는 이는 적었고 이는 수백 번의 시뮬레이션에서도 증명됐다.

- 우리가 가진 전력으로는 놈들의 대공망을 부술 수 없다.

간혹 몇 기가 꽂혔다고 해도 게임 전체의 향방과는 거리가 멀다. 도리어 상대의 약만 오르게 할 뿐.

하지만 벼랑 끝에 선 정부는 죽이 되든 밥이 되든 밀어붙였고 지대지 탄도 미사일인 현무 II-B의 탄두를 1t에서 500kg으로 전격 하향하고, 때마침 개발 완료해 실전 배치 중인 순항 미사일 현무 III-B의 리미티드를 해제해 이런 대박을 선사했다. 원래 중국으로 쏟아부으려던 전력이 온통 일본을 향한 것이다.

'살 떨렸어.'

우동식 사령관은 지금도 등골이 아찔하였다.

실전 배치가 끝난 현무 II-B는 사정거리가 겨우 500km 남짓이다. 당장 작전에 투입 가능한 숫자도 300기가 전부였고 사정거리 1,000km인 현무 III-B는 생산에 박차를 가하고 있다지만 채 100기도 채우지 못했다.

몇백 기로는 중국과는 아무것도 못 할 거라고 극렬히 반대했는데 대통령이 개소리 말라 소리 질렀다.

∞ 그래도 몇백 기나 있다는 거잖소. 더 뭐가 문제요? 아니, 우리한테 미사일이 그 둘뿐이오? 현무 I이랑 현무 II-A는 내버려 뒀다 국 끓여 먹을 작정이오?

∞ 대통령님, 현무 I은 사거리가 180km고 현무 II-A도 300km밖에 안 됩니다. 수량은 여유롭다고 하나 닿질 않습니다. 서해를 건너지도 못할…….

∞ 그게 무슨 개 같은 소리요?! 중국이 미국처럼 수천 킬로씩 떨어져 있소? 너무 먼 곳은 포기하고 닿는 곳까지 가자는

거 아니오. 가까운 곳은 현무 I로 조지면 될 거고! 이대로 정말 손만 빨 생각이오?! 진짜 이러시기요?!

그 순간 머리가 띵.
할 말이 없었다.
어째서 반드시 사거리가 닿아야 공격 가능하다고만 생각했는지.
대통령은 그것도 모자라 즉석에서 탄두 1t, 사거리 500km짜리 현무 II-B의 제원을 탄두 500kg으로 줄여 사거리를 1,000km로 늘여 버렸다.
사실 탄두 무게 줄여 사거리 늘이는 건 군 내부에서 은근히 작업 중인 일이기도 했다. 전쟁을 앞둔지라 감히 꺼내지 못했는데 평소 별 떨어뜨리기에나 관심을 보이던 대통령이 내지를지 누가 알았던가.
더구나 현무 I과 현무 II-A는 재고만 3,000기가 넘는다. 사거리가 비록 180km, 300km밖에 안 되지만 현무 II-A는 탄두가 1t이었다. 즉 탄두 조절만 하면 중국 동부는 전부 사정거리에 들어간다.
일본도 홋카이도를 제외한 전역이 사정거리에 들어간다.
"그때부터 재고 미사일에 연료 채우는 게 죽음이었지."
"그렇습니다. 전부 다 액체 연료잖습니까. 보는 눈을 피해 일일이 채우느라 병사들이 죽을 똥을 쌌죠. 옮기는 것도요. 우리도 빨리 고체 연료로 대체되어야 할 텐데요. 안 그렇습니까?"

"맞다. 하여튼 미국이랑 정치하는 놈들 때문에 되는 게 없어. 미사일 지침만 해결되면 뭐 해? 고체 연료 기술이 없는데. 그놈들만 아니었으면 대륙 간 탄도 미사일도 어려운 일이 아니었을 텐데. 그래도 정말 수고 많았다."

"아닙니다. 사령관님이 진정으로 수고하셨습니다."

"그래, 우리 둘 다 힘들었지. 하지만 제로킬이 없었으면 어려웠겠지?"

"두말할 나위 없죠."

"맞다. 제로킬이 우릴 살린 거다."

"그렇습니다. 사령관님, 그 녀석이 저 일본을 구석기 시대로 환원시킬 겁니다."

제로킬은 국방 과학 연구소에서 개발한 소형 EMP탄이었다.

반경은 겨우 200m에 불과하지만 걸리기만 하면 납으로 전체를 감싸 놓지 않는 이상 전자 기기는 무조건적으로 파괴시키는 무지막지한 놈이다.

물론 실전 배치엔 아직 한참 더 연구가 남았긴 한데 실험에서 가능성을 엿본 대통령이, 국방부가 우격다짐으로 밀어붙여 가져온 무기였다. 원래 용도는 저 일본이 아닌 핵으로 지랄 중인 북한에 견제하기 위함인데.

제로킬 열 발이면 대충 지름 2km 영역을 커버할 수 있다. 2km 영역 내 들어간 부대는 구식 무기 외엔 무용지물이 됐고 이것에 기함한 국방부가 재빨리 수량을 제작한 게 지금 일본 전에 쓰였다.

저 무서운 일본의 함대를 겨우 20기로 잡아내다니 가히 엄청난 교환비였다.

"요코스카, 사세보, 구레, 마이즈루로 날아간 우리 새끼들은 어떻게 됐지?"

"구레, 사세보는 곧 도착 예정이고 마이즈루는 5분, 요코스카는 아직 절반 정도 남았습니다."

"오미나토까지 닿았으면 좋았을 것을……."

"물리적으로 시간이 부족했습니다. 일본 내 타격할 지점만 수백 군데가 넘습니다."

"하긴 전격전이었고 연료 채우고 옮기는 것만도 죽을 뻔했는데 언제 거기까지 생각했겠어. 우린 최선을 다한 거야."

말을 하면서도 우동식 사령관의 입맛은 썼다.

사흘만 더 시간이 주어졌다면 현무 III-B를 조정해 홋카이도까지 다 쓸어버렸을 텐데.

왠지 화장실에 들어갔다가 뒤를 안 닦고 나온 것처럼 찜찜하다.

'아쉬워.'

일본 해상 자위대는 총 다섯 군데의 지방대로 이루어져 있었다.

도쿄 인근 등 혼슈의 중부를 담당하는 요코스카 지방대.

규슈 등 일본 서부를 담당하는 사세보 지방대.

규슈 동부와 시코쿠, 세토 내해 등을 담당하는 구레 지방 대.

동해를 향하는 해역의 연안을 담당하여 사사건건 독도에 서 마주치는 마이즈루 지방대.

홋카이도와 혼슈 동북부 연안을 담당하는 오미나토 지방 대.

이 중 네 개의 지방대에 치명타를 입힐 예정이니 앞으로의 전황은 병신 짓만 하지 않으면 무조건적인 승리라고 봐도 옳 다.

'그래, 육상 자위대 거점도 파괴해야 했으니까 우리 욕심만 채울 수는 없을 노릇이었지.'

바로 명령했다.

"미 7함대가 도착하기 전에 최소한 홋카이도 아래까지는 마비시켜야 한다. 남해 함대는?"

"서해 함대랑 같이 병력을 싣는 중이라 했습니다."

"잠수함 전대는?"

"이미 동해를 장악했습니다."

"문제가 생기면 안 된다."

"잊으셨습니까? 우리 잠수함 전대의 능력을?"

그럴 리가 있나.

림팩(RIMPAC)에서 쌓아 올린 한국 잠수함 전대의 전설 을.

미국을 주축으로 유사시 태평양 주요 해상로를 확보하고,

태평양 연안국 해군들 간의 연합 작전 능력을 강화하기 위해 2년마다 열리는 국제 해군 연합 기동 훈련을 박살 냈다.

이 훈련은 두 그룹으로 나뉘어 대항전 형식으로 행해지는데 가상의 적을 상정하고 해상 및 공중에서 적에 대한 반격을 주된 내용으로 한다.

쉽게 말해, 미국 해군을 포함, 각 국가의 해군이 편 먹고 가상으로 전쟁을 치르는 훈련이었다.

이런 훈련에 참가국 중 말좌에 서서 보이지도 않던 한국의 잠수함 전대가 미국 구축함을 격침시키고 상대편을 학살에 가깝게 박살 내 버리는 사고를 쳐 버린 거다. 레이더에는 한 번도 걸리지 않고.

이게 1998년이었다. 1991년에야 처음 잠수함을 가졌고 1998년에야 비로소 이종무함을 앞세우고 참가한 세계적 훈련에서 믿기지 않은 실적을 보인 것.

이후 매 2년마다 참가한 림팩에서 한국의 잠수함은 한 번도 레이더에 걸리지 않고 미국의 잠수함들과 전투함들을 잡아 댔다. 자근자근 확실하게.

그리고 2004년엔 세상에 이럴 수도 있나 싶을 만큼 초대형 사고를 쳤다.

1991년 진수하고 1993년에 취역하여 처음으로 림팩에 참전한 장보고함이 해군사 다시 나올까 의심스러울 만큼 전무후무한 업적을 세워 버린 것이다.

시작종이 울리자마자 조용히 아무도 모르게 혼자 나가서,

그렇지 않아도 몇 번의 교훈으로 한국 잠수함에 대한 경계치가 한껏 높아진 적함들을 상대로 무려 30척이란 킬 마크를 새기고 유유히 사라져 버린 것.

혼자서 30척도 놀라운 일일 텐데.

킬 리스트가 더 기가 막혔다.

한 대에 15조 원가량 되는 미국의 자랑이던 핵 추진 초대형 항공모함 존 스테니스함이 거기에 끼어 있었다. 그뿐인가. 존 스테니스함을 호위하던 2척의 최첨단 이지스함, 2척의 대형 순양함도 같이 수장시켰다. 그 곁에 떠다니던 구축함 정도는 껌처럼 씹어 버렸고.

우습게 보던 1,200톤급 디젤 잠수함 한 대가 미 항모 전단 하나를 통째로 말아 버린 것이다. 보너스로 이런 미 항모 전단을 돕기 위해 일본의 해상 자위대가 보낸 구축함도 4대 수장시켰다고. 3,000톤급 이상의 핵잠도 아닌 재래식 잠수함 주제에.

이 때문에 미 해군이 한바탕 뒤집혔던 걸 우동식 사령관은 잘 기억했다.

지금도 그때만 생각하면 전율이 돈다.

이런 잠수함 전대가 동해에 진을 쳤다.

그렇다면 동해는 복마전이다. 은연중 미 7함대와도 한번 붙어 보고 싶다며 자신감을 내비치는 그 미친 돌고래들이 동해에 나부끼는 중인데 어딜 되다 만 일본 잠수함 따위가 기웃거릴까.

"그래, 이제 육군만 들어가면 돼. 육군만……."

수송함에 잔뜩 실어서 드랍.

우르르 몰려가는 해병대와 뒤따르는 육군들을 떠올리는 것만도 배가 다 불러 왔다.

"땅개들이 제 역할을 해 주겠지?"

"그렇죠. 해병대가 길을 트고 육군이 안착하는 순간 일본 은 끝입니다. 사령관님도 알잖습니까? 우리나라 땅개…… 육 군이 전투력 하나만큼은 세계에서 먹어 주는 거."

"알지. 암 알다마다."

"싸가지는 좀 없긴 해도. 그 싸가지가 또 일본을 향한다면 멋진 매치가 아니겠습니까?"

"그렇지. 국방부를 아예 포방부로 불리게 만든 놈들인데. 그놈들이 게걸스럽게 움직이면 남아날 게 없겠지."

인구가 5천만인데 현역만 60만을 찍고 유사시 300만까지 동원할 수 있는 나라가 이 대한민국이라는 나라였다. 인구 14억의 저 중국조차 현역 220만에 예비군이 180만인데.

일반인 대부분이 총기를 다룰 줄 알았고 비상시 거리 아무 데서라도 일개 중대가 완편되는…… 체력과 감은 떨어져 있 을지언정 전투에 대해 아무것도 모르는 일본의 국민과는 질 적으로 다른 전투력을 보유한 민족이다.

일본은 지금 그런 나라에 승기를 내준 것이다.

"그래도 우리는 조심에 조심을 다 한다. 단 한 명의 전사자 도 나와선 안 돼."

"알겠습니다."

"우선 눈엣가시 같은 저놈들을 수장시키고 혹여 모를 도발에 대비해 남해 함대와 서해 함대를 호위한다."

그러나 우동식의 걱정은 기우였다.

독도 인근의 일본 마이즈루 함대가 이백 발의 미사일을 막아 낸 건 그들이 한창 기동 중이었고 또 예민해져 있었기 때문이었다. 그마저도 엄청난 행운이 깃들어서였고.

설마 한국이 이런 극단적인 선택을 할 거라고는 생각지도 못했던 일본은 세계의 이목 때문에라도 기동을 멈춰야 했고 전쟁이 벌어지기 전까지 독도에 있는 마이즈루 함대 외 나머지 함대들을 항구에 대기, 시동까지 꺼 둔 상태였다. 설사 무슨 일이 벌어지더라도 한국 내 내통하는 세력들이 있었기에 실시간으로 정보를 받아 처리할 수 있다고 자신했으니까.

간과한 점이라곤 딱 세 가지였다.

한국 내 세력을 너무 믿었다는 거고.

다른 하나는 정치라고는 1도 관심 없는 골수 꼴통 장군이 국방부 장관에 앉았다는 것.

마지막 하나는 세계의 압박에 못 이겨 철수 명령을 내렸다는 것.

함께 배석했던 사람들까지 대통령과 신임 국방부 장관의 시너지가 이 정도일 줄은 파악하지 못했고 철수 명령을 내린 순간 그나마 준비 태세이던 병력과 장비까지 원위치로 복귀되었다.

군장 돌려놓고 탄띠 풀어헤치고 누우려던…… 오타쿠 만만디 자위대로 돌아간 찰나의 타이밍에 미사일이 발사됐다.

일본 본토에 준비 완료된 대공망이 있을 리 만무했다. 아니, 완벽한 준비 태세라고 하더라도 그들은 정규군이 아닌 자위대였다.

전국시대부터 유구하게 전해 내려온 전통인 구타와 가혹행위, 부조리가 만연한 곳.

사회의 시선조차 자위대에 입대했다는 것만으로도 상당한 인격적 문제가 있는 것으로 취급된다는 그곳.

3D 직종 = 자위대.

마이니치 신문에 따르면 2004년부터 2010년까지 6년간 폭행, 공갈, 이지메로 인해 자살한 자위대원이 100명 이상 나왔으며 일본 민간 자살률의 1.5배에 달한다고 하는 곳.

가진 인적 자원이란 것도 병력의 30% 이상이 40대인 고령화에, 중졸 간부도 있고(다른 나라의 사관생도들이 엘리트들이란 것과 비교하면…….), 모집 포스터마저 신뢰감과는 거리가 먼 애니메이션 작화라.

그나마 들어오는 신병들도 그 작화에 자극받은 성욕 비틀린 오타쿠들뿐, 당연히 십 년 묵은 한국의 민방위도 부럽지 않을 만큼 군기가 해이하였다.

일화도 아주 많았다.

지역 행사 참가를 위해 부대 이동 중 차량에 거치된 미사일 탄두가 툭 떨어져 사람을 놀래키기도 하고 신나게 달리던 전

차에서 바퀴가 빠져 사방으로 굴러다닌다. 모의 전투 훈련에서 쓰라고 지급한 공포탄이 사실은 실탄이었고 그럼에도 또 한 명의 사상자도 나오지 않았다는 기적이 일어난 곳.

그런 무력 집단이 자위대였다.

돈을 아무리 퍼부어 좋은 무기를 들여온다고 한들, 공습 경고를 받아 즉각 움직인다고 한들, 제대로 작동이나 시킬까 의심스러울 전투력이.

이런 작태들에게 마하 4~7짜리 지대지 탄도 미사일이 날아가고 있었다. 그보단 조금 느리지만, 아음속 순항 미사일이 날아가고 있었다.

짧게는 수십 초, 길게는 30분이면 당도한다.

어어! 하는 사이에 쾅.

설마설마! 하는 사이에 쾅.

현무 I, 현무 II-A, 현무 II-B, 현무 III-B.

사거리에 따라 표적이 설정된 각 미사일은 고요한 환송회를 받으며 대한해협과 동해를 건넜고 해상 자위대, 육상 자위대, 항공 자위대 등 주요 기지는 물론 일부 산업 시설에까지 떨어져 일대를 초토화시켰다. 이 와중에 살아남았다 하더라도 뒤이어 날아온 제로킬에 전자 기기가 먹통이 되어 강제로 눈과 귀가 멀어야 했다. 중앙의 명령은커녕, 진군하는 한국군조차 확인할 수 없게.

그리고 또.

분명한 건 이것이 끝이 아니라는 것이다.

한국은 준비되는 사수로부터 계속 미사일을 쏘아 올리고 있었다. 이참에 아예 일본을 세상에서 지워 버릴 것처럼.

◇ ◆ ◇

교토 마이즈루
한국군 기지.

이미 날아간 수백 발의 미사일과 계속 날아가는 중인 수십 발의 미사일과 또 앞으로 날아갈 수백 발의 미사일로 대한해협의 주인이 명백해진 시점, 물자와 병력을 가득 실은 남해 함대가 잠수함 전대의 호위를 받아 도착한 곳은 교토의 바다라 불리는 마이즈루항이었다.

마이즈루항은 후쿠오카나 도야마, 홋카이도같이 유명하지도 또 관광지로서 메리트가 있는 곳은 아니었지만, 인근에 조선소가 있고 마이즈루 함대의 기지가 있고 또 스스로도 크루즈의 기항지로서 상당한 크기의 접안 시설이 있었다.

남해 함대가 마이즈루항을 베이스캠프로 삼은 이유는 이런 기반 시설의 유무도 있었지만, 대 일본 전쟁의 군사적 요충지로서 상당한 입지를 가졌기 때문이었다. 초전부터 마이즈루 함대를 격파, 괴멸적 타격으로 마이즈루 지방대를 무너뜨렸고 기타 기지 및 시설들도 마비시켰기에 접근하는 데 용이한 데다 일본의 허리인 교토와 지척이었기에 전력의 투사 및 작전의 무조건적인 성공을 위해서라도 절대로 놓쳐선 안 되는 지역이었다.

사령관 최홍문은 선발대와 함대가 위치를 잡자마자 즉시 명령을 내렸다.

"최대한 빨리 물자를 내린다. 병력은 작계대로 기동하고 우리는 동해 함대와 연계하여 혼슈 일대를 경계한다."

"넵, 출동 명령 내리겠습니다."

믿음직스러운 보좌관의 대답이 있자마자 최홍문은 다시 물었다.

"동해 함대에서 연락은 왔나?"

"넵, 마이즈루 함대로부터 항복을 받아 인선하고 있다고 연락 왔습니다. 인수인계 후 나머지는 작계대로 위치를 잡겠다 했습니다."

"흐음, 제멋대로 작전을 바꾸더니 재미는 혼자 다 보는군."

원래 동해 함대에 할당된 작전 계획은 마이즈루 함대를 수장시켜 동해 전역을 한국의 영역으로 만드는 것이었다.

동봉된 세부 지침도 이와 동일하였는데.

출동한 동해 함대 사령관인 우동식이 무슨 생각이어선지 갑자기 방향을 틀어 본부와 의견을 타진하더니 마이즈루 함대를 예인하는 것으로 결정 봐 버렸다.

아깝다는 얘기였다. 가뜩이나 우리 해군이 쓸 함선도 모자라는 판에 저 멀쩡한 것들을 수장시켜서 되겠냐고. 그냥 우리가 가져다 쓰자고. 인질들은 따로 옮겨 구금하고 배만 빼돌리면 되는 거 아니냐고.

155

"……!"

"……!"

"……!"

옴마야, 그런 수가 있었네.

애초 이 정도까지의 완벽한 초전을 예상 못 했던 터라 얼얼한 가운데 해군의 눈은 새로운 가능성에 눈이 벌게졌다.

무조건 통과.

저만한 규모의 함대를 구성하려면 들어갈 예산이 얼마인가. 가뜩이나 부족한 국방 예산에 한 푼이라도 더 타기 위해 공군과 육군과 아귀다툼할 생각만 하면 완편이 끝난 마이즈루 함대를 수장시키는 건 말도 안 되는 짓거리였다.

그까짓 전자 기기는 다시 채워 넣으면 되고 이름은 새로 붙이고 페인트도 다시 칠하면 새것이 된다. 또 뭐가 거슬릴 게 있나?

눈과 귀가 먼 최신 함대가 얼른 와서 파밍하라고 번쩍번쩍 빛나고 있었다.

얼른 가서 줍줍해야지.

"하아……."

지금쯤이면 거제도로 향하고 있을 마이즈루 함대였던 것들을 생각하면 최홍문 사령관은 아랫배가 살살 아파 왔다.

"우동식이는 지금 입이 귀까지 찢어졌겠지?"

가히 엄청난 군공이었다.

승리 플러스에 함대 하나를 고스란히 먹어 버렸다.

물론 개전과 동시에 마이즈루 함대를 상대해야 했으니 가장 위험한 작전에 동원되긴 했는데 그건 그거고 지금은 지금이다.

최홍문이 무척이나 아쉬운 표정을 짓자 보좌관이 눈치를 보며 한마디 거들었다.

"큼큼, 사령관님, 저희가 맡은 허리 자르기와 인질 구출도 아주 큰 비중입니다. 그래서 땅개들 제치고 해병대와 손잡았지 않습니까?"

"그런가?"

"그 인질들이 우리 함대에 실려 귀국하게 될 겁니다. 스포트라이트를 누가 받겠습니까?"

"하긴…… 규슈나 정복하라는 서해 함대보다는 나은 편이겠지. 그래, 해병대 애들은 잘 들어갔나?"

얼굴이 조금 풀어진 사령관을 본 보좌관은 더욱 힘을 주어 말했다.

"선발대와 함께 상륙했으니 지금쯤이면 교토대학에 진입했을 겁니다."

"그래, 그렇단 말이지."

"특수전전단은?"

특수전전단 UDT는 1999년까지 56특수전전대로 불리다 2000년에 특수전여단으로 개편, 2007년에 특수전전단으로 다시 개편됐다가 2009년 또다시 특수전여단으로 개편되었다. 2012년에 또 특수전전단으로 개편되어 쭉 간다. 뭐 하는 짓인지…….

"미리 가서 교토로 들어오는 길목을 장악했을 겁니다. 해병대 애들이 마음껏 날뛸 수 있게. 이게 거래였으니까요."

중요한 거래가 하나 있었다.

해군의 작전 지휘 아래 해병대가 움직인다.

구하는 건 해병대나 스포트라이트는 해군이 받는다.

이는 해병대의 고육지책이었다.

한국 해병대는 넘을 수 없는 한계 때문인데.

상륙전에서의 역량은 세계 최고 수준이라지만 그에 걸맞은 특수 부대가 없다.

특수 부대가 없어 독립된 부대로서 작전권을 부여받지 못한다는 것.

늘 해군의 그늘 아래 역할의 일부만 받아 만족해야 한다는 것.

이 상황을 명확히 알기 위해선 우선 특수 부대라는 개념에 대해 이해해야 하는데.

교범에서 정의하는 특수 부대란

- 종심 전투 통합선 이북에서 주로 운용되며 첩보 수집, 비정규전, 특수 작전 등의 임무를 수행하고 장거리 정찰 능력과 공, 해상으로 침투할 능력을 보유한 이들.

'특히 게릴라전을 수행하는 부대'라고 적어 났다.

이 개념을 토대로 2010년 기준 대한민국에서 공식적으로 존재하는 특수 부대는 단둘뿐이었다.

육군의 특전사.

해군의 특수전전단.

나머지는 특수 부대라는 명칭으로 불리고 있더라도 교범 상으로는 아니었다.

즉 해병대 특수 수색대도 특수 부대가 아니라는 것.

- 특수한 작전을 수행하는 집단이라 해도 독립적이지 않고 해병대의 작계에 따라 움직이는 부대이기에 그 활동 반경이 제한적이다.

이 평가만으로도 해병대 특수 수색대는 특수 부대로서 그 영역에 들어갈 수 없었다. 능력은 둘째 문제고.

그리고 특수 부대를 가진다는 의미는 해병대가 해군에 끼인 부대가 아닌 제대로 된 독립 부대로서 인정받게 된다는 얘기였다. 필수 조건이라. 1973년 유신 정권 이후 잃어버린, 중장까지로 제한된 해병대 사령관의 진급이 대장까지로 이어질 수 있는.

그래서 해병대는 해군에 많은 군공을 양보하고서라도 자기 능력을 입증하길 원했다. 해병대 전용 특수 부대를 창설하고 해군의 전폭적인 지지 아래 하나의 완전한 부대로서 면모를 갖추길 원했다. 육군, 공군, 해군 앞에 떳떳이 설 수 있게.

159

그리고 기회는 왔다.

국가적 명운을 건 전격적인 작전이 실행되었다.

고민에 할애할 시간은 적었고 마음 급해진 해병대는 자기만큼 군공이 목마른 해군에 손을 내밀었다. 해군은 그 손을 굳게 맞잡았다.

"잘해 줘야 할 거야. 잘만 해 주면 내가 제일 먼저 해병대의 손을 들어 주겠어."

"저도 보탬이 되겠습니다."

성공 가능성은 높았다.

전쟁이 발발했어도 일선 부대까지 여파가 전달되는 데는 시간이 필요하다.

인질 구출 작전은 그 간격을 노리고 들어갔다. 적이 제대로 인식하지 못했을 때 억류된 국민을 구해 낸다.

전쟁을 빌미로 또 우리 국민에게 무슨 짓을 벌이게 된다면 다 이기고도 씁쓸한 결과를 맞이할 수 있음을 해군은 물론 국방부도 잊지 않았다. 그렇기에 미사일 작전과 더불어 인질 구출 작전은 전쟁 직전까지 심혈을 기울일 만큼 무거운 사안이었다.

특수 부대가 갖고 싶었던 해병대는 마이즈루 수송 및 침투 책임자인 남해 함대 최홍문 사령관에게 다가왔고 기꺼이 고개를 숙였다.

"……."

"……."

마이즈루항에 척척 쌓여만 가는 물자들을 보며 최홍문 사령관은 고개를 털었다.

자기 두 뺨을 쫙쫙 쳤다.

전쟁은 이제 시작인데 벌써부터 군공 타령이라니.

빠져 가지고.

어금니를 악물었다.

이겨야 군공도 있고 영광도 있다.

그리고 이길 바엔 아주 압도적으로 짓이겨 줘야 뒤탈이 없다.

정신 똑바로 차려라. 최홍문.

"좋아. 다 좋다고. 승리도 좋고 군공도 좋아. 하지만! 부디 미리 말하지만! 아무런 피해가 없어야 할 거다. 그렇지 않으면 내가 직접 일본을 중세시대로 보내 버릴 테니까. 내가 반드시 그렇게 만들어 주겠다."

빠드득.

◇ ◆ ◇

위장 크림으로 전신을 시커멓게 칠한 해병대 제1사단 특수수색대 대장 도민환 중령은 교토대학에서 약 200m 떨어진 요시다 신사에 자리 잡아 작전 전체를 조망하고 있었다.

그사이 정찰을 위해 침투했던 이들이 돌아와 도민환 중령에게 보고했다.

161

"규모는?"

"약 100명이 주둔하고 있습니다."

"우리 국민은?"

"남녀 두 군데로 나눠 놨는데 경계 인원은 각각 열 명 내외입니다. 저, 근데."

"뭐지?"

"제가 확인한 바로는 진짜 머리카락이 다 밀려 있었습니다."

"이 쪽바리 새끼들이."

"개새끼들!"

"대장, 당장 다 죽여 버리죠."

"맞습니다. 이 개새끼들을 그냥 놔두면 우리가 개고생하며 훈련한 의미가 없어집니다."

대원들도 알고 있었다.

아니, 이 일은 대한민국 국민이라면 모를 수가 없었다.

관광하러 갔던 선량한 이들을 제멋대로 잡아 아무런 증거도 없이 테러리스트로 규정, 구금하고 폭행하였다. 21세기 선두에 선 나라라고는 도저히 믿을 수 없는 만행이었다.

대원들은 정신 무장을 위해서라도 수용소에 갇힌 우리 국민의 영상을 수십 번 돌려 보았다. 극렬한 적개심으로 표출되게.

하지만 도민환 중령만은 동조하지 않고 분노를 조절했다.

"흥분은 금물이다. 인질을 모두 확보한 다음이라면 모를까

절대 경거망동해서는 안 돼."

"알겠습니다. 침투는 언제 할까요?"

"경계 상황은?"

"아무것도 모르고 있습니다. 전쟁이 시작된 건 어떻게 알고 지들끼리 어수선하기는 한데 이렇다 할 방침이 정해진 게 아닌 것 같더라고요. 우왕좌왕."

이 말에 또 몇몇이 이죽댔다.

"아놔. 전쟁이 났는데도 멍만 때린다고? 이런 당나라 새끼들이 다 있나. 이런 놈들을 상대로 우리가 그동안 쫀 거야?"

"글쎄 말이다. 언론에선 맨날 일본의 전투력이 최고 수준이라고 떠들던데. 이게 뭐지."

"맞아. 전쟁 나면 순식간에 뒤엎어져 우리가 개박살 날 거라고 떠들었어. 그나마 우리 육군이 강해 버틴다고 했잖아."

"하여튼 그 전쟁 전문가란 새끼들부터 다 잡아 죽여야 해."

"놔둬. 오늘부로 완전히 뒤바뀔 테니까."

"뒤바뀌어야겠지. 내가 다 죽여 버릴 테니까. 근데 어쩌냐? 땡빨한 너는 한 놈도 못 죽일 것 같은데. 키키킥."

소곤대는 소리가 격해져도 도민환 중령은 일부러 자중시키지 않았다.

뭐라 해도 이곳은 적진.

사기가 중요했다. 특수 수색대는 미리 이 먼 곳까지 기동하며 쌓은 긴장감에 피로가 상당히 누적됐다. 약간의 농담 정도는 이완에 도움될 것이다.

도민환 중령은 인원을 다시금 새겼다.

칠십에 가까운 숫자. 대장, 부대장 외 추리고 추린 부사관 출신 전사들.

하나같이 베테랑들이라고는 하나 이 정도의 완전 무장한 군인이 마이즈루 기지부터 직선거리로 70여km의 거리를 이동하며 들키지 않은 건 그야말로 기적에 가까웠다.

극도의 조심성과 최선의 빠르기가 혼재하는 모순적인 작전임에도 결국 성공했고 해냈다.

물론 의도치 않게 몇몇 일반인들과 마주친 적은 있었지만 전부 잡아다 핸드폰부터 압류하고 보이지 않는 곳에 가뒀다.

'운이 없었던 사람들이지. 전쟁 중이고 전투를 최대한 피해야 했으니 어쩔 수 없지. 일단 한숨은 돌렸는데. 진짜 중요한 건 지금부터가 아니겠어?'

대원들을 둘러보았다.

돌이켜 보면 이 예민한 작전 때문에라도 훈련을 극성맞게 굴었던 게 참으로 다행이라 생각되었다. 대원 하나하나가 전부 잘해 주었다.

적들이 만약 침투 정보를 캐치해 초긴장 상태로 지키고 있었더라면 어땠을까? 총 든 100명을 상대로 말이다.

아찔했다.

'적은 일말의 경계심도 없이 늘어져 있어.'

최고의 기회다.

도민환 중령도 피가 끓었다.

똥물에 들어가고 습기 올라오는 생바닥에 누워 자고 쫄쫄 굶어 가며 지금까지 개지랄 훈련한 게 전부 무슨 이유 때문이 겠는가. 다 이때를 위함이 아니겠나.

팔에 돋는 솜털처럼 전율적인 보람이 정신을 일깨웠다.

'오냐. 그동안 갈고닦은 전투 기술을 네놈들에게 사용해 주마.'

다시 한번 지도를 살폈다.

목표 지점은 교토대학 서부, 각종 운동부실과 체육관으로 구성된 곳이다. 강당도 크고 수영장도 있고 터도 널찍해 군이 주둔하기 편리한 곳.

주먹을 꽉 쥐었다.

드디어 때가 왔다.

치가 떨리던 훈련도 이때를 위한 역작이었다면 차라리 행복이다.

"좋아. 더 이상 시간 끌 것 없다. 각자 맡은 위치는 숙지했겠지?"

"'악.'"

"다시 말하지만 한 놈도 다치지 마라. 이런 병신 같은 놈들을 상대로 손끝이라도 다쳤다간 그놈은 전역할 때까지 내가 책임지고 잠 안 재운다. 알았나?"

"'악.'"

기도비닉을 위한 작은 외침이었지만 분명하고도 확신에 찬 의지가 느껴졌다.

대만족.

"좋다. 명령을 하달한다. 1소대는 정면의 경계병 제거와 길을 트고 남자 수용소를 확보한다."

""악.""

"2소대는 후면으로 진입해 혹시 모를 저항과 퇴로를 막고 여자 수용소를 확보한다."

""악.""

"나머지 3소대, 4소대는 나와 함께…… 이 개 같은 놈들의 본진을 친다."

""악.""

살기등등해진 대원들이 모두 빛나는 눈으로 도민환 중령을 응시했다.

도민환 중령도 총을 잡았다.

"뭐 하나?! 굼벵이들아. 가서 다 죽여 버려."

일본 후쿠오카

하카타항.

한국의 서해 함대가 유유히 일본 규슈 지역의 경제를 지탱하는 중추 항만으로 들어서고 있었다.

국방부가 굳이 일본 해상 자위대 제2호위대군이 주둔 중이던 군항 사세보가 아닌 일반 무역항인 하카타항에 주목한 것은 별다른 이유에서가 아니었다.

사세보는 제4호위대군이 주둔 중이던 구레와 더불어 한반도와 가장 가까운 곳이라는 지리적 특이성 때문에 현재 그곳은 현무 I이 뿌리는 강철비 세례를 듬뿍 받고 있기 때문이었다.

국방부는 이참에 창고 어딘가에서 썩다 못해 더 이상 놔둘 곳이 없던 현무 I을 전부 소진시킬 작정이었다. 연료를 채우는 대로 규슈와 주코쿠, 시코쿠, 간사이 지방으로 계속 퍼부었다. 군항이었던 사세보와 구레 일대는 아군도 접근해서는 안 될 불모지가 됐고.

그래서 차선으로 선택한 곳이 후쿠오카 하카타항이었다.

하카타항도 충분한 이점이 있었다.

국제 해상 컨테이너 터미널로서 유명했고 외부 무역 컨테이너 취급 물량만 일본 내 제6위를 기록할 정도로 엄청난 규모를 자랑했다. 또 그만큼 물류 인프라가 잘 갖춰져 있어 군수 물자를 나르기에 아주 좋았다.

2010년 기준으로 외국인만 750만 명이 드나들었는데, 그중 60%가 한국인이긴 해도 꽤 많은 수의 외국인이 이곳에 머물러 있다는 점도 한몫했다.

하기 싫었던 전쟁이었으나 일단 시작했으니 최대한의 퍼포먼스를 보여야 했고 하카타항에 엄청난 물량을 쏟아 내는 서해 함대를 대놓고 사진 촬영해도 약간의 저지만 할 뿐 내버려 뒀다.

은근슬쩍, 이런 장면들이 세계로 퍼져 나가게.

작전의 일환이라.

지금까진 모든 게 순조로웠다.

"너무 쉬워."

"예?"

"모르겠나?"

"무슨 말씀이신지……?"

"이렇다 할 저항이 없잖아. 혹여나 모를 피습에 긴장하며 들어온 게 다 열받을 만큼."

"그야 현무 I이 다 때려 부수는 바람에……."

"그렇다 해도 저들을 봐라."

서해 함대 박선호 사령관은 밖을 가리켰다.

전쟁 중임에도 꽤 많은 수의 사람들이 몰려나와 서해 함대를 구경하고 있었다.

서양인들도 제법 보인다지만 대다수가 일본인으로 보이는 동양인.

좋은 구경이 난 것처럼 지들끼리 시시덕거린다.

"어때?"

"으음……."

"솔직히 말해도 되려나?"

"예?"

"난 이제 좀 무섭기까지 하다."

"사령관님?"

"저런 것들을 국민이라고 보호해야 한다면 어떤 마음이 들까?"

생각지도 못한 말이었다.

왠지 섬뜩한, 보좌관은 자기 팔에 오소소 소름이 돋는 걸 느꼈다.

"……."

"……."

"……."

"……."

"……."

"……."

"……."

"……."

"……우리 국민은 저렇지 않을 겁니다."

그동안 보인 온갖 부정한 이미지들을 보좌관은 애써 부정했다.

저래선 안 되니까.

"그래?"

"역사적으로 우리 국민은 국가 위기가 닥치면 제일 먼저 일어났습니다. 그게 우리나라 대한민국의 국민입니다. 전부 보셨지 않습니까. IMF 때 어떻게 했는지."

"하긴, 세계가 놀랐다고 하더군. 재벌이니 정치인이니 잘난 것들 죄다 숨죽이고 있을 판에."

"그렇습니다. 우리 국민은 이들과 질적으로 다릅니다."

마치 자신에게 하듯 단호하게 부르짖는 보좌관을 보며 피식 웃어 버리는 박선호 사령관이었다.

"너무 단정 짓지는 마."

"예?"

"어디서나 물 흐리는 놈들은 있으니까. 잊었어? 전쟁이 벌어질 것 같자 공항과 항구가 어땠는지."

"……."

"내가 이번 전쟁을 치르면서 깨닫는 게 참 많아. 그게 뭔지 알아?"

"……."

"선량한 국민은 언제나 손해 본다는 거다."

"……."

보좌관은 자기도 모르게 고개를 끄덕이며 동의하였다.

그러나 또 동시에 이 와중에 이득을 보는 건 절대다수의 국민이 아니라 소수의 협잡꾼이라는 것도 깨달았다.

분위기가 무겁게 가라앉았다.

박선호 사령관은 그런 보좌관의 어깨를 툭 쳤다.

"그렇다고 너무 매몰되진 말라고. 우린 아직 할 일이 넘친다."

"아, 옙, 죄송합니다."

"그 죄송한 마음만큼 분풀이를 부탁해도 되겠어?"

"예?"

"대충 점령만 하려 했는데 마음이 바뀌겠어. 나는 자네가 이 규슈의 행정을 마비시켜 줬으면 해."

"예? 갑자기 행정을요?"

"얘들 몰라? 아직도 손도장이나 찍고 다니잖아. 전산 작업이 옳게 돼 있을 리 만무하지. 이럴 때 관공서가, 은행 같은 것들이 무너지면 어떤 일이 벌어질까 궁금하지 않아?"

"아……."

"군사 시설은 보이는 대로 다 부수고 있다지만 주민들이 이용하는 관공서는 어떻게 해야 옳을까. 이 전쟁에서?"

"설마…… 다 태웁니까?"

"잘 아는군."

"……."

멍.

"뭐 해? 안 가고."

"아, 알겠습니다. 그리 움직이겠습니다."

박선호 사령관이 엉덩이를 툭 치자 화들짝 정신을 차린 보좌관을 뛰쳐나갔다.

나가는 보좌관을 보며 마이즈루에서 날뛰고 있을 남해 함대 최홍문 사령관을 떠올리는 박선호였다.

"그나저나 최홍문이는 잘하고 있을까? 거기는 보통 위험한 임무가 아닌데."

규슈 점령이라는 한 가지의 목표만 하달받은 서해 함대와는 달리 남해 함대에는 두 가지 임무가 주어졌다.

하나는 교토대학에 억류 중인 인질 구출.

또 하나는 나고야를 기준으로 일본의 동쪽과 서쪽을 가르는 저지선의 구축.

잠시 걱정하다 저 아래에서 사진 찍는 동양인들을 봤다.

"그다지 위험하지 않으려나?"

어느 것 하나 만만한 게 없는 작전이라 생각했는데 규슈 꼴을 보아하니 저지선 구축은 일도 아닐 것 같았다.

그도 그럴 것이.

사세보, 마이즈루, 구레, 요코스카, 오미나토 다섯 개로 포진된 해상 자위대처럼 육상 자위대도 도쿄에 둥지를 튼 중앙 즉응 집단 이제는 육상총대라 부르는 특수전 사령부를 두고 북부, 동북, 동부, 중부, 서부 방면대로 총 여섯 개로 나뉘어 넓게 포진돼 있었다.

참고로 국토 면적은 세 배 이상인데 육상 병력은 한국의 겨우 1/4 수준이다. 그것도 늙어 가는 병력뿐. 예비군은 꺼내는 게 민망하고.

이 중 서부, 중부, 동부, 특수전 사령부로는 확실하게 현무 미사일이 날아갔다.

다만 동해시에서도 직선거리로 1,000km 이상 떨어진 센다이에 둥지를 튼 동북 방면대는 거리가 먼 만큼 비교적 피해가 적었을 거라는 판단이었다. 홋카이도 삿포로에 주둔한 북부 방면대도 마찬가지로 미사일이 닿지 않았으니 그 전력이 고스란히 보존됐을 테고.

그러니까.

이 말을 달리하면 이외 지역에서는 거칠 것이 없다는 결론
이 나온다.

꿀 빠는 것.

"입이 찢어지겠어. 인질만 잘 구출하면 영웅이 될 테니. 쿠
쿠쿡, 에휴~ 나는 군 체질이 아닌가 봐. 그런 것도 다 싫고.
뭐니뭐니해도 안전이 제일 아니겠어?"

승리가 떼 놓은 당상이라도 박선호 사령관은 군공에 크게
관심 없었다.

이번 전쟁간 그의 목적은 오로지 하나였다.

최소한의 피해로 마무리하는 것.

"내 새끼들 누구 하나 다치지 않게 잘 보호해서 집으로 돌
려보내야지. 흠……"

그게 옳다 생각했다.

명령에 대치되지 않는 선에서 최대한 보수적으로 움직인
다.

그러다 번뜩 어떤 가정이 머릿속을 강타했다.

"……"

어쩌면 그러기 위해선 더 강력한 억제력이 필요할지도 모
르겠다는 예감이었다.

나갔던 보좌관을 다시 불렀다.

헐레벌떡 들어오는 보좌관을 향해 냉철한 명령을 내렸다.

"아까 한 명령을 잠시 미루고 미사일 기지부터 최우선으로

건설해. 여차하면 관서 지방을 불바다로 만들어 버리게."

"아……."

"꼭 필요한 일이야."

"옙, 바로 실행하겠습니다."

다시 튀어 나가는 보좌관의 등을 봤다.

"그래, 그래야지. 내 새끼들이 다치면 안 되지. 하나라도 죽는 순간 너흰 무조건 불바다야. 그땐 정말 다 끝장나는 거야."

◇ ◆ ◇

얼굴을 시커멓게 칠한 열댓 명의 병력이 건물 상점들 벽에 붙어 은밀히 기동하고 있었다.

모퉁이만 돌면 교토대학 정문이 나온다.

한국인 수용소에 주둔 중인 병력을 처리하고 인질들을 확보하는 게 이들의 임무였다.

가장 앞선 자가 주먹을 불끈 쥐자 움직임이 멈춘다. 보고가 이어졌다.

"교대 시간입니다."

"그래?"

고개를 들어 보니 꽤 떨어진 곳에서 네 명이 서로 툭툭 치며 인사하고 있었다.

정문 경계 인원은 단둘이었다.

이 넓은 장소에 겨우 둘만 내놓은 것.

수용소로 사용하는 공간과 가까워 언제든지 지원 나올 수 있다는 장점이 있지만, 전시라는 걸 감안했을 때 이해가 안 가는 건 어쩔 수 없었다.

"어떻게 할까요?"

"5분만 기다린다."

해병대 1사단 특수 수색대 1소대장 상사 이정호는 판단에 거침없었다. 병력은 대기 상태로 돌아갔고 조용한 가운데 이정호 상사는 주변을 관찰했다.

바로 앞으로 왕복 6차선 도로 히가시지오길이 지나간다.

1소대는 히가시지오길 정면을 따라 침투하였고 2소대는 둘러 뒤편 마리코지길을 따라 들어오게 돼 있다.

현재 히가시지오길에는 전쟁이 터졌음에도 실감이 안 나는지 띄엄띄엄이라도 차량이 지나다녔고 세종 문화 회관같이 생긴 수용소 본부로 사용되는 종합 체육관 건물은 아무런 방비도 없다. 하다못해 경계병도 말이다.

'잘돼야 할 텐데.'

정면으로 들어가는 만큼 위험도는 컸다.

이정호 상사는 받은 명령을 복기했다.

도민환 중령 대장은 '다 죽여 버려'라는 아주 간단한 명령을 내렸지만 그걸 곧이곧대로 들은 정신 나간 해병은 없었다. 그 말에 감춰진 진의는 다른 것도 아닌 대원들의 안전.

- 부디 다치지 말고 장악하라.

당장에라도 교대하는 네 명 정도는 간단히 죽일 수 있음에
도 타이밍을 기다리는 이유였다.

소란은 목적과 어긋나고, 목적과 어긋남은 반드시 사고를
동반한다.

잠시 생각을 가다듬는 사이 교대자가 자리를 차지했다.

새로 들어온 정문 경계조의 군기는 예상보다 더 형편없었
다.

바리케이드를 쳐 놨다지만 양 끝에 한 명씩 서서 사방을 경
계하고 혹여나 모를 상황에 대비해야 함에도 또 교전을 준비
하여 엄폐할 장소 정도는 미리 봐 두었어야 함에도 이들은 뻥
뚫린 길 가운데 드러나게 서서 노닥거리기 바빴다. 총기마저
바리케이드에 기대 놓고는 뭐가 그리도 즐거운지.

'이거 원…… 때려잡아 달라고 아우성도 아니고.'

그렇게도 원한다면.

어차피 때려잡으러 왔지만, 더 격렬하게 때려잡아 주겠다.

상사 이정호의 손짓에 1개 분대 다섯이 빠르게 정문 옆 통
신 시설이 있는 곳으로 향했다.

군의 위병소도 그렇고 대학교 정문도 본관과 연결되는 통
신 시설이 있다. 아무리 형편없는 조직이라도 그 정도는 준비
했을 거란 건 상식.

먼저 그것부터 확보해야 뒤탈이 없다.

얼마 지나지 않아 통신 시설을 장악했다는 사인이 들어왔다.

왠지 그럴 것 같았음에도…… 어이가 없었다.

피식 웃은 이정호 상사는 침투한 이들에게 제압까지 명령했다. 이쪽은 멀고 침투한 분대는 가까우니까.

순간 우르르 튀어 나간 다섯 명의 해병대가 경계병을 둘러쌌다. 총을 겨눴다.

"びっくりした빗꾸리시타(놀래라)!"

"에에?"

"なぁに나니(뭐)?"

"誰다레(누구)?"

저항은 생각도 못 한다.

무슨 얘기인지 킬킬대던 놈들 앞에 완전 무장한 시커먼 군인이 둘러싸 총을 겨눈다. 그 황당한 표정 위로 개머리판이 날아간다.

퍽 퍽 퍽 퍽.

"으억."

"끄억."

"静かにしろ시즈카니시로(조용히 해)."

일본으로 넘어오며 배운 몇 마디 문장이었으나, 반복적으로 말하며 기계적으로 두들겨 댔다.

두 명은 바리케이드 앞을 경계했고 한 명은 이정호 상사에게 신호했다. 나머지 병력이 들어올 때까지 남은 두 명은 경계조를 두드렸다.

"그만."

"옙."

잠깐 사이 걸레가 된 자위대를 흘끔 바라본 이정호 상사는
자위대 병사를 두들겼던 두 사람에게 정문을 맡겼다.

"너희 둘이 정문을 맡고 나머지는 나와 같이 수용소로 간
다."

큰 건물 아래를 따라, 다시 옆으로 늘어선 상점을 따라 기
동을 시작했다.

조금 더 내려가니 '르네'라고 부르는 서부 구내식당이 나왔
다. 꽤 큰 규모였다.

시계를 보자 오후 세 시를 막 지났다.

늦은 식사인가?

내부에 움직이는 숫자는 여섯.

변수였다.

이 시간에 본진과 떨어진 병력이 있을 줄이야.

고민되었다. 조금 있으면 도민환 중령 대장이 3, 4소대를
이끌고 종합 체육관을 친다.

'어쩔 수 없군.'

제압 명령을 내렸다.

두 개 분대가 순식간에 휩쓸고 들어가 밥 먹던 인원을 잡으
려는데,

"꺄악."

"꺄아악."

조리실에서 비명이 터졌다.

아뿔싸!

조리실에도 사람이 있다.

급히 튀어 들어간 이정호 상사 앞에 나타난 건 아주머니 다섯.

놀란 아주머니들이 톰슨가젤처럼 이리 뛰고 저리 뛰고 조리실을 난장판으로 만들고 있었다.

아이고, 골이야.

그냥 쏴 버려?

쾅.

발로 조리대를 세게 찬 이정호 상사가 소리쳤다.

"시즈카니시로(조용히 해)."

"아아……."

"아아아……."

총을 겨누자 그제야 일제히 엎드리는 아주머니들이었다.

"生かしてください이카시떼쿠다사이(살려 주세요)."

"이카시떼쿠다사이."

"'이카시떼쿠다사이.'"

그때 조리실로 대원 한 명이 급하게 들어왔다.

"소대장님, 동아리동 쪽에서 한 명이 다가옵니다."

소란을 들은 모양이다.

"이 아주머니들 맡고 있어."

"옙."

밖으로 나간 이정호 상사는 벽에 붙어 창으로 오는 인원을 발견했다.

총기도 걸치지 않고 너털너털 걸어오고 있었다.

"다행이네. 소리가 나서 뭔지 알아보려는 걸지도 모르겠어. 수상하게 여겼다면 몇몇을 더 데려왔겠지. 총부리를 앞세우고."

가장 가까운 문에서 대기 중인 대원들을 봤다.

눈이 마주쳤다.

수화로 '제압' 써서 보냈다.

수신 완료.

"どうしたの도우시타노(무슨 일이야)?"

중저음의 굵직한 목소리였다.

아무런 의심도 없이 문을 열고 들어온 자위대를 대원들이 양옆에서 덮쳤다.

"나, 난다? 으억!"

순식간에 제압당해 입까지 봉인된 자위대원.

십수 명의 해병대원들을 발견한 그 눈엔 금세 공포가 들어찼다.

"겁나 빠진 게 상황 파악은 할 줄 아네."

이정호 상사는 혹시 몰라 면전에다 대고 검지를 입으로 '쉿'.

만국 공통어답게 자위대는 울먹이면서도 고개를 끄덕였다.

"김 중사와 이 하사, 조 하사가 식당을 맡아."

"옙."

"나머진 동아리동으로 간다."

출발할 때와는 달리 다섯이나 줄었지만 상관없었다.

남자가 수용된 동아리동을 지키는 자위대 숫자는 겨우 열 명.

벌써 한 명을 잡았으니 아홉 명이다.

여자 수용소는 동아리동 바로 뒤쪽의 서부 강당이었다. 지금쯤이면 마리코지길로 침투한 2소대가 간을 보고 있을 것이다. 아마도 우리가 동아리동을 접수하는 걸 보고 움직이겠지.

"차라리 잘 됐어."

"예?"

"여기 식당에 들어온 거."

"아……."

식당은 2층 건물이었다.

1층은 식당 외 기타 숍이 들어섰고 2층은 카페테리아다.

2층에서 살펴본 동아리동은 총 다섯 개 동.

이 중 남자들이 수용된 곳은 가운데 동이었다.

눈에 보이는 경계병은 한 명.

이정호 상사가 옆에 있던 부소대장에게 말했다.

"밖을 경계하던 두 명 중 하나가 식당에 들어와 잡힌 걸 테고. 나머지는 어디 있지? 경계가 열 명이라고 하지 않았나?"

"내부나 후문에 있을 겁니다. 수용된 인원 감시도 만만찮을 테니까요."

"그렇군. 근데 열 명인 건 어떻게 알았어?"

"교대 시간에 봤다고 했습니다. 열 명이 들어가고 또 열 명이 우르르 나오는 장면을."

"그럼 확실하군."

고개를 끄덕였으나 이정호 상사는 방심하지 않았다.

내부에 더 있을지도 모른다.

동아리동 내부에 여덟 명이 있다는 걸 두 눈으로 확인하기 전까진 속단은 금물.

'역시 양옆으로 치는 게 좋겠지? 부소대장에게 후문을 맡기고 내가 정면을 친다. 마침 공사 중이라 가림막을 이용하면 수월하겠어.'

대략의 그림을 그린 이정호 상사는 부소대장에게 명령했고 1소대는 병력을 또 둘로 나눴다.

부소대장의 분대가 가림막 사이로 스며들어 가는 걸 확인한 이정호 상사는 반대편 문으로 나가 동아리동 가장 깊숙한 동 건물 벽에 찰싹 붙었다. 동아리동 후면을 확인했다.

역시나 가운데 동 후문에 두 명이 서 있었다.

그렇다면 내부에 여섯 혹은 그 이상이 있다는 것.

'어떻게 할까?'

잠시 고민하는 사이,

"어, 소대장님, 정면에 있는 놈이 움직이는데요."

"뭐?"

Chapter. 77

급히 정면으로 가 보니 총기는 어디에다 뒀는지 맨몸으로
뚜벅뚜벅 걸어오고 있었다.

여기까지 오는 게 아니라 바로 옆 동에서 좌회전하고는 담
배를 꺼냈다. 한껏 빨았다가 내뱉는 모습을 본 소대원 포함
이정호 상사는 순간 어이가 없었지만, 좋은 기회였다.

거리는 10m 내외.

3초면 도달한다.

담배를 다시 깊게 빨다 내뱉는 순간 득달같이 달려가 그 얼
굴에 총을 겨눴다.

"난다(뭐)? 켁, 케케켁."

담배 연기에 사레 걸린 놈 따위에겐 건네줄 인간적 동정은

없다. 바로 엎어트리고 제압.

후면 상황을 확인하니 부소대장이 후면 경계조를 제압하고는 급히 건물 안으로 끌고 들어가는 모습이 보였다.

이정호 상사도 연신 콜록거리는 자위대 놈을 앞세우고 가운데 동으로 진입했다.

부소대장이 벌써 상황 파악을 끝내고 보고하였다.

"1층에 인질이 있습니다. 넷이 무장한 채 지키고 있고요. 아직 2층은 확인하지 못했습니다."

"두 놈 이상이 2층에 있다는 거군."

"여기에서부터는 입구가 하나뿐입니다."

"순식간에 해치워야 한다는 거군."

"예."

"2층, 해결할 수 있지?"

"맡겨 주십시오."

"셋을 데려가."

"옙."

"부소대장이 신호 보내는 순간 우리도 진입한다."

마지막 관문이었다.

이 관문만 잘 넘으면 최소한 인질의 절반은 구출할 수 있다.

부디 성공하기를.

계단으로 올라가는 부소대장을 보며 속으로 기도한 이정호 상사는 개인 화기를 고쳐 쥐고는 어금니를 악물었다.

'최대한 교전을 피하겠지만 반항한다면……'

그러나 끌어올린 긴장이 다 어처구니없게도 부소대장은 금세 내려왔다. 맨발에 옷도 다 풀어헤친 두 놈을 데리고.

부소대장도 이제야 잠이 깨 상황 파악을 한 두 놈이 기가 막힌지 피식 웃었다.

"처자고 있었습니다."

"……그렇군."

알 수 없는 괴리감이 느껴졌다.

이정호 상사는 문득 이런 생각이 들었다.

어쩌면 이들을 상대로 우리가 너무 과민 반응을 한 게 아닌지.

이들에게 전쟁이란 우리의 개념과 다를 수도 있겠구나.

리셋할 수 있는 게임처럼.

쾅.

문을 박차고 들어갔다.

역시나 인질을 지키던 네 놈 전부 멍하니 지켜보기만 한다. 허리에 매달린 소총은 잡을 생각도 못 하고.

이도 우연이 아니라는 것이다.

지금까지 겪었던 모든 어이없는 상황이 전부 하나의 방향성을 탔다.

그랬다.

- 이놈들은 전쟁 중이 아니다.

송곳니를 드러낸 이정호 상사는 갑작스러운 상황에 놀란 인질들에게 외쳤다.

"대한민국 해병대 1사단 특수 수색대 상사 이정호입니다. 여러분을 구출하러 왔습니다."

◇ ◆ ◇

총 한 발 쏘지 않았다.

일백 명이 지키는 수용소를 장악하면서 단 한 명도 죽지 않고 단 한 명의 부상자도 없다. 적이든 아군이든 인질이든 하물며 장비든.

직접 작전에 참여했으면서도 이해가 가지 않는 성과였다.

이 말도 안 되는 결과에 도민환 중령은 잠시 할 말을 잃었다.

그러나 이도 현실이었다.

죽을 각오로 뛰어든 종합 체육관은 거의 대학교 기숙사를 방불케 했다. 자위대 병사들은 개인 화기는 어디에다가 내팽개쳤는지 전투복도 풀어헤치고 전투화도 신지 않았다. 만화책에, 게임에 정신이 없었고 한쪽에 놓인 무기고를 먼저 장악하는 순간 상황은 끝났다.

잠시 있으니 1소대가 사로잡은 자위대와 인질들을 데려왔고 2소대도 곧 비슷하게 들어왔다.

이래도 되나 싶을 정도로 대원들 전부가 고개를 갸웃댔다.

인질들도 생각보다 상태가 괜찮았다.

머리카락이 전부 밀린 것 외 죄수복을 입은 것 외 여성들이 추레해진 것 외 전체적인 외양은 생각보다 양호했고 간혹 심하게 얻어맞은 이들이 있긴 있었지만, 뉴스에서 보는 것만큼 죽을 지경은 아니었다.

소곤소곤.

수군수군.

지금 종합 체육관은 사람들로 북적였다.

주둔 중인 자위대 병사 일백 명은 무장 해제된 채 한쪽에 결박당해 있었고 구출한 인질들은 너도나도 구함받았다는 감사함에 한마디씩 하며 삼삼오오 자기들끼리 모여 다음 일을 기대했다.

"이제 기다리기만 하면 되나?"

보고는 했고 본부도 즉시 움직이겠다고 답변해 줬다. 혹시 모를 사태에 대비해 길목을 차단 중이던 UDT도 '이상 무'란 무전이 왔다.

임무를 무사히 마친 게 맞는데.

도민환 중령은 왠지 찜찜하였다.

'이상하게 뭔가 빼먹은 것 같아.'

하지만 몇 번을 다시 확인해도 문제는 없었고 인질 구출 작전은 완전무결할 정도로 대성공이었다. 본부에서 보내 준 차량만 도착하면 진짜 끝.

'괜찮은 거 맞겠지. 아무것도 나오는 게 없잖아. 아니야. 여긴 적진이다. 일단 경계는 놓쳐선 안 돼. 곳곳 경계를 강화

189

하고 난 다음에 다시 한번 돌아보자.'

몇몇 인원을 더 투입하고 나서야 도민환 중령은 대원들의 얼굴을 봤다.

믿음직한 녀석들.

작게라도 치하하고픈 마음이 들었다.

적진에서 작전하였음에도 단 한 명의 손실도 없이 완벽한 미션 클리어를 이루었다.

가히 전설적인 업적이 아닌가.

이 정도는 충분히 말해 줘도 될 것 같았다.

'그래, 내 새끼들은 내가 챙겨야지.'

그때 담요로 몸을 두른 여성 두 명이 도민환 중령에게 다가 왔다.

"저……."

"아, 예. 무슨 일이시죠? 어디 불편한 데 있으십니까?"

"아니에요. 그게 아니라…… 저기 우리 정미도 구해 주세 요."

"예?"

도민환 중령은 이게 무슨 소린가 했다.

"정미가…… 정미가 흐흐흑, 총에 맞았어요. 그 나쁜 자식 이, 우리 정미를 총으로 쐈어요."

"예?!"

"언니를 구해 주세요. 저 때문에 희생한 언니예요. 그 언니 가 죽으면 난 정말 날 절대로 용서 못 할 거예요."

"……!"

두 사람은 주저앉아 울어 버렸다. 울면서 마구 매달린다.

뭐야? 여기 있는 사람이 전부가 아니라고?

아직 상황 파악이 안 된 도민환 중령.

저만치 떨어져 있던 중년 남자가 다가왔다.

"이 얘기가 맞을 겁니다."

"예?"

"분명 총소리가 났어요. 앰뷸런스가 오고 당황한 군인들이 마구 뛰어다니는 걸 건너편에서 봤습니다."

"아저씨 말이 맞아요. 군인들이 바뀌고 있을 때 이시카와 그 나쁜 놈이 정미 언니를 찾아왔어요. 권총으로 쐈어요."

"……!"

놓쳤던 정보였다. 그것도 아주 큰 사안.

인질 중 정미라는 여성이 총을 맞았고 어디론가 실려 갔다는 것.

이 부대가 원래 지키던 부대가 아니라는 것.

도민환 중령은 즉시 정보를 정리하였다.

"죄송하지만 방금 제가 들은 것을 재확인하겠습니다. 선생님 성함이 어떻게 되시죠?"

"백준기요. 일본 온천이 유명하대서 여행 왔다가 이 꼴을 당했소."

"알겠습니다. 백준기 선생님, 먼저 부대가 이동했다고 했는데 언제 바뀌었습니까?"

"어제요. 부대가 바뀌고 나서 나름 대우가 좋아졌소. 폭력도 휘두르지 않고."

"그렇군요. 그럼 총소리도 부대가 바뀔 때 났다는 겁니까?"

"그 시점이오. 부대가 바뀌며 어수선할 때 '탕' 소리가 났고 군인들이 소리치고 앰뷸런스가 오고 난리도 아니었소. 여기 남자 수용소에 있던 사람들 전부 보았소."

"아아, 그렇군요. 감사합니다. 그럼 마지막으로 한 가지만 더 질문하겠습니다."

"말씀하시오."

"혹시 그 앰뷸런스 기억나십니까?"

"앰뷸런스라면?"

"다른 부상도 아니고 총상이지 않습니까? 아무 데서나 부르지는 않았을 테고 어디 가깝고 큰 병원에다 불렀을 텐데 뭐라고 적혀 있었는지 기억나십니까? 인질을 찾는 데 아주 귀중한 정보입니다."

"그건……. 아아, 이런! 내 불찰이오. 앰뷸런스가 왔다는 것만 기억나오. 뭐라고 쓰여 있었는지는 못 봤소."

안타까워하는 백준기였다.

그런 것도 확인 안 한 스스로가 실망이었는지 고개를 젓는 그를 도민환 중령은 서둘러 달랬다.

"아닙니다. 지금까지 말씀해 주신 거로 충분히 제 몫을 다 하셨습니다. 백준기 선생님께서 객관적으로 말씀해 주시지 않았다면 더 파악하기 힘들었을 겁니다."

"미안하오. 면목이 없소."

"괜찮습니다. 이제부터 저희가 찾으면 됩니다."

"내가 기억합니다."

뒤에서 다른 남자가 소리쳤다.

도민환 중령의 고개가 홱 돌아갔다.

"기억하신다고요?"

"내가 똑똑히 봤소. 경도(京都)라고 크게 적혀 있었소."

"경도라면 교토 아니오."

백준기가 거들었다.

"교토!"

그제야 도민환 중령의 머리도 환해졌다.

이곳이 어디인지 떠올랐다.

교토대학교.

이만한 규모의 종합 대학이라면 부설 대학 병원도 충분히
있을 수 있었다.

머리가 팽팽 돌았다.

개요상 이 사건은 전쟁 직전에 벌어졌을 것이다.

그러니까 일본은 가뜩이나 세계적 물의를 일으킨 가운데
인질에 총질까지 한 것.

여기에서 인질이 죽어 버린다면 걷잡을 수 없었을 테니 뭐
라 따질 것도 없이 가장 가까운 교토대학병원으로 옮겼을 확
률이 가장 높았다.

이 예상이 제발 맞아야겠지만.

그래도 정미란 여자는 교토대학병원 어딘가에 있을 가능성이 매우 컸다.

도민환 중령이 주먹을 꽉 쥐었다.

"그 정미란 분의 성이 어떻게 되죠?"

"언니요? 그게……."

"이 씨예요. 분명 이정미라고 했어요. 제가 첫날 같이 조사받아서 알아요."

정보 조사도 끝.

도민환 중령은 이 일을 UDT와 상의하러 무전을 쳤으나 지금 이동 중이란다. 작전 계획대로 나고야를 기준으로 서쪽을 가르는 전선을 형성하려고.

인원을 뺄 수 없다는 것.

'이 일은 우리가 할 수밖에 없겠군.'

본부에 다시 보고를 올렸다.

제압한 부대는 어제 바뀐 부대이고 인질 중 이정미란 여성이 이시카와란 자의 권총에 맞고 병원으로 후송되었음. 인근 교토대학병원으로 갔을 확률이 높아 거기부터 수색하겠음.

바로 지시를 받은 도민환 중령은 1소대장인 이정호 상사를 불렀다.

"정호야. 찾아 줄 수 있지?"

"옙, 걱정 마십시오. 교토대학병원을 뒤집어서라도 찾아내겠습니다."

"혹여나 일이 잘못돼도 인질의 시신만큼은 반드시 확보하라는 명령이다."

"당연히 그래야지요. 이런 놈들한테 우리 국민을 빼앗기겠습니까? 절대로 안 뺏깁니다."

"믿는다. 서둘러라. 병원은 아랫길로 500m쯤 있다고 한다."

"예, 바로 출발하겠습니다. 아 참, 일본어 할 줄 아는 인원 좀 차출 가능할까요?"

"으응? 왜?"

"뒤집더라도 확인하고 뒤집어야 하지 않겠습니까? 있다 없다만 알아내도 훨씬 찾기 수월할 겁니다."

"아아, 그렇군."

오면서 제일 힘들었던 게 바로 언어였다.

일본어만 할 줄 알았어도 임무는 더욱 순탄했을 것이다.

그래서 난감했다.

대원 중 일본어 능통자는 전무.

그렇다면 다른 곳에서 얻어야 하는데.

남은 무리는 자위대와 구출된 인질들뿐.

자위대는 기각, 그렇다고 이제 막 구함을 받은 우리 국민에게 이걸 묻는 건 더 도리가 아니었다.

한숨만 푹푹 나오는데.

아까 적극적이었던 백준기란 중년인이 다가왔다.

"일본어라면 내가 좀 하오."

"예?"

"소싯적에 일본에서 무역해서. 거 그 여성분 수색하는 데 도움이 필요한 거 아니오?"

"아, 예, 맞습니다."

"내가 도와주겠소."

"정말이십니까?"

"다 쭈그러들었지만 나 이래 봬도 해병대 387기요."

자기 가슴을 탕탕 친다.

"아! 선배님이시군요. 죄송합니다. 작전 중이라 예의는 생략하겠습니다."

"아니오. 작전 중에 예의를 찾는 건 아니지. 나는 지금 우리 후배님들이 무척 자랑스럽소. 말만 하시오. 내 뭐든 도우리다."

그러나 도민환 중령은 고민되었다.

백준기가 비록 해병대 선배라지만 중년을 넘어섰고 민간인이었다.

민간인을 작전에 동원하는 행위는 자칫 잘못했다간 굉장한 후폭풍을 불러올 수 있었다.

'아아, 이거 진퇴양난이군.'

하지만 골든 타임이 있었다.

우리에게 이정미가 중요해진 만큼 저들도 절실해졌다는 건 삼척동자도 알 것이다.

만약 일본이 먼저 손에 넣고 숨기려 작정한다면 실종된 이정미는 영원히 찾을 수 없다.

더구나 지금 이정미는 교토대학병원에 있는 것도 확인이 안 된 상태.

이럴 때 무장한 군인이 병원을 마구 들쑤시는 건……. 작전이 드러나며 여러모로 감수해야 할 위험이 컸다.

이정미.

이정미…….

이름을 되뇌는 도민환 중령.

'안 돼. 선택지가 없어. 이정미는 반드시 우리가 먼저 찾아서 보호해야 해. 더 늦으면 천추의 한이 될 거야.'

더 이상 방법이 없었다.

이정미를 찾지 못하는 순간 벌어질 일들은 너무도 명약관화했고 그건 곧 국가적으로도 엄청난 소요를 발생시킬 것이다.

도민환 중령의 눈에 결심이 들어섰다.

지푸라기 잡는 심정으로 백준기의 손을 잡았다.

"부탁드리겠습니다. 선배님. 같이 교토대학병원으로 가 주세요. 어제 군인들이 총상 환자를 보냈는지, 그 환자가 어디에 있는지만 확인해 주십시오. 뒤는 저희가 맡겠습니다."

"그것뿐이었소?"

"예?"

"있는지 없는지만 궁금한 거요?"

겨우 결심이 섰는데 갑자기 엉뚱한 말을 하는 백준기였다.

"그야…… 무엇도 확인되지 않은 상황이라."

"그런 거라면 쉽잖소."

"예?"

"여기 지휘관에게 물어보면 되지. 어디로 보냈는지."

"아!"

눈치 빠른 이정호 상사가 견장에 작대기 하나랑 작은 별 세 개가 그려진 전투복을 입은 남자를 데려왔다.

이름표에 '山村浩' 이렇게 적혀 있다.

백준기가 나섰다.

"야마무라 히로시란 놈이군. 어이. 야마무라."

"하, 하이."

"銃撃された人どこに連れて行ったの? 쥬게끼사레따 히또 도꼬니 쯔렛데 잇다노?(총 맞은 사람 어디로 보냈어?)"

"에?"

"その女どこにいる? 소노온나 도꼬니이루?(그 여자 어디 있어?)"

"아! 京都 大学 病院 교토 다이가쿠 뵤인."

번역해 주지 않아도 알 것 같았다.

교토대학병원.

이정호 상사가 급히 움직이려 하자 백준기가 또 따라붙었다.

뭐냐고 묻기도 전에.

"대학 병원 어디에 들어가 있는 줄 알고 쳐들어가려고. 종합 병원을 다 뒤지려고?"

"……."

"나만 믿으시오. 내 딸이라고 말하면 되니까."

"아……."

"갑시다. 빨리 찾아야지. 한시가 급하지 않소?"

앞장서는 백준기에 이정호 상사는 도민환 중령을 보며 피식 웃었다.

엄지를 척 내밀며.

◇ ◆ ◇

일본 수상 관저.

현 수상 관저는 비좁고 낡은 구 관저와는 달리 대지 46,000 ㎡에 연건평 25,000㎡로 지상 5층, 지하 1층의 초현대식 건물로서 2002년에 완공되었다.

쾌적하고 넉넉한 실내로 집무 보기에 탁월하였고 설계 또한 처음부터 그리되도록 이상적으로 꾸며 났다.

그러나 궁지에 몰린 간노 고이치는 이 넓은 집무실마저 답답하여 왔다 갔다 했다. 넥타이를 풀었다 묶었다. 그 앞에는 후쿠다 아케미 비서가 부동자세로 서 있었다.

"그래서 육상총대는 상태가 어떻던가?"

"그게……."

머뭇거리는 후쿠다 아케미에 간노 고이치가 언성을 높였다.

"자네가 직접 갔다 오지 않았나?!"

"저, 저기, 그게……."

"빨리 말해!!"

"……처참하기 그지없었습니다."

"뭐?!"

"가나가와 현에 주둔한 사령부는 형체를 찾아보기 힘들었고 치바 현에 주둔한 제1공정단도 완파, 제1헬기단도 무용지물이 됐습니다. 육상총대, 중앙 특수 무기 방호대, 대특수 무기 위생대도 올 스토프입니다. 하물며 교육 부대인 국제 활동 교육대까지 폭격을 맞아 제 기능을 상실했습니다."

"하아……."

간노 고이치는 머리가 아득해지는 느낌을 받았다.

한국에서 거리가 꽤 떨어진 도쿄도 이럴진대 가까운 중부 방면대와 서부 방면대는 어떨까?

"그래서 다음은? 계속해!"

"센다이에 주둔 중인 동북 방면대가 겨우 복구됐다고 연락이 왔지만 2/3가 기동 불가란 판정을 받았습니다. 북부 방면대만 전투력을 온전히 보존 중이라 연락받았습니다."

"겨우 하나만 남았다고?"

육상총대, 북부, 동북, 동부, 중부, 서부를 아우르는 육상 자위대 중 중앙, 동부, 중부, 서부가 통신 두절이었다. 그나마 연락이 된 동북마저 2/3가 기동 불가면 제 자리를 지키기도 어렵다는 얘기.

후쿠다 아케미의 보고는 계속됐다.

"항공 자위대 피해를 말씀드리겠습니다. 이루마, 고마쓰, 햐쿠리에서 주둔 중이던 중부 항공 방면대와 카스가, 뉴타바루, 츠이키기지에서 주둔 중인 서부 항공 방면대는 통신 두절이며 미사와, 홋카이도 치토세에 주둔 중인 북부 항공 방면대와 오키나와에 주둔 중인 남서 항공 방면대는 전력을 보존 중입니다."

"남서 항공 방면대는 관제가 목적이잖나. 항공단(航空団) 하나와 고사군 1개밖에 없는."

"그······렇습니다."

애초 전투 목적으로 지어지지 않은 유명무실한 부대였다.

힘이 빠졌는지 소파에 털썩 앉은 간노 고이치였지만, 아직 정신줄을 놓은 건 아니었다. 유사시 적어도 한 방 정도는 먹여 줄 전력이 남아 있다는 얘기였으니까.

"어쨌든 북부 항공 방면대는 무사하다는 거군. 해자대는?"

"제일 처참합니다. 사세보, 구레, 마이즈루, 요코스카는 항구로서 완전 기능을 잃었고 정박 중이던 함선들도 고철 덩어러가 됐습니다. 오미나토만이 유일하게 살아남았습니다."

"하아······. 그래서 우리 전력이 얼마만큼 남았다고?"

"해상은 오미나토, 육상은 북부 방면대와 동북 방면대 일부, 항공은 북부 항공과 남서 항공 방면대만 제 기능을 유지 중입니다."

"······."

전쟁 개시 1시간 만에 매년 수조 엔의 돈을 퍼부으며 금이야 옥이야 공들여 키운 전력의 80%가 날아가 버렸다는 것이다.

피가 역류할 정도로 열불이 치솟아 올라왔지만.

그래도 간노 고이치는 끈질긴 근성파답게 희망을 버리지 않았다.

이제부터라도 정신 차리고 임한다면 솟아날 구멍이 있다 믿었다.

하지만 후쿠다 아케미의 절망행 특급 보고는 아직 끝나지 않았다.

"문제는 이제부터입니다."

"또 뭐?"

"마이즈루와 후쿠오카로 들어온 한국의 남해 함대, 서해 함대가 미사일 기지를 설치 중이라는 뉴스가 보도되고 있습니다."

"뭐?! 뉴……스라고?"

직접 보라며 비서가 TV를 틀어 보여 주자 미국 CNN이 나왔다.

관광객으로 보이는 이가 손가락으로 V를 그리며 촬영한 장소엔 마침 수십 대의 미사일이 고개를 하늘로 쳐드는 장면이 찍혀 있었다. 그 모습이 생중계되고 있다.

간노 고이치는 미사일이 들어왔다는 것보다 저걸 찍게 놔뒀다는 게 더 이해가 안 됐다.

전쟁이었다.

저렇게 다 드러나면 안 되는…… 거 아닌가?

"……아! 되는 거였구나! 그래도 되는 거였어! 저놈들은 우리가 반격 못 할 걸 아는 거야. 그래서 시위하듯 드러내는 거야. 전쟁 더 할 거냐고."

"총리님. 빨리 움직여야 합니다. 이대로 두면 북부와 홋카이도 또한 적의 사정권에 들어갑니다. 급하게 오미나토 함대와 전력들을 베링 해협 방면으로 이동시켰다 하나 보급이 안 되면 더 이상의 희망이 없습니다."

"……."

희망이 없다고 한다.

비서는 아직 희망을 이야기하지만, 또 방금 전까지 스스로도 희망을 품었지만, 희망은 원래부터 없었음을 이 순간 간노 고이치는 깨달았다.

전쟁은 졌다.

저 한국에서 미사일이 날아오른 순간 일본은 전쟁에서 진 것이나 다름없었다. 미사일도 미사일이지만 그 미사일에 실려 온 이름 모를 EMP탄은 가공하기 이를 데 없었고 전 일본을 한순간에 100년 전으로 후퇴시켰다.

'졌구나. 졌어. 도무지 이길 방도가 없어.'

고개를 절레절레.

무섭도록 성장했다 해도 한국은 우리 일본이 철도를 깔아주고 차관 주고 기술 줘서 성장한 미개한 나라였다. 일본의 장학금을 받고 일본에 충성하는 놈들이 사회 지도층에 앉아 좌지우지하는 저급한 나라.

그래서 언제든 마음만 먹으면 제2의 식민지로 만들어 버릴 수 있다 여겼고 또 꽂아 놓은 빨대로 언제나 기분 좋은 단꿀을 빨 수 있을 거라 생각했는데.

'언제 이렇게나 강해졌던가⋯⋯.'

1985년 서양 저 빌어먹을 놈들의 프라자 합의 후 35년간 일본이 정체기를 걷는 동안 저 한국은 이만큼 성장해 버렸다.

간노 고이치는 시선 속에서 추락하는 일본을 보았다.

보이지도 않는 무저갱으로 떨어지는 일본.

저 무저갱에는 또 무엇이 있을지. 오늘 이후 어떤 일들이 벌어질지.

굳이 겪지 않아도 알 것 같은 기분이다.

하이에나 같은 놈들이 쳐들어와 일본을 갈기갈기 찢어 버리겠지.

도망가고 싶었다.

다 내팽개치고 아무도 없는 무인도 같은 곳에 들어가 한 오백 년 숨고 싶었다.

'끝이야.'

또 불뚝 원망이 치솟았다.

전쟁의 원흉.

다케시마에 포격을 가했던 놈.

그놈이 문제였다. 그놈이 모든 걸 망쳤다.

'해상막료장의 아들이랬지?'

그 망나니 놈만 아니었다면 우리 일본은 여전히 세계 최강 대국으로서 입지를 다지고 있었을 테고 자신도 또한 세계 최강국의 총리로서 영광을 이어 갔을 것이다. 이런 추잡한 나락이 아니라.

'그 튀겨 죽여도 모자랄 개잡놈을 어떻게 해야 내 속이 풀릴까?'

하지만 안타깝게도 그놈마저 손을 떠난 상태.

전쟁 개시와 함께 날아온 한국 미사일에 수장됐거나 운 좋게 살아남았어도 포로로 잡혔겠지.

'그놈에겐 너무도 쉬운 결말이야. 차라리 행운일 정도로. ……그래, 그러네. 어쩌면 그게 정답일 수도 있겠어.'

죽음이 오히려 더 편한 선택이라니.

어처구니없었지만, 현실이 그랬다.

깨끗하게 죽어 버리고 나면 누가 어쩔 텐가. 뒷일도 볼 일 없고 깔끔하고 가볍게 안식을 얻는 것이다.

'남은 사람들만 죽어 나가는 거지.'

그때 간노 고이치는 정신이 번쩍 들었다.

'아니야. 내가 이러고 있을 시간이 없어.'

죽을 만큼 아프지만, 아직 죽지는 않았다.

서둘러 움직이면 된다. 빨리 움직여 피해를 최소화하면 된다.

적어도 자신에게 돌아올 피해만큼은 감수할 것과 감수하지 말아야 할 것을 구분해 놔야 했다.

'맞아. 나는 분명 퇴각 명령을 내렸어. 이걸 잘 이용하면……!'

최대한 객관적으로 보자.

이 전쟁의 시발점은 분명 테러였지만 확실한 증거는 없고 수용소의 일은 사과하고 보상만 해 주면 된다. 결정적인 트리거는 다케시마 폭격.

지시를 듣지 않은 장교 하나 때문에 전쟁이 촉발됐고 이에 과민하게 반응한 한국도 책임이 일부 있었다.

그렇다면 자신은 도의적인 책임만 지면 될 일이 아닌가.

잘만 한다면 전쟁의 책임을 애초 말도 안 되는 작전을 구상한 군부 세력에게 밀어 버릴 수도 있었다.

'그래, 그게 살길이야!'

착 가라앉은 목소리가 비서에게 전해졌다.

"미국과 연락은 여전히 안 되지?"

"예."

"양키 새끼들, 돈 받아 처먹을 때는 좋았겠지."

"……."

"그 양키 새끼들, 명단은 다 들고 있지?"

"……엡."

"미국을 압박할 카드야. 절대 잃어버려선 안 돼."

"알겠습니다."

"한국은?"

"어수선합니다."

"어떻게든 막으라고 해. 반전 시위를 벌여서라도."

"지금 상황에 반전 시위는 죽으라는 얘기입니다. 아! 설마 한국 세력을 포기하시려는 겁니까?"

"칙쇼! 몰라. 죽어! 다 죽어 버리라고 해! 그 개자식들. 거기에서 뭐 하고 다니길래 장대운이 전쟁 준비하는지도 몰라?!!"

이를 악문 간노 고이치의 눈에 광기가 들어찼다. 이때부턴 논리적으로 막는 게 불가능하다는 걸 그를 오랜 세월 보필해 온 비서는 잘 알았다.

바로 순응했다.

"알겠습니다. 바로 지령을 내리겠습니다."

"그리고 은밀히 미국으로 내보내 줘야겠어."

"예?"

"가족들. 더 자세히 얘기해 줘야 해?"

"총리님."

이건 좀 아니지 않아?란 눈빛을 보냈건만.

생존력이 발동된 간노 고이치는 듣지 않았다.

그럴 수밖에 없었다.

외부와의 전쟁이 끝나면 기다리는 건 내부의 전쟁이었다. 책임 소재 여부부터 총대를 쥘 놈, 살 놈 구분이 오갈 테고 그 와중에 가족이 이 땅에 남아 있다는 건 다 죽겠다는 것과 같았다.

"어떻게든 내보내. 여기 있다간 아무것도 못 하고 비명에 갈 거야."

"하지만 미국으로 가려면 비행기가 필요한데……."

"어선이라도 태워서 내보내. 맞아. 거기 오키나와는 아직 무사하잖아. 그쪽을 통해 미국으로 보내 달라고 해."

"아, 알겠습니다."

"빨리!"

"옙."

서둘러 나가려는 비서를 간노 고이치가 또 잡았다.

"맞다. 거기 있잖아. 거기."

"예?"

"테러 용의자들 모아 놓은 곳. 수용소."

"아, 교토대학 말입니까?"

"어제 거기에서 총 맞았다는 여자가 있었지?"

"아! 있습니다. 교토대학병원으로 옮겨져 수술받는 중이라고 합니다."

"빨리 치워."

"예?"

멀뚱한 비서의 멱살을 간노 고이치가 잡았다.

"똑똑히 들어. 이 사실이 한국에, 세계에 알려졌다간 진짜 끝이야. 무슨 말인지 몰라? 우린 가만히 있는 인질에게 총을 쐈다고. 절대로 아무도 몰라야 해. 혹여나 말이 나와도 딱 잡아떼야 해. 알았어?!"

"아아…… 예."

"그 총 쏜 새끼도 잡아 놔. 나중에 어떻게 될지 모르니까."

"옙."

"빨리 움직여. 지체할 시간이 없다. 우리한텐 1분 1초가 부족하다."

"알겠습니다."

비서가 나간 총리 집무실이 횅해졌지만 간노 고이치는 그걸 느낄 새가 없었다.

너무도 바빴다.

자기 한 몸 건사하기는커녕 향후 정국이 어떻게 될지 주판을 굴리는 것만도 벅찼다. 그 속에서 생문(生門)을 찾는 것도.

"해내야 해. 해내야 내가 산다……."

간노 고이치는 할 수 있다면 길거리에 돌아다니는 네코의 손이라도 빌리고픈 심정이었다.

◇ ◆ ◇

다시 일본으로 들어온 천강인은 고쿄 서쪽 망루에 올라 도쿄 시가지를 살피고 있었다.

사르르 내리는 가랑비가 50m 폭은 돼 보이는 해자를 두고 에도시대의 성곽과 현대식 빌딩들을 비교하며 도시에 운치를 살리고 있건만 이 순간 허망하기 그지없는 건 단지 기분

탓은 아닐 것이다.

"저게 일본 국회일 테고. 저 너머에 있는 게 수상 관저로 군."

국회고 수상 관저고 육상 자위대 소속 경무대가 빼곡히 둘러싸고 있었다.

쥐새끼 한 마리 스며들지 못하게.

천강인은 코웃음이 나왔다.

"하여튼 티를 꼭 내요. 저런다고 내가 못 들어가나."

저 정도 병력 따윈 한순간에도 몰살시킬 힘이 천강인에겐 있었다.

"그나저나 영감 은근 불쌍한 신세였네."

덴노라고 떠받드는, 그 덴노가 거하는 고쿄에 커다란 폭발이 일고 전각 하나가 주저앉았음에도 고쿄 남쪽 축전교를 타고 들어오는 병력은 일개 소대급이었다.

반면, 수상 관저와 국회는 수백의 병력이 물샐틈없이 방어 중이다.

비실비실 힘은 없으나 오히려 정신력은 강했던 영감탱이가 불쌍해졌다. 그는 폭풍의 기운을 맞으면서도 꿋꿋이 자기 할 말은 다 했다.

"이런 상황이라 단련된 건가?"

왠지 이해되는 건 무슨 의미인지.

그러나 보여 줄 수 있는 건 단지 값싼 동정뿐이다.

"삶이 편치는 않았겠어."

본래대로라면 저 국회를 깨고 수상 관저마저 깨부술 계획이었지만.

마음이 싹 가셨다.

저런 놈들은 살아서 오욕을 감당하는 게 더 낫겠지.

'……'

꼴 보기도 싫은지 국회 의사당, 수상 관저에서 시선을 돌린 천강인은 50m도 넘는 해자를 훌쩍 뛰어넘어 남쪽으로 걸었다.

큰길 20번 도로를 타고 걷길 얼마나 됐을까? 도로가 급격하게 꺾여 북쪽으로 향했다. 아마도 고쿄를 둘러 가는 도로망인 모양.

계속 타고 걸었다.

극장도 보이고 미쓰비시 미술관도 보이고 걷다 보니 도쿄역도 지나고 조그만 샛강도 하나 넘어갔다.

문득 정신을 차리니 어딘지 모를 곳에 서 있었다.

어디지? 둘러보자 아주 눈에 익은 건물이 보였다.

한국은행과 똑 닮은, 도쿄역과도 닮은 것 같은 큰 건물이 보였다. 니혼바시 미쓰이 타워란다.

자세히 살피니.

"일본은행?"

호기심이 일었다.

안내판엔.

"여긴 구관(旧館)으로 1896년에 세워졌다고? 1973년까지 본관으로 사용되다가 사료 전시실로 전환됐고. 중요 문화재 건조물 제1914호? 그럼 진짜 본관은? 아아, 저 큰 거구나."

웃겼다.

똑같이 생긴 건물이 한국, 일본 동시에 있다니.

"같은 사람이 설계했나?"

실제로 그랬다. 다츠노 긴고라는 사람이 한국은행 본관과 구 부산역, 일본은행, 도쿄역 역사를 설계했다고 한다.

그런 사실을 알 리 없는 천강인으로서는 이 건물이 무척 반가웠다. 남대문과 명동 언저리에 들를 때마다 보이는 고풍스러운 건물을 이곳에서도 만났으니.

혹시나 하여 높이 올라가 봤다.

예전 경복궁 앞에서 박물관으로 사용하던 조선 총독부 건물이 일(日)자로 되어 있었던 게 기억났기 때문이었다.

역시나 어떤 모양을 형상화하고 있었다.

다시 높이 점프하고 나서야 어떻게 생겼는지 명확하게 보였다.

"円(엔)자로군. 일본의 중앙은행이라서 그런지 아예 돈 모양으로 지었어. 으응? 돈?"

돈이라고 말하고 나니 또 생각나는 사람이 있었다.

이선혜.

우리도 좋은 사무실 좀 갖자고 징징대는 녀석.

화장실 청소할 때마다 암모니아 때문에 피부 트러블 생기겠다며 누가 대신 화장실 청소해 주는 사무실로 옮겨 달라는 녀석.

그러고 보니 그 녀석은 항상 돈이 부족하다고 노래를 불렀다. 돈 되는 의뢰 좀 하자고.

그깟 돈일 뿐인데.

"……."

물론 천강인도 삶에 돈이 많이 필요하다는 건 알았다.

혼자서 전부 만들고 또 만들어 먹을 수 없다면 거래가 가능한 돈은 살아가는 데 아주 중요한 수단이니.

주머니를 뒤져 봤다.

몇천 엔밖에 없다. 동전 몇 개랑.

이 돈으로는 녀석의 소원을 들어줄 수 없다.

"고생하는데……."

일본은행을 봤다.

은행이니까 돈이 많겠지. 그것도 아주 넉넉히.

"조금만 가져다줄까?"

평상시라면 절대 하지 않을 행동이었지만 전쟁 중이다. 무슨 일이 벌어진들 전부 용인되는 시절.

그 많은 돈 중 얼마간 집어 간다고 문제 생길 일은 없을 것이다. 실제로 아프리카나 남미 독재자도 털어 본 경험이 있고.

"전부 세계 난민 캠프에 기부해 버렸는데. 조금 남겨 둘 걸 그랬나? 에이씨, 그래, 무에 그리 대수라고. 우리 애가 배고프다는데."

마음 급해진 천강인은 신관 정문으로 향했다.

문이 굳게 잠겨 있었다.

당연하다. 전쟁 났잖나.

쾅 와장창.

주먹질 한 방에 5cm 두께의 나무문이 박살 나고 뒤를 받치던 철제문까지 반쯤 망가져 덜렁거렸다.

에에에에에엥.

사이렌이 터졌다. 붉은 경광등이 나부꼈다. 깜짝 놀란 사람들이 우르르 튀어나왔다.

대부분 놀라 어쩔 줄을 몰라 하는 가운데 유독 한 사람이 권총을 꺼내며 소리쳤다. 정장에서 권총이 나오다니. 청원 경찰은 아닌 모양이다.

"動かないで우고카나이데(꼼짝 마)!"

"지랄은."

총 든 놈부터 달려가 두 팔을 비틀어 놓고 누구든 조금이라도 반항의 기운이 보이는 순간 뼈 한두 개씩 부러뜨려 줬다.

일은 순식간이었다.

반항은 엄두도 못 낼 때가 되어서야 천강인은 용무를 꺼냈다.

"긴코金庫(금고)."

눈 마주치는 연놈마다 긴코를 말했다.

또 눈 마주친 연놈마다 전부 아래를 가리킨다.

지하에 있다는 얘기.

쿵.

주먹이 중학교 교실 바닥같이 생긴 차가운 돌바닥을 쳤다.

꿈쩍도 안 한다.

굴착기를 대야 반응이 올 강도다.

마음이 급했음을 깨닫는다.

폭탄을 설치했다.

"逃げろにげろ(도망가)."

못 알아듣는다.

빼앗은 총으로 몇 번 쏴 주니 얼른 사라진다.

쾅.

폭탄은 터졌고 바닥에 크레이터가 남았다.

"한 방으로는 부족한가 보군."

다시 하나 더 설치.

그런데 대체 어디에서 폭탄이 자꾸 나오는 건지.

쾅.

뻥 뚫리며 지하 복도가 드러났다. 내려선 천강인 앞엔 세 개의 철창으로 가려진 육중한 철제 금고가 있었다.

반질반질 아주 윤기가 나는 놈이.

앞을 가로막는 철창도 그 두께가 상당했건만.

엿가락처럼 짓눌러 놓은 천강인은 금고문을 잡았다.

그그그긍.

"으응? 꽤 버티네. 강도가 제법인가 봐."

잠금쇠도 돌리지 않은 금고문을 더 잡아당겼다.

그그그그그극.

안 열린다.

한동안 불안한 소리를 내던 금고는 끝내 버텼다.

고개를 갸웃댄 천강인은 폭탄 세 개를 연달아 붙였다.

콰콰쾅.

문이 휘었다.

휜 틈으로 폭탄 세 개를 더 넣었다.

콰콰쾅.

결국 버티지 못한 잠금쇠가 구부러지며 금고문이 벌어졌다.

이렇게 대놓고 털 인간이 세상에 있다고는 생각 못 했던지, 아니면 오래된 금고라 재질이 현대의 합금에 비하지 못했던지 생긴 것보다 쉽게 그 속살을 드러냈다.

"후아~~ 엄청나군."

비닐 마감 처리된 지폐 덩어리가 집채처럼 쌓여 있었다.

그중에서도 백미는 누런빛 번쩍번쩍 빛나는 금괴.

차곡차곡 쌓아 놓은 모양새가 얼핏 세어 봐도 수백 톤에 이를 것 같다.

근래 본 것 중 가장 많은 양이다.

소름이 쫙.

"몇 덩이만 집어 가려 했는데 안 되겠어. 놔두면 일본의 부흥에 도움될 거잖아."

216

손을 휘젓자 에메랄드빛 얇은 막이 나타나며 금괴를 감쌌고 다시 휘젓자 자리에 있던 수백 톤의 금괴들이 사라졌다.

"성질 같으면 싹 다 비우고 싶지만. 너무 걱정 말라고. 난 딴 돈의 반만 가져가. 어떤 영화에서 그런 게 맞다더라고."

일본어로 된 건 놔두고 영어로 된 것들만 싹 챙겼다. 달러 뭉치부터 미국 국채까지. 뭔지도 모르면서.

그러곤 순대국밥 특으로 한 그릇 잘 먹은 사람처럼 배를 두드리며 나왔다.

"이제 집에 갈까? 내 할 일은 다 한 것 같은데."

레이첼이 또 기겁해 달려올 수 있으니까.

천강인은 어둠 속으로 모습을 감췄다.

일본 마이즈루
한국군 남해 함대.

"사령관님, 식사하셔야 합니다."

"생각 없다."

"안 됩니다. 어제부터 물 몇 모금 드신 게 전부잖습니까?"

"안 돼. 무언갈 먹으면 판단이 흐려져. 지금은 냉철을 유지할 때야."

"하지만……"

"그만!"

"……."

"거기 도민환 중령이한테 다시 연락 왔나?"

"해병대 말입니까? 아직 안 왔습니다. 기동한다 했으니 곧 연락이 오겠죠."

"부디 늦기 전에 확보해야 할 텐데."

"그렇긴 합니다. 그 여성분을 잃어버리면 이기고서도 개운치 않을 겁니다. 반드시 찾아야죠."

"속이 부글부글 끓는다."

"저도 그렇습니다."

"우리 국민을 그 꼬락서니로 만든 거로 모자라 총으로 쏜 거야. 미국인이라면 그랬을까?"

절대 아닐 것이다.

미국인이었다면 그런 일이 벌어지기도 전에 미국 대사관에서 움직였겠지. 아니면 미군이 움직였을 테고.

얕보인 결과였다.

놈들은 한국인을 여전히 예전 아주 쉽게 지배했던 힘없는 조선인으로 보고 있었다.

"마구 분풀이하고 싶다."

"사령관님……."

"전시엔 일선 지휘관에게 작전권 있는 거 알지?"

"압니다."

"그걸 어떻게든 적절히 사용하고 싶다. 꼭. 반드시. 어떻게 안 될까?"

"그렇게까지 하셔야겠습니까?"

"응."

"그럼 제가 어떻게 하면 좋겠습니까?"

"어떻게 해야 놈들이 아플까?"

이게 고민이었다.

개전 1시간 만에 전력의 80% 이상을 망가뜨리고 반나절 만에 관서 지방을 점령했다. 동해 함대의 마이즈루 함대 나포 작전이 끝나는 순간 전쟁은 더 이상 진행시키는 것조차 무의미해졌다. 곧 압도적 차이로 끝맺음 맺겠지.

하루 혹은 길어도 이틀 사이에 전쟁이 끝난다는 것.

보좌관은 이 사실을 모를 리 없는 최홍문 사령관의 진의가 무엇인지 살폈다.

이제부터는 마무리 싸움이다.

어떻게 마무리 짓느냐에 따라 군공 혹은 국격의 평가가 달라진다.

심적으로는 가만히 계시는 게 좋을 것 같다고 말하고 싶지만 최홍문은 그런 쉬운 방법을 원하는 게 아니었다.

평가에 영향을 끼치지 않으면서도 저 일본의 간담을 서늘하게 할 한 방이 필요하다.

하지만 이 역시도 신중해야 한다.

이는 최홍문 사령관뿐만 아니라 자신의 경력에도 아주 큰 선택이 될 테니.

"너무 튀는 건 좋지 않을 것 같습니다."

"그럴 테지. 눈에 튀는 공격은 사방의 눈살을 찌푸리게 할 거야."

"그렇다면 섞여 들어가는 것도 나쁘지 않을 것 같습니다."

"섞여 들어간다라?"

"미사일 폭격이 잦아든 시점입니다. 국방부 전언으로는 센다이 동북 방면대가 일부 살아남았다지 않습니까? 이곳 마이즈루에서라면 닿고도 남죠. 어쩌면 북부 끝 치토세까지도 바라볼 수 있습니다."

"옳거니."

맞장구를 치는 최홍문을 본 보좌관은 자신의 선택이 틀리지 않았음을 깨달았다.

뱃심에 더욱 힘을 주었다.

"제 보기에 이 시점, 사령관님께서는 일본 총리나, 덴노의 죽음을 원하시지는 않을 것 같습니다."

"당연하지. 그놈들은 전후 처리 해야 해. 지금 죽어선 안 돼. 관료 한 놈이라도 지금은 죽어선 안 돼."

"그렇다면 딱 한 가지가 남습니다."

"뭔가?"

귀를 쫑긋.

"일본이라는 국가 산업의 양대 축을 무너뜨리는 겁니다."

"양대 축?"

"일본은 결국 제조업과 다른 무엇이죠. 개전과 동시에 제조업을 망가뜨렸으니 남은 건 그것뿐입니다."

"그것이라면……?"

"금융입니다. 일본 금융의 중심, 일본은행을 박살 내는 겁니다."

최홍문의 환호는 덤이었다.

대만족한 남해 함대 사령관의 명령은 고작 30분도 안 돼 센다이와 치토세를 향해 현무 미사일을 쏘아 올릴 만큼 빠르고 강렬했다. 물론 그중 세 기가 은근슬쩍 일본은행으로 향한 건 개평이었고.

천강인이 일본은행을 나선 지 5분 후의 일이었다.

대한민국

청와대.

"대통령님, 핫라인이 열렸습니다."

도종현 비서실장의 보고에 진지하게 서류를 살피던 장대운이 고개를 들었다.

얼마나 열중했던지 얼굴이 다 시뻘겋게 달아올라 있었다.

"어딘데?"

"백악관입니다."

짜게 식은 얼굴로 피식 웃는 장대운이었다.

"똥줄이 타는 모양이네요. 쉐끼들."

"그렇긴 할 겁니다. 그래도 이제 슬슬 열 때가 되지 않았습니까?"

"그렇긴 해요."

선전 포고와 동시에 모든 외교 채널을 닫았다.

전쟁 개시 후 평소라면 만나자고 해도 스케줄 핑계나 대며 거드름 피웠던 주한 일본 대사가 문지방 닳듯 들락날락하였다는 소식은 들었다.

'그러게 만나자고 할 때 만나던가. 우리가 궁지에 몰렸을 땐 모른 척하더니. 싸가지 없는 새끼들이.'

올 스톱이었다.

그 주한 일본 대사도 곧 출동한 군대에 포위돼 일본 대사관에서 한 발짝도 나올 수 없었고 다른 국가들은 사태를 주시하느라 자중하였다. 이 시점, 걸리적거리는 건 오직 미국 대사와 미군밖에 없었다.

그러나 이도 다 의미 없는 일이란 걸 장대운은 알았다.

무릇 외교란 전쟁 전에나 사용하는 칼이다.

대망(大望)을 기원하며 미사일을 날린 순간 외교는 길바닥에 떨어진 아이스크림보다 무용해졌고 지금 한국은 일본 땅에 태극기를 꽂을 날이 머지않았다.

어제의 한국과 오늘의 한국이 전혀 다르다.

무에 아쉽다고 외교적 노력을 할까.

우리는 갑.

하지만,

"독불장군은 몰매 맞기 십상이겠죠? 이 시점, 핫라인이 열기를 뽑는다는 건 판단이 끝났다는 걸 테고."

"아무래도 그렇겠죠."

"뭐라는지 얘기나 들어나 볼까요?"

"우리도 슬슬 전후 처리에 신경 쓸 시점이니 어느 정도 선에서 합의점을 마련하는 것도 좋은 판단 같습니다."

"그래요."

장대운은 좋은 기분으로 전화를 받았다.

"안녕하십니까. 대한민국 대통령 장대운입니다."

[바이른이오.]

미간이 팍.

말이 짧다.

싸가지 없는 새끼.

물론 장대운에겐 속마음 정도는 얼마든지 티 안 내고 대화를 이어 나갈 내공이 있었다.

"바이른이시군요. 어쩐 일이십니까? 세계를 경영하느라 바쁘신 분께서."

[우리 이러지 맙시다. 장대운 대통령님.]

"무엇을 말입니까? 한국과 미국 사이에 무슨 문제라도 있습니까? 제가 보고받은 바가 없어서요."

[그 말이 아니잖소?]

"무슨 말인데요? 좀 알아듣게 설명해 주세요. 바쁜데."

[하아…….]

"한숨을 쉬시네요. 전화 거신 분이. 뭔가 아직 판단이 서지 않으신 것 같은데 나중에 다시 연결할까요?"

[아니오. 아니오. 그래, 어떻게 해 주면 좋겠소?]

"갑자기 미국이 우리한테 뭘 해 주겠다는 겁니까? 이상하네요. 왜 그러시는 건가요?"

[삐딱하게 굴지 말고 원하는 걸 말씀해 보시오. 최대한 긍정적으로 수용하겠소.]

최대한 긍정적이란다.

곧 죽을 새끼가 어디서 슈킹을.

어이가 없지만, 내공 충만한 장대운은 다시 명확하게 입장을 밝혔다.

"우리 대한민국은 미국에 원하는 게 없습니다. 갑자기 우리에게 이러시는 연유를 알 수가 없네요. 전화를 다 하시고. 찾을 때는 없더니."

[장대운 대통령님!]

"왜 또 부르십니까. 미스터 프레지던트."

[계속 이런 식이면 우리도 가만히 있지 않겠소.]

"가만히 있지 않겠다라…… 오호라, 전화한 이유가 그거였나요? 협박. 이거 외교적 결례인 거 인지하신 거죠?"

[내가 양보했잖소. 더 얼마나 해 달라는 거요?]

"알 수가 없네요. 바쁜 사람 붙잡고 자꾸 헛소리 지껄이시고. 계속 이러실 거면 끊겠습니다. 다만 언제 다시 연결될지는 알 수 없겠죠."

진짜로 전화 끊으려고 했다.

그제야 바이른이 잡았다.

[잠깐, 잠깐, 잠깐만!]

"왜 그러시죠?"

[알았소. 알았소. 일본이오. 일본 건. 됐소?]

"일본이 왜요?"

[하아……]

"또 한숨이시네. 미스터 프레지던트, 내가 만만한가요?"

[장대운 대통령, 더 끄는 건 당신에게도 좋지 않을 텐데요. 나도 더는 가만히 있지 않겠소.]

이젠 '님'자도 생략한다.

이제야 바이른이 본색을 드러내나 싶었다.

힘을 투사하겠다는 것.

힘으로 굴복시키겠다는 것.

웃음이 나왔다.

그래서 더 통쾌했다.

저 미국이 대화와 타협, 논리가 아니라 억지를 부린다.

억지를 부릴 수밖에 없는 상황이라는 얘기다.

장대운은 이 상황이, 현재 이곳으로 들어오는 모든 지표가 향후 한국이 동아시아에서 어떤 위치를 차지할지 보여 주는 방증으로 보였다.

뱃심 딱 주고 더 강하게 나갔다.

"가만히 있지 않겠다라……. 오케이, 가만히 있지 마세요. 누구한테 더 안 좋을까 지켜보면 되겠네요."

[왜 이렇게 막 나가시오. 전엔 그러지 않지 않았소.]

"누가 그러지 않았다는 건지……. 그리고 막 나간 건 미국이지. 내가 아니잖아. 성추행에 노망 난 프레지던트."

[…….]

"내가 모를 거라 생각했어? 바이른, 난 말이야. 아무리 생각해도 네놈이 이해가 안 가. 도대체 돈을 얼마나 처먹어야 우리 한국을 일본에 넘겨줄 생각을 다 할까? 아아, 심각한 위기 때 짠하고 나타나서 중재하고 양쪽에서 꿀 빨려고 한 건 알아. 그걸 내가 세계에 까 볼까? 니가 무슨 생각을 하고 있었는지."

[…….]

"당장 날아와서 무릎 꿇어도 시원찮을 판에 누구 앞에서 강짜야. 가만히 안 있겠다고? 그래서? 같이 한번 죽어 볼래?"

[크으음…….]

"까불지 말고. 닥치고 있어라. 거슬리게 하는 순간 넌 끝이야. 알지? 내가 입 한번 잘못 놀리면 너랑 민주당이 어떤 꼴을 당할지. 하여튼 개쉐끼들이 돈맛만 알아 가지고는 천지 분간을 못 해요."

[…….]

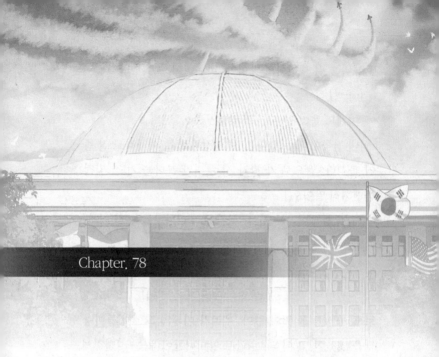

어디 한번 반격해 보라고 턈을 준 장대운이었지만.

전화기 너머로 들려오는 바이른의 목소리는 오히려 낮아
졌다.

[하아…… 왜 그러시오. 우리 잘 지내지 않았소. 내가 사과
하리다. 그만하고…….]

"시끄럽고. 아니, 그래, 너 말 한번 잘했다. 우리가 참 잘
지냈지. 하자 보수에만 도입값의 3배씩 드는 개똥 같은 무
기도 잔뜩 사 주고 때만 되면 관세니 뭐니 사람 복장 뒤집고,
반도체도 낼름 삼키려 하고 또 뭐만 한다고 하면 선물에 의
전에 네가 해 달라는 거 다 들어줬잖아. 우리 한국과 저 쌍놈
의 일본이 어떤 관계인 줄 알면서 그 사이에서 단물을 쭉쭉

229

빨아먹는 걸 보면서도 말이야. 바이른아."

[······.]

"이래도 우리 잘 지낸 거 맞냐?"

[내 잘못이 일부 있다는 걸 인정하겠소. 이제라도 잘 좀 풀어 봅시다. 끝으로 가 봤자 서로 피만 본다는 거 잘 알잖소. 동맹끼리 말이오.]

"누가 동맹이라는 거야? 싼값에 우리나라를 넘긴 너희? 아니면, 이제 곧 숨넘어갈 일본?"

[다 동맹이잖소.]

"지랄하지 말고. 우리 한국과 일본은 전에도 그렇고 앞으로도 동맹 맺을 일이 없어. 우리가 어떻게 그 쉐끼들이랑 동맹을 맺겠어? 말이 돼? 위안부 할머니들이 두 눈 시뻘겋게 뜨고 계신데. 그러니까 니 마음대로 정하지 말······ 아, 씨벌, 말하다 보니 더 열받네. 하여튼 너희 일본 빠들 때문에 우리 한국이 당한 걸 생각하면······ 후우~ 뒷말은 내가 삼가지."

[나도 잘 알고 있소. 그런데 우리 처지가 지금 너무 난처하오. 좀 도와주시오. 이번만 넘기면 그에 합당한 보상을 해 주겠소.]

"합당한 보상? 네가 주는 보상 필요 없어. 우린 일본을 먹을 거야. 이게 우리 보상이자 배상이야. 그리고 일이 이렇게 된 게 우리 때문이야? 우리가 힘들 때 너흰 어디 있었어?"

[지금껏 자유 진영을 수호하며 함께 한반도 영토를 지켰잖소. 이건 정말 잊어선 안 될 일이잖소.]

"이게 또 눈 가리고 아웅 하네. 그래서 너희가 하라는 대로 하고 살았잖아. 너희 말이라면 큰 뜻이 있겠지 하며 따르고, 그게 수십 년이야. 씨벌, 이 전쟁을 내가 만들었어? 너희가 조장했잖아. 아! 바이른아. 94년인가? 너희 민주당이 우리 몰래 북한에다 전쟁을 일으키려 한 것도 내가 안다는 걸 잊지 말아 줘."

[뭐, 뭐요?]

"너희가 우리 몰래 북한을 폭격하려고 했다는 걸 모를 것 같아? 빌 클린턴 때지?"

[……]

"더 할 말 있어?"

[압니다. 다 압니다. 진정하시고 일본 때문인 건 나도 압니다. 하지만 더 간다면 한국도 그리 좋은 일만 생기는 건 아니잖소. 이쯤에서 타협합시다. 내가 최대한 한국의 이익을 보전해 주겠소.]

"내가 먹을 걸 왜 너희가 왈가왈부야?! 내가 얼마만치 먹을지는 내 마음이고 두고 보면 될 일이잖아. 시간 없으니까 본론만 말해. 몰라? 지금 눈코 뜰 새 없이 바쁠 시기란 거."

[크음……]

잠시 말을 멈추는 바이른.

장대운은 더 쏘아붙여 줄까 했지만, 이쯤에서 타협점이 나온다면 대충 맞추고 슬슬 핫라인을 닫으려 하였다. 더 끌어봤자 실익이 없었으니까.

"할 말 없소? 설마 구체적인 방안도 없이 연락한 겁니까?"

[장대운 대통령님, 내가 이런 말까진 안 하려 했는데 자꾸 그렇게 나오면 실력 행사 들어갑니다.]

어랍쇼.

기대했던 말이 아니었다.

[동맹으로서 존중해 주었건만 계속 이런 식이라면 동맹도 의미가 없겠지.]

동맹까지 건드려?

선을 넘네.

"그래서?"

[대여한 위성부터 회수하겠소.]

선을 넘는 거로 모자라 장님으로 만들겠다?

이렇게 되면 일본에 상륙한 병력의 운용부터 현무 미사일의 정확도마저 현저히 떨어진다.

[잊지 마시오. 제7함대가 북상 중이라는 걸.]

"……"

기가 막힌 장대운이 잠시 할 말을 잃은 사이, 바이른은 오히려 목소리를 높였다.

[어째, 이제 사태 파악이 되시오? 감히 전시 작전권을 가진 미국의 허락도 받지 않고 전쟁을 일으킨 거로 모자라 중재마저 발로 차 버리려 하다니. 당신의 교만함이 한국의 앞날에 먹구름을 드리울 것이오.]

"……"

바이른이 다급해지다 못해 머리까지 돌아 버린 건지.

하지만 진짜 눈이 돌아 버린 것 같은 건 장대운이었다.

동맹이고 뭐고 싸우자고?

죽을 둥 살 둥 겨우 일본을 눌러 놨는데.

저 하이에나 같은 미국 놈이 손에 든 사탕마저 빼앗으려 든다.

"이 씨벌너미 진짜⋯⋯."

으르렁.

미국이랑 싸우면 죽는 건 알지만, 어차피 이 전쟁도 죽기 싫어 시작됐다.

한 번이 어렵지 두 번이 어렵나?

장대운도 머리가 팽팽 돌았다.

"오케이, 바이른, 니 말이 무슨 뜻인지 알겠어."

[오오, 이제야 말귀를 좀 알아듣는군.]

"너 지금 70년 혈맹한테 선전 포고한 거지? 알았어. 무슨 말인지 분명히 알아들었어. 너희가 먼저 동맹을 깨자고 한 거다. 이후 일은 전부 너희 책임이다."

[뭐, 뭐요?! 지금 뭐라⋯⋯.]

뭐라고 나불나불 뒷말이 터져 나왔으나 장대운은 핫라인 자체를 닫아 버렸다.

폐쇄.

바로 도종현 비서실장을 불렀다.

"기자들을 불러요. 중대 발표가 있습니다."

◇ ◆ ◇

서울 삼청동

자미원.

한민당 원내대표 조태정, 제1야당 민생당 원내대표 현은태, 국회 법사위원장 정민태, 화준그룹 신상조 부회장, 태청물산 이동문 대표, 강원형 검찰총장, 백준삼 대법원장, 대정일보 반도준 등등 전 멤버들이 전부 모여 있었다.

자리는 침중했고 누구 하나 선불리 입을 열 수 없을 만큼 분위기는 무척 어려웠다.

모인 지 한참이 됐건만.

김이 모락모락 올라오던 차마저 식어 버렸을 즈음에야 리더 격인 조태정이 입을 열었다.

"지령이 떨어졌소."

"……."

"……."

"……."

"……."

"……."

"……."

아무도 반응하지 않았다.

조태정은 이 현상을 이해하면서도 또 받아들이기 힘들었다.

며칠 전이라면 너도나도 달려와 자기가 무엇을 해야 할는지 묻기 바빴는데. 자기에게 맡겨 달라고. 눈이 벌게서 떨어질 떡고물을 고대했는데.

"장대운과 한국군의 동태를 놓친 것에 대해 심한 질책이 있었소."

"……."

"……."

"……."

"……."

"……."

"……."

여전히 반응하지 않았다.

한숨이 나왔지만 조태정은 말을 멈추지 않았다.

"어떻게든 반전 여론을 일으키라는 명령이시오. 모든 수단을 강구해서."

"……."

"……."

"……."

"……."

"……."

"……."

말을 하면서도 조태정은 편두통이 올라오는 걸 느꼈다.

말도 안 되는 지령이었다.

이런 상황에서 반전 시위 주도란 휘발유 끼얹고 불 속으로 뛰어들라는 얘기다.

즉 본토가 우릴 버리겠다는 뜻.

여기 있는 빠꼼이들이 그 판단을 못 할 리 없었다.

반응이 없는 건 그 이유였다.

조태정도 차마 입에 올리지 못하고 있는데.

뒤에 끼어 있던 대정일보 반도준이 툭 내뱉었다.

"죽으라는 거네요. 깨끗이 산화하라고요."

"크음……."

"으음……."

"……."

"커허음."

아픈 곳을 찔렀다는 듯 반응이 거세게 나왔다.

반도준이 한 번 더 말을 이었다.

"씨벌, 한 방에 깨진 주제에……. 미개한 조센징이라 부를 때는 언제고 이제 와 죽으래."

언론인 특유의 가슴을 찌르는 촌철살인에 모두의 미간이 확 찌푸려지며 동요를 일으켰다.

더는 안 되겠는지 민생당 원내대표 현은태가 끼어들었다.

"거 말조심하시오. 방도를 마련하고자 모인 거 아니오."

"그 말씀 참 잘하셨습니다. 어디 내가 틀린 말 했습니까? 한국 정도는 가볍게 이긴다고 하지 않았습니까? 그런데 결과가 이게 뭡니까? 반나절도 안 돼 망했어요. 여기 어디에 강대국이 있습니까? 그 모양으로 죽 쒀 놓고 이제 와 우리더러 죽으라고요?"

"누가 죽으랍니까? 방법을 찾아보자는 거 아니오!"

"그래서 방법이 있습니까? 군 쪽에서도 벌써 이런 말이 흘러나옵니다. 전쟁은 초전 1시간 만에 끝났다고요. 보십시오. 관서는 이미 한국군 통제하에 들어갔고 도쿄는 마비, 남은 건 저 끝자락 홋카이도뿐이랍니다. 그것도 동해 함대가 출격하면 끝장난다고요. 내린 지령도 딱 보니 악에 받쳐 마구 날린 것 같은데. 더 얘기가 필요합니까? 일본은 망했어요. 그것도 완전히요. 아시겠어요?"

"하아……."

현은태마저 아무 말 못 하고 한숨을 내 짖자 반도준은 벌떡 일어났다.

조태정이 뭐 하냐고 쳐다봤다.

"왜 일어나시오?"

"이대로 죽을 수는 없지 않겠습니까? 이렇게 모여서도 방법이 없는 걸 보면 희망이 없어요. 슬슬 각자도생해야지요."

"이봐. 반도준!"

"왜?"

"지금 우릴 배신하겠다는 거요?"

"배신은 본토가 먼저 했잖소! 쥐뿔도 없으면서 온갖 있는 척은 다 해 놓고. 이게 뭡니까?! 다 죽게 생겼잖소. 그래서 조 의원은 저기 일본의 지령대로 죽을 작정입니까?"

"······."

입을 다무는 조태정이었다.

불리하면 입을 다무는 건 그의 특기.

기세를 탄 반도준은 주변을 보며 선동했다.

"여기 죽기 바라는 사람이 어딨습니까? 정 법사위원장님이 나서시겠습니까? 아니면 신 부회장님이 나서시겠어요? 이 대표는요? 강 검찰총장은? 백준삼 대법원장님도 지령대로 순순히 죽으시겠습니까?"

"크음······."

"으음······."

"······."

"커허음."

헛기침만 터져 나왔다.

죽기 싫다는 얘기들이다.

다들 머리 굴리는 소리가 천둥처럼 지나간다.

'이젠 이 짓도 끝이구나.'

직감한, 그럴 줄 알았다는 듯 속으로 피식 웃은 반도준은 이참에 이 무리에서 빠져나가려 했다. 더는 볼 일 없었으니까.

하지만 미닫이문 언저리에서 현은태가 또 잡았다.

"잠깐."

"왜 그러시죠?"

"이대로 가면 당신은 무사할 거라 보오?"

"무슨……?"

"다들 잊은 모양인데. 우리를 이 자리에까지 오르게 한 게 누구라고 보는 거요? 본토에 우리가 부역한 증거가 다 있을 텐데 다음은 어쩌시려고요? 설마 그 많은 자금과 인력, 힘을 다 공짜로 받았다고 생각하는 건 아니겠지요?"

현은태의 말이 떨어지기가 무섭게 일동 전부가 침묵에 빠졌다.

반도준마저 아차! 하는 표정으로 얼음처럼 굳었다.

겪어 봐서 알았다.

이들이 배신자를 대하는 방식은 사회적 매장 정도는 차라리 천국일 만큼 치가 떨렸으니까. 그 일에 직접 참여해 보기도 했고.

"……."

"……."

"……."

"……."

"……."

"……."

좌중을 둘러본 현은태는 다시 한 번 못 박았다.

"죽으나 사나 우린 공동 운명체요. 본토든 우리든 누구 하나 무너지면 다 끝이라는 얘기요. 이럴 때 우리까지 분열됐다간 뒤가 없소. 계속 사태를 주목하고 살 방도를 마련해야……."

쾅.

그때 문이 벌컥 열리며 누군가의 비서로 보이는 남자가 다급한 표정으로 뛰어 들어왔다.

뭐라 제지할 새도 없이 TV부터 켠 그는 이렇게 말했다.

"장대운이 또 한 번 폭탄을 떨어뜨렸습니다."

"뭐라고?!"

"그게 무슨 소리야?!"

"지금 회의하는 거 안 보여?!"

"자, 잠깐만 뉴스부터 봅시다."

≪너무도 충격적인 발표였습니다. 영원한 우방이라 여겼던 미국이 우리 한국에 선전 포고를 했다고 합니다. 오늘 17시 20분경 바이른 미국 대통령으로부터 직통 전화를 받은 장대운 대통령의 발표에 따르면 미국이 우리 한국에 이런 명령을 했다고 알렸습니다. 당장 일본에서 물러나지 않으면 대여 중인 위성을 회수해 장님으로 만들고 사이판에서 올라오는 제7함대로 서울을 불바다로 만들겠다……. 허어…… 죄송합니다. 미국이 최후통첩을 했다고 합니다…….≫

이게 무슨 소린지.

직접 읽은 아나운서마저 경악하고 있었다.

다들 뭐라 한마디 하려는데 현은태가 막았다.

"조금 더. 내용을 더 들어 보고 얘기 나눕시다."

≪장대운 대통령은 부당한 요청이라고 거부했지만, 미국은 막무가내로 오늘 내로 일본에서 떠날 것을 요구한 게 아니라 명령했고 그렇지 않을 시 중재가 아닌 적으로 간주하겠다는 말까지 했다고 합니다. 이에 장대운 대통령은 침통한 표정을 감추지 못했고 이와 같은 전말을 국민께 알릴 수밖에 없었다고 합니다…….≫

점입가경이었다.

≪……청와대는 이 일을 단순한 엄포인지 진짜 선전 포고인지 정확히 알 수 없는 관계로 더 이상의 말을 아끼겠지만 일단 우리 국민의 생명과 재산을 보호하기 위해서라도 자주권 행사를 주저하지 않을 것이라 발표했습니다. 이에 따라 긴급 조치로 주한 미군을 포함, 한국에 거주하는 모든 미국인의 이동을 금지하겠다 공표하였습니다…….≫

"……."
"……."
"……."
"……."
"……."
"……."
뉴스는 계속되었다.

주한 미군 부대와 현무 미사일의 발사대가 어느 방향으로 수정되는 장면을 교차해 보여 주며……. 저 현무 미사일이 어디로 향하는지는 아무도 모르지만, 지금은 그게 중요한 게 아니었다.

미국이었다.

한국의 긴장감이 순식간에 임계점까지 높아졌다.

아나운서는 '청와대 자료에 의하면'이란 단서를 달며 보도 자료를 끊임없이 읽어 댔다.

거기엔 바이른 미국 대통령과 미국 민주당, 일본 자민당 간 유착과 일본 함대의 독도 침공 당시 기다렸다는 듯 미국 백악관과 미국 대사관까지 연락이 두절된 상황과 제7함대가 아무런 이유도 없이 사이판 해역으로 기동한 것부터 그에 힘입은 저 간악한 일본이 한반도 병합 계획을 물밑으로 진행시키고 있었음을 따박따박 정확하게 읽었다.

춘추관에 오른 장대운은 거의 울부짖고 있었다.

모두가 속았다고.

인면수심 미국에 우리는 속고 있었다고.

미국은 일본이 내어 주는 몇 푼의 돈에 70년 혈맹인 한국을 팔아넘겼고 작금에 이르러서는 그 총부리마저 겨누는 지경에 이르렀다고 그 증거가 있다며 소리쳤다.

마지막엔 결의를 다지는 목소리로 대한민국의 생존을 위해 이 한목숨 초개같이 바치겠다며 지금부터 청와대에 머물지 않고 인구 밀도가 적은 파주의 모처로 이동한다고 했다.

거기라면 미사일을 쏘든 암살자를 보내든 자기 혼자만 죽지 않겠냐고.

국민 여러분의 삶에 불안을 일으킨 죄업을 달게 받으며 떠나가겠다는 장대운은 다만 혼자는 죽지 않겠다고 자기가 죽는 순간 현재 가동 중인 모든 미사일을 주한 미군과 오키나와의 미군 기지에 날릴 거라는 경고를 날리며 허리를 숙였다.

"……."

"……."

"……."

"……."

"……."

"……."

생각지도 못한 변수였다.

일본과 싸운 지 얼마나 됐다고 미국과 또 싸우다니.

모두가 멍한 가운데 현은태만이 눈을 빛냈다.

"이거…… 잘하면 살길이 열릴지도 모르겠는데요. 우선 미국부터 도와주는 게 어떻습니까?"

대한민국발 핵폭탄이 워싱턴에서 터졌다.

더욱이 대상은 세계의 대통령으로 불리는 바이른 화이트 대통령.

발칵 뒤집힌 미국 정계가 이를 조사, 현황을 파악하는 건 시간문제였다. 그것이 민주당이든 공화당이든.

"좋군. 좋아."

공화당의 입장에서는 울고 싶은 사람 뺨 때려 준 격이었다.

가뜩이나 세계 최대 이슈인 한일전쟁의 배후에 미국 대통령이 있다?

음모론적 소설에서나 등장하는 얘기가 사실임이 입증된 순간 다음 선거는 굳이 계산기를 두드려 보지 않아도 될 만큼 공화당에 유리했다.

"의원님, 기자들이 모였습니다."

"그렇군."

공화당 상원 의원 매디슨 라이트는 그중에서도 가장 발 빠르게 움직인 사람이었다. 가진 모든 인맥을 동원해 사태 파악에 들어갔고 오늘 지금 결과지를 손에 쥐었다.

그가 든 보고서엔 한일전쟁 전, 미국이 보여 준 스탠스와 제7함대의 행적이 들어 있었다.

매디슨 라이트는 되새김하듯 보고서를 다시 살폈다.

"한 번 기동하는 데만도 수천만 달러가 드는 함대를 예정에도 없던 사이판으로 이동시켰어. 강력한 전쟁 억제력을 말이야. 누가 봐도 길을 열어 준 모양새야. 일본은 이 기회를 이용하여 독도를 포격했고."

첨부된 종이 쪼가리를 꺼냈다.

명령서였다. 사이판으로 가 해상 기동하라는.

단지 이것 하나만으로도 바이른의 목줄이 손에 들어온 것 같았다. 이제부턴 의도가 있었든 없었든 중요치 않았다. 한일전쟁이 벌어졌으니.

조용히 일어난 그는 외투를 챙겨 기자 앞에 섰다.

뭐라도 던져 달라는 강아지처럼 쳐다보는 기자들을 두고 그 두꺼운 몸체처럼 천천히 입을 열었다.

"더욱 신중하고 또 면밀한 조사가 이행되어야겠지만 일정 부분에서 한국 대통령의 발언이 사실이었음이 드러났습니다."

기자들의 입이 떡 벌어졌다.

한국발 핵폭탄이 터진 후 연 첫 정계 인사의 인터뷰에서 이런 말을 들을 줄은 몰랐다는 표정이었다.

매디슨 라이트는 기자들이 당혹하든 말든 자기 페이스를 유지했다.

"증거의 방향성이 심상치 않습니다. 정말 만일 한국 대통령의 발언대로 백악관이 한일전쟁을 부추긴 거라면 이는 워터게이트 이후 최대의 스캔들이 될 겁니다."

쾅.

또 한 번 폭탄이 터졌다.

비유도 하필 워터게이트였다.

1972년 6월 R.M.닉슨 대통령의 재선을 위해 비밀 공작원들이 워싱턴 워터게이트빌딩에 있는 민주당 전국 위원회 본부에 침입하여 도청 장치를 설치하려다 발각·체포된 사건.

"말도 안 돼."

"그럼 그 말이 정말이란 말이야?!"

"오우, 쉿!"

"그럼 이제 어떻게 되는 거야?"

절로 경악성이 터진 것처럼 이 자리에서 그것이 암시하는 바를 모를 언론인들은 없었다.

워터게이트였다.

다음 날로 특종이라며 미국에 존재하는 모든 언론이 이 사실을 대대적으로 다루었다.

【공화당 상원 의원 매디슨 라이트, 워터게이트를 열다!】

미국은 아직 기억하고 있었다.

워터게이트로 인해 닉슨이 어떻게 됐는지.

선거 방해, 정치 헌금 부정·수뢰·탈세 등등 온갖 비리가 폭풍처럼 몰아쳐 임기 중인 대통령이 날아갔다.

미국 역사에서도 대통령이 임기 중에 사임한 건 닉슨이 최초였으며, 빌 클린턴보다 더 큰 오점으로 기록되고 있었다.

그런데 닉슨은 공화당이다.

일부 골수 공화당원들이 매디슨 라이트가 금기를 건드렸다며 어퍼컷을 날리긴 했지만, 대다수 공화당원들은 무릎을 치며 매디슨 라이트의 선점에 감탄했다.

미국의 차기 대권 후보로서 철혈의 이미지를 확보한 것이다.

백악관은 전혀 사실무근이라 오페라를 불러 댔지만, 여기저기에서 후속 폭로가 이어지며 무게 추는 기울대로 기울어졌다.

그때 또 한국에서 핵폭탄 버금가는 미사일이 발사됐다.

【특종. 한미 동맹 파기!!!】

한국과 미국의 동맹을 무효로 만들자는 제언이 한국 국회에 상정되었다는 소식이었다.

쾅.

원투 스트레이트.

전혀 생각지도 않은 곳에서 두 방 맞은 워싱턴 정계는 근 이십 년 내 이 정도로 흔들린 적 없었다.

한미 동맹 파기였다.

그것이 통과되든 되지 않든 이미 둘째 문제였다.

그 가능성이 한국에서 피어났다는 것.

70년 혈맹이, 그것도 미국의 최전방에서 미국을 지지하던 국가가 단 한 순간에 틀어져 적화되어 간다는 것.

민주주의 수호를 기치로 건 미국으로선 악몽이었다.

가뜩이나 현무 미사일이 주한 미군을 향해 있다는 것도 기겁할 지경인데.

이 시점, 잘못 오판으로 한국과의 관계가 멀어진다는 건.
마주치고 싶지 않은 문제를 파생시킨다.

- 극동에 관한 미국의 영원한 영향력 상실.

가뜩이나 일본마저 개박살 난 가운데 한국마저 돌아선다
면 극동에서 미국이 비빌 언덕은 없었다.

옳다구나. 기회를 잡은 러시아 관영 방송 RT와 중국의 환
구시보에서 대대적인 환영의 뜻을 보였다. BBC나 텔레비지
옹 같은 서방 언론들은 하나같이 우려 섞인 시선으로 미국의
오만을 지적했다.

언론은 다시 백악관에 화살을 돌렸고 부인하는 거로는 더
버티지 못한 바이른은 결국 에어포스 원의 날개를 폈다.

여기에서 희한한 점은 미국이 아닌 한국에서였다.

모든 상황이 한국에 유리하게 돌아가고 있음에도 한국의
내부는 또 기묘하게 정반대의 흐름을 타기 시작했다는 것이
다.

첫걸음은 여기에서부터였다.

【일본에 진출한 장병 중 사상자 속출? 일본의 저항 생각보
다 강력해】

【묵묵부답. 쉬쉬하는 국방부. 일본에선 대체 어떤 일이 벌
어지고 있기에?】

【마이니치 신문. 한국군의 일본인에 대한 인권 유린 상상 초월. 한국군의 실상은?】

【특보. 일본의 역습에 한국 모 부대 전멸?】

살살 건드리는 게 아니었다.

정벌 중인 군인 가족들의 감성을 자극하였다. 이 기사를 쓴 대정일보와 두서너 개 언론이 합심해 불안증을 더욱 크게 부풀렸다.

결국 견디다 못해 폭발한 몇몇 가정의 사례…… 울며불며 군대 간 아들을 보고 싶어 하는 어머니의 인터뷰를 톱 1면에 실으며 공감과 관심을 얻자 다음은 더욱더 자극적이고도 섬뜩한 가짜 뉴스를 퍼트렸다.

【우리가 원하는 건 무엇인가? 세계 제패?】

【우리네 평범한 아들들이 총과 칼이 난무하는 전장에 있다. 그들의 삶은 대체 누가 책임지나?】

【아까운 우리 장병들의 생명은 누구를 위한 희생인가?】

【미국 제7함대 오키나와 해상을 지나 북상 중. 장대운 대통령은 저 미국과도 전쟁을 치를 작정인가?】

【중재하려는 미국. 전쟁하려는 한국 대통령. 누가 민주주의의 수호자인가?】

【극비 유출. 일본 말살 계획? 장대운 대통령이 원하는 건 과연 무언인가?】

【전쟁에서의 승리? 그럼 사망한 우리 아들은?】
【말 없는 국방부. 사이에 낀 우리 아들들이 다치고 있다】

노골적인 어조로 전쟁 회의론을 밀어 넣었다. 불온적 단어
로 불안감을 증폭시켰다.

언론은 계속 말했다.

전쟁에서 승리하는 건 좋다. 그런데 죽고 나면 다 무슨 소
용인가?

공감하는 가족들이 늘어날수록 언론은 더욱 강력한 논조
로 정부를 향해 비판의 칼날을 뿌렸다.

그사이 그동안 어디에 숨어 있던 건지 전쟁 반대를 외치
는 시위대가 거리로 나왔고 군인들을 향해 걸어갔다. 계엄
령이 떨어진 거리를 자기 마음대로 활보하며 피켓을 앞세웠
다.

- 대한민국을 절망의 구렁텅이로 모는 장대운은 사임하라.

- 너의 독단적인 야망에 더 이상 우리 아들들을 희생시킬
수 없다.

- 장대운은 물러가라. 장대운은 물러가라.

마주 선 군인들에게 몰려갔고.

멈추는 게 아니라 군인들을 상대로 마구 주먹을 휘둘렀
다.

느닷없이 봉변당한 군인들은 이내 반격에 들어갔고 그 장면을 또 대정일보가 1면 톱기사로 실었다.

【한국의 실상. 이것이 진정 민주주의공화국인가?】

【국민도 몰라보는 극악한 군인들. 한국은 다시 군부 정권 시대로 회귀하나?】

【울부짖어라. 민주주의여. 시일야방성대곡!】

【장대운이여, 장대운이여~~~】

【미국과의 전쟁 시뮬레이션. 단 하루 만에 전 국토가 폐허로 바뀌다!】

【1950년대로의 회귀? 장대운은 진정 악마의 자식인가?】

시위 집회가 금지된 계엄령 상태였음에도 시위대를 조직했다는 건 국민에겐 중요치 않았다. 먼저 주먹을 휘두르며 폭력을 유도했다는 것도 누구 하나 궁금해하지 않았다.

그저 드러난 사실…… 시위대가 군인들의 전투화에 짓밟히고 피 흘리는 장면만이 이미지로 가슴에 못 박혔고 더해서 1950년대 한국의 사진과 2010년 한국의 사진이 자꾸만 비교되며 심장을 후벼 팠다.

국민의 지지율이 급격히 식고 있었다.

"이 개자식들이 진짜."

오늘자 신문을 구기다 못해 마구 찢어 버리는 장대운이었다.

당장에라도 헬기를 돌려 청와대로 향하려는 그를 비서실장 도종현이 막았다.

"참으십시오. 금방 해명될 일입니다."

"압니다. 압니다. 나도 압니다. 근데 아는 거랑 열받는 건 또 다른 겁니다!"

고래고래.

그러나 도종현도 장대운에 못지않았다.

"인정합니다. 아무렴 저도 불안할 정도인데요."

"내가 진짜 하늘에 대고 맹세합니다. 이번 전쟁이 끝나면 이 쉐끼들부터 손볼 겁니다."

"마땅히 그러셔야죠. 더 놔뒀다간 10대조 조상 묘까지 파헤칠 놈들인데요."

"명분은 뭐가 좋겠어요?"

"지금도 훌륭하지 않습니까? 청와대 비서실장마저 불안케 할 정도면 국민은, 장병들의 가족들은 또 얼마나 두렵겠습니까?"

"분열이구나."

"전쟁 중입니다. 국가 반역급이죠. 특히 저 간악한 일본과의 전쟁 중에 감히 국론을 분열시키다니요. 국가 총동원령과는 정반대의 길을 획책하지 않습니까?"

도종현의 논리에 장대운은 또 언제 열받았냐는 듯 피식 웃었다.

"이놈들이죠?"

"대략 짐작하고는 있었지만 이번에 빼박으로 수면 위에 드러났습니다. 이 차가운 계절에 언론을 이만큼이나 자유롭게 놔둔 이유가 그것 아니겠습니까?"

"싹 조사해서 가져오세요. 거의 막바지로 향하고 있습니다."

"그렇지 않아도 조용히 움직이는 중입니다."

"좋아요."

헬기는 강원도를 주파해 경상도로 진입하고 있었다.

"수송대는요?"

"1시간이면 포항항으로 들어온다고 연락받았습니다."

"좋아요. 지금쯤이면 괜찮을까요?"

"빨리 움직여도 30분은 걸릴 테니 딱 적당하겠죠."

"아 참, 우리 특전사 애들은 어디까지 가 있을까요?"

"지금쯤이면 도쿄에 들어가지 않았을까요? 소 사령관이 엄청 몸 달았던데요."

"도쿄 내 한국인의 구출 작전도 중요하다고 해 주세요. 우리 문호가 그러는 거 처음 봤잖아요."

"예."

일본에서 홀로코스트가 터졌다는 소식이 전해진 후 급히 동진 배터리 사장에게서 연락이 왔다. 이정희가 그 어미랑 도쿄로 여행을 갔다고. 어떻게 좀 안 되냐고?

그 순간부터 김문호가 마비됐다.

매몰차게 떼어 놓더니 속마음은 그게 아니었던 거다.

"아직도 이정희 씨 소식이 안 들어왔어요?"

"백방으로 수소문하고 있으나 은밀성을 유지해야 하기에 애로 사항이 많습니다."

"그렇겠죠. 일본의 귀에 들어가면 안 될 테니."

"후우……."

"하아……."

직접 일본으로 가겠다고 난리를 부리는 통에 김문호를 가둬 두긴 했는데.

큰일이었다.

"소 사령관을 믿는 수밖에 없겠네요."

"예."

"그건 그렇고 저기 나고야 길목을 지키는 UDT도 교전이 있었다고 했죠?"

"교전이랄 것도 없습니다. 자위대 소대 병력이 교토로 들어오는 걸 잡았다고 했습니다."

"그 이정미란 분 때문이죠?"

"예, 교토대학병원에 있는 총상 입은 여성을 다른 곳으로 옮기라는 명령을 받았다고 했습니다."

"아주 위험할 뻔했어요."

"해병대 특수 수색대가 기민하게 움직인 공이 크죠."

"김 중장 소원이 이뤄지겠습니다."

"이참에 정식으로 대장 승격시키는 것도 나쁘지 않을 겁니다. 우리 해병대는 미국, 영국, 네덜란드에 이어 세계 4위의 규모입니다. 전투력은 말할 것도 없고요."

"그렇죠?"

"예."

"예, 맞아요. 빨리 가죠. 빨리 가서 우리 새끼들 보고 싶네
요."

"저도 그렇습니다."

포항

남해 함대 수송단.

멀리서 9,000톤짜리 천지급 군수 지원함 대천함이 나타나
는 장면을 부리나케 튀어나온 방송 카메라가 잡았다.

카메라는 서서히 가까워지는 대천함의 모습을 생중계로
송출했는데.

단정하게 차린 젊은 여성 기자가 마이크를 들고 현 상황을
설명하였다.

"지금 들어오는 함선은 남해 함대 소속 대천함이라고 합
니다. 남해 함대 전력은 현재 일본 북부 해안 지대를 장악했
고 나고야와 교토를 가르는 종선을 구축, 일본을 동서로 나
누는 막중한 임무를 수행 중이라 합니다. 그리고 또 하나 아
주 중요한 비밀 작전을 수행하였는데 바로 교토에서 강제 억
류된 우리 국민을 구출하는 것이었다고 합니다. 보십시오.

저 대천함에 지금 구해 낸 우리 국민이 있다고 합니다."

기자가 정보를 빠르게 알리는 와중에도 대천함은 서서히 그 위용을 드러냈고 천천히 정박하였다.

"대천함이 포항항에 입항하였다는 소식이 들려왔습니다. 방금 들어온 소식에 의하면 교토 모처에 감금돼 있던 우리 국민을 해병대 특수 수색대가 침투하여, 단 한 명의 부상자도 없이 무사히 구출했다고 합니다. 아! 마침 하선하고 있습니다. 제가 직접 가서 만나 보겠습니다."

군인들이 경광봉을 아래위로 흔들며 통제하고 있다지만 우르르 달려가는 기자들을 전부 막기엔 무리가 있었다. 금세 숭숭 뚫려 기자들이 항구 앞까지 나아갔고…… 이도 사실 지침이 있었다. 대충 막는 시늉만 해라.

달려간 카메라는 국방색 담요를 걸친, 하나같이 회색빛 수용소복에 남녀들이 한국 땅을 밟으며 울음을 터트리는 걸 담았다. 그들 모두 머리카락이 밀려 있었다. 그 장면이 생중계되었다. 서로 얼싸안고 이제 살았다며 '대한민국 만세!'라고 외치는 감격의 순간이.

개중에는 침상에 실려 나오는 인원도 있었다. 온몸이 붕대로 둘둘 감긴…… 그 장면을 포착하고 이 순간에 동화된 젊은 여기자는 서슴없이 느낀 바를 내뱉었다.

"이것이 바로 일본의 실상입니다. 아무 죄도 없는 우리 국민을 감금하고 욕보인 거로 모자라 무차별적인 폭력을 가했습니다. 국민 여러분, 이 울음소리가 들리십니까? 이제 살았다고 합니다. 대한민국 만세를 외칩니다. 일본에 있는 동안 얼마나 공포스러웠으면 이렇게나 처절히 부르짖을까요?"

울분을 토하였다.

그 울분을 토하는 기자에게 관계자로 보이는 이가 자료를 넘겨주는 장면도 카메라에 찍혔다.

자료를 확인한 기자는 다시 큰 소리로 외쳤다.

"아아, 끔찍한 소식이 하나 더 있습니다. 이분들 중 총에 맞은 분도 계시다고 합니다. 저 간악한 일본이 아무런 저항도 못 하는 우리 국민에게 총까지 쐈다고 합니다. 아아~ 그분 이름이 이정미 씨라고 합니다. 더욱 경악스러운 건 일본이 이정미 씨가 치료받던 병원으로 병력을 보냈다고 합니다. 총을 쏜 증거를 없애려고요. 다행히 우리 해병대 특수 수색대가 먼저 이정미 씨를 찾아냈고 남해 함대 헬기가 출동, 지금은 서울의 모 병원으로 옮겨져 치료받는 중이라고 합니다. 아, 예예, 좋은 소식이 다시 또 하나 들어왔습니다. 이정미 씨가 다행히 위기를 넘겼다고 합니다. 아아, 감사합니다."

대한민국이 발칵 뒤집혔다.

이제나저제나 무슨 소식이라도 나올까 싶어 TV 앞에 삼삼오오 모여 있던 국민이 이를 보고 벌떡 일어났다.

더는 다른 소리는 들리지도 않았다. 구출된 인원이 앞으로 포항성모병원과 포항의료원 등지로 나뉘어 건강 검진을 받게 될 거라는 것도 역시 들리지 않았다.

남자들에게 가한 폭행도 기가 막히지만, 여성들에게 가해진 추악한 일들이 속속들이 알려지며…… 또 이정미란 여성이 어째서 총까지 맞게 됐는지 공개되면서 전쟁 반대로 가던 여론이 단번에 뒤집혔다.

국방부는 이때를 기다렸다는 듯 대외비였던 자료를 풀었다.

현재 우리 한국이 일본 영토의 50%를 장악했음을. 일본은 전력의 80%를 상실한 채 우리 한국의 선처만을 기다리고 있음을.

그중 백미는 해병대 특수 수색대 방탄모에 거치됐던 카메라 영상이었다.

전쟁 개시와 동시에 남해 함대 소속 고속정을 타고 은밀히 침투한 그들의 긴박했던 순간이 2시간 분량으로 생생하게 편집돼 방송을 탔다.

해안에 도착하고 기동하고 목표 지점에 도착, 인질들을 확인하고 포인트 하나하나 점령해 가는 장면은 그야말로 경이로움의 연속이었고 순식간에 자위대 병력을 무장 해제하고 인질들을 구출, 소속을 밝힐 때는 전율이 돋았다.

― 대한민국 해병대 1사단 특수 수색대 상사 이정호입니다. 여러분을 구출하러 왔습니다.

집집마다 환호성이 터졌다.

그러나 이곳은 아직 적진, 위기는 끝나지 않았다.

인질들의 신상을 정리하는 와중 눈물범벅이 된 여성 둘이 이정미의 존재를 알렸고 또 이를 돕겠다고 나선 중년인 백준기가 본인이 사실 해병대 387기라고 밝힐 땐 드라마가 따로 없었다.

모두가 숨죽이며 이정미의 확보를 원했고 특수 수색대의 건투를 빌었다.

홀로 침투한 백준기가 이정미의 위치를 파악하고 알릴 땐 가슴을 쓸어내렸고 병력이 병실을 에워싸고 사경을 헤매는 이정미를 확보했을 땐 눈물을 흘렸다.

몰골 어디 한 군데 성한 곳이 없었다.

이정호 상사가 급히 도민환 중령에게 알리고 도민환 중령은 지체 없이 남해 함대에 알렸다. 급파된 헬기가 교토대학병원 상공에 이르렀을 땐 손에 땀이 홍건했고 특수 수색대의 호위를 받은 헬기가 이륙하고 창공을 향해 날아갈 땐…… 그 시선이 헬기를 따라갈 땐 눈물을 흘리는 이들이 넘쳐 났다.

이때 또 다른 장소가 클로즈업되며 해군 UDT가 화면에 들어왔다.

곳곳마다 요소요소에 자리 잡은 채 사주 경계를 서던 그들의 시선에 두 대의 국방색 트럭이 잡혔다. 일본의 동쪽과 서쪽을 가르는 종선(縱線)의 전위 부대인 만큼 UDT는 누구도 무엇도 통과시키지 않았다. 즉시 움직여 들어오는 트럭의 바퀴를 전부 펑크 내고 적이 혼란에 빠진 사이 급습, 이십여 명의 무장한 자위대를 체포하는 장면이 나왔다.

이들을 심문하는 과정에서 이들의 목표가 드러나는 순간…… 교토대학병원에 있는 총상 입은 여성을 급히 이송하라는 명령을 받았음을 알게 된 순간 국민 모두가 분노했다.

화면도 날아오른 헬기와 포로가 된 자위대를 번갈아 보여주고 있었다.

성우도 일본이 이 사실을 은폐하려 시도하였음을 재차 알렸다.

국민적 분노가 일었다.

일본 자체를 수장시켜 버리자는 물결이 노도와 같이 밀려왔다.

전쟁 반대를 유도하던 여론은 순식간에 입을 다물고 시위대 또한 감쪽같이 사라졌다.

이때 또 하나의 영상이 방송을 탔다.

서해 함대 스토리였다.

예전 서양 관광객이 'V' 포즈로 영상을 남긴 것을 시작으로 작전에 들어간 모든 곳을 생생히 보여 줬다.

스펙터클 드라마틱한 남해 함대 스토리와는 달리 관공서 몇 개 불타오른 것 외 소요랄 만한 게 없어 뭔가 밋밋한 전개였다.

그러나 놀라움은 금세 발견됐다.

주인공은 점령한 장소의 일본인들이었다. 약간의 경계를 할망정 별다른 제지도 받지 않고 생활하고 있었다.

미사일이 날아가는 와중에도 여전히 생업에 종사하고 있다는 것이 사람들을 놀라게 했다.

점령군이 지나다니는데 무서워하지도 않고 배낭 멘 관광객이 오가고 상인은 그들에게 물건 팔고 누구 하나 윽박지르지도 다치지도 않는 이상한 모습이었다.

그때서야 국민도 뭔가 중요한 걸 놓치고 있었음을 깨달았다.

서해 함대 스토리 어디에도 죽거나 다치거나 울거나 하는 장면이 없다. 약간은 우울, 침중 같은 게 섞여 분위기가 무거웠지만, 정상적인 활동을 하는 중.

전쟁하고 있는데.

미사일 한 방이면 일대가 날아가는 무서운 현대전인데.

괴리감이 돋았다.

그래서 궁금해졌다.

저들은 어째서 저리도 태평할까?

막 저렇게 다녀도 되는 걸까?

그럼 우리 군인들은 지금 어떻게 지내는 걸까?

어째서 누가 다쳤는지, 누가…… 죽었는지 피해 사실은 나오지 않을까?

국민 한 명 한 명의 머릿속에 커다란 물음표가 새겨질 때.

비로소 국방부는 한일전쟁에서의 공식적인 피해를 공표했다.

- 사망자 12, 부상자 15.

첨언에 따르면 사망자는 초반 마이즈루 함대의 포격을 받은 독도수비대의 피해라고.

부상자도 독도수비대 외 부대 이동이나 보급 중 자그마한 사고로 다친 것.

즉 피해 전무였다.

믿기지 않는 숫자의 발표에 한국은 물론 세계가 어안이 벙벙할 때 에어포스 원이 오산 공군 기지에 랜딩기어를 내렸다.

대한민국

청와대.

미국 대통령이 오산 공군 기지에 도착했다는 소식과 함께 극비 회담을 요청하였지만, 지금 장대운과 도종현은 곧 탄핵당할 미국 대통령 따위에 신경 쓸 겨를이 없었다.

더 큰 폭탄이 떨어졌다.

물론 악에 받친 미국 대통령도 까다롭긴 하겠지만, 바이른 정도야…… 요리할 방법은 아주 많았다.

"허어…… 이게 뭐야? 이렇게나 많았어?"

"저도 두 눈으로 보고도 믿기지 않습니다."

"대체 이걸 어떻게 해야 해요?"

"저도 잘…… 모르겠습니다."

이곳은 청와대 집무실이다.

대한민국 행정 수반이 국민을 위한 업무를 보는 곳.

이 신성한 곳에 이삿짐 박스로 열 개가 넘는 덩어리가 들어
왔다.

포항으로 간 사이 대통령 경호실장 백은호 앞으로 온 용달
퀵이었는데 누가 보냈는지는 알지 못했다. 어디에 이런 물건
이 있으니 실어다 주기만 했다고 100만 원이나 줬다고. 전화
기도 대포폰이라고.

포항 일정을 마치고 돌아온 백은호가 열어 보고는 기겁해
이쪽으로 가져왔다.

청와대에 리틀 보이가 떨어졌다.

"어떡하지? 어떻게 이 많은 것을 모을…… 아, 아니, 이 정
도면 거의 나라를 갈아엎어야 할지도 몰라."

"더한 후폭풍이 일 수도 있습니다."

일본과 전쟁을 일으킨 장대운마저 난감해할 정도의 물건
이었다.

박스의 내용물들이 가리키는 건 오로지 하나.

일본 부역자들의 신상 명세와 그간 행적들이다.

그 분량만 이삿짐 박스로 열다섯 개.

첫 번째 박스엔 친절하게도 요약본을 꾸려 놨다.

장대운의 손에 있는 것도 요약본이었다.

주력 인사 2백 명과 알게 모르게 연관된 2만 명이 지난 30년간 이 대한민국에 저지른 만행이 고스란히 적혀 있었다.

거기엔 기가 막히게도 지난 대선, 장대운에 관한 설계 자료도 있었다.

"어쩐지 이상하다 했다. 대체 어디에서 이런 놈들이 튀어나오나 했는데. 총알이 이렇게나 넉넉했다니."

"여기 보십시오. 어마어마합니다."

"그래요?"

"일본에서 넘어온 자금 외 운용 자금의 상당 부분을 부동산 투기로 충당했습니다. 이 돈으로 자체적인 조직을 꾸렸고요."

"씨벌, 이러니까 부동산이 안 잡히지. 요소요소 길목을 다지키고 투기를 부추기는데 방법이 있나? 개발 계획도 지들 마음대로 수정했네."

"더 큰 건도 있습니다. 제2, 제3금융권 말입니다."

"거긴 또 왜요?"

"금융, 자본 시장 개방 이후 일본 쪽 자금이 이쪽을 통해 폭발적으로 늘었습니다. 기업 사냥부터 서민 경제 파탄, 특허 침탈 등등 안 끼어든 데가 없는데요. 민족은행이 아니었다면 정말 참담했을 것 같습니다."

"두 눈 뜨고 털리고 있었던 거네요. 나 장대운이."

하지만 이도 결정적인 게 아니었다.

더 큰 게 남아 있었다.

도종현이 입을 다물고 명단 중 하나를 가리켰다.

장대운도 기겁했다.

"이건 또 뭐야? 여기 청와대도 안심할 장소가 아니라는 겁니까?"

"이 자료대로라면 우리가 뭘 하는지 전부 알고 있었다는 얘기가 됩니다."

"……."

"……."

"……."

"……."

"……."

"……."

"……."

"……."

욕도 나오지 않았다.

장·차관 인사부터 국무위원, 민정 수석, 하물며 청와대 행정 직원까지 모두 연루돼 있었다. 청운마저 거르지 못한 것.

장대운은 눈앞이 깜깜했다.

"이거 어떻게 하지?"

"……."

"아니, 이 무서운 걸 누가 보냈을까? 이 정도면 외부에선 절대로 알 수 없습니다."

"그렇겠죠. 여기에 있는 핵심 중의 핵심일 겁니다."

그 순간 장대운의 머리에 뭔가 번쩍 떠올랐다.

"설마 딜인가?"

"아아! 그럴 수도 있겠습니다."

"그렇죠? 이 쉐끼들 죄다 넘겨줄 테니 자기는 사면해 달라는 거. 아니면 빼돌려 달라는 거."

"충분히 가능성이 있습니다."

"일본이 망할 것 같으니까 배를 갈아타려는 거죠?"

"만일 그게 목적이라면 기다려 보면 되겠죠."

"그렇군요."

"예."

"근데 다 공표된 이후에는 딜의 효력이 떨어지잖습니까."

"곧 연락이 오지 않겠습니까? 그리고 상대도 이걸 먼저 보낼 만큼 급하다는 뜻 아니겠습니까?"

"하긴…… 이게 보통 건은 아니지. 일단 기다려 보죠."

"예."

고개를 끄덕이며 이 무지막지한 건에 대한 생각을 정리하려던 장대운은 다시 어떤 생각에 고개를 쳐들었다.

"근데 말이에요. 그게 아니라 진짜라면?"

"예?"

"진짜로 회개하고 죄를 받기 위해서라면 어떤가요?"

"……."

말도 안 된다는 표정의 도종헌이라.

장대운도 금세 동의했다.

"그쵸? 내가 너무 갔죠? 그래, 너무 갔네요. 너무 나간 거네요."

"곧 러시아, 중국, 영국, 프랑스 대사한테 연락이 들어갈 겁니다. 이 건은 잠시 묻어 두고 그들을 맞을 준비부터 하시는 게 어떠십니까? 지금 엄청 몸 달아 있을 텐데."

"아, 그렇지. 바이른은 잘 도착했대요?"

"막 오산 공군 기지에 내렸다고 합니다."

"빨랑빨랑 오라고 하세요. 1시간 내로."

"예, 그리 전달하겠습니다."

"근데 어디로 자리 마련할 겁니까?"

"집무실은 누구도 못 들어오게 봉인해야 하니 안 되겠고. 저기 상춘재가 비었는데 그쪽으로 할까요? 오랜만에 고풍스럽게 말이죠."

"거 좋네요. 녹차나 한 잔씩 하자고요."

"예, 그리 조치하겠습니다."

바이른이 내방한다는 소식은 미국에서 에어포스 원이 날개를 펼 때부터 알았다.

그리 반길 인물은 아니지만 그렇다고 또 치워 둘 인물도 아닌지라.

늙은 엉덩이로 뭉그적대던 평소 행실과는 비교도 할 수 없을 만큼 뭐 빠진 똥개처럼 날아온 이유야 뻔할 테니까.

우리 입장에서는 이게 고민이었다.

이참에 미국에 얻어야 할 게 무엇이고 또 무엇을 얻어야 업적에 한 줄 더 적을 이력이 되고 더한 김에 한국의 미래에도 남길 족적이 될 건지에 대한 고찰이었다.

자본주의적 관점에서도 같았다.

최대 이익이 기대되고 관철될 수밖에 없는 시점이었다. 이럴 때 차포 떼는 건 약으로도 못 고칠 등신짓.

장대운은 핸들이 자기 손에 있음을 잘 알았다.

이 핸들을 어디로 어떤 방향으로 꺾을지는 오로지 자신의 선택에 달려 있었다.

'쉽게는 못 넘어가지. 난 호구가 아니니까.'

그렇기에 장대운은 바이른을 혼자 상대할 생각이 없었다.

지금 주위엔 미국보다 덜할지라도 강자들이 득실하다.

명분도 좋다.

이참에 일본의 처우에 대해 살짝 운을 띄워 보는 것도……

쿠쿠쿡.

"……."

상춘재에 먼저 든 장대운은 얼음 팩으로 머리와 뒷목을 차갑게 하여 열기를 가라앉혔다.

몇 년 전, 대선판에서 달리던 것처럼 또 어릴 적 냇가랑 살얼음판 위를 걸었던 것처럼 감각을 예리하게 다졌다.

어쩌면 지금부터가 진짜 전쟁일지도 모르겠다.

총성 없는 전쟁.

일본을 거의 완벽에 가깝게 처바르고 승리를 목전에 두고 있다지만.

그런 성과로도 21세기는 19세기와 다르게 식민지 건설이 불가능하였다. 그 길을 걷는 순간 UN군과 맞닥뜨리게 돼 있다.

악의 축으로서.

즉 다 먹을 수 없다는 뜻이다.

아니, 전쟁 시작부터 이긴다 한들 다 먹을 수 없다는 것 정도는 알았다.

그랬다간 이 대한민국을 어디로 갈지 계산도 안 잡힐 거대한 소용돌이 속으로 밀어 넣는 격일 테니. 도처에 깔린 게걸스러운 하이에나들이 무슨 짓을 할지도 모르고…… 상식적이지 않은 놈들이니만큼 상식을 기대해선 안 된다는 것도.

그래서 차선책으로 몇 개국 대사를 소환했다. UN 상임 이사국 위주로. 주한 미국 대사만 빼고. 거긴 대통령이 직접 오니까.

"대사들이 도착했습니다. 안으로 들입니까?"

"미국은?"

"5분이면 도착할 겁니다."

"다 도착하면 들여요."

"예."

도종현에게 지시 내리면서도 장대운은 자기 뺨을 꼬집어 보았다.

더 없이 긴장되는 순간이지만 동시에 또 너무도 통쾌하고 짜릿한 순간이다.

저 자존심 센 러시아, 중국, 영국, 프랑스 대사가 말 한마디에 똥개처럼 달려와 대기한다.

어쩌면 아무도 모르게 지나칠 수도 있는 일이지만 그 지나칠 수 있는 일도 원래 할 수 없었던 게 대한민국이란 국격이었다.

"다시는 맛볼 수 없는 호사일지도…… 쿠쿠쿡."

조용히 보성 녹차를 머금은 장대운은 그 기분을 만끽했다. 5분이 지나 우르르 부채꼴 모양으로 깔린 방석에 앉은 다섯 명을 보면서 또 한 번 승리감을 누렸다.

그러나 오래는 지속 못 한다.

이제는 낭만을 내려놓아 할 때.

전투 모드로 돌린다.

"어서 오십시오. 갑작스러운 호출에도 기민하게 응해 주신 점 참으로 감사드립니다."

"당연히 와야지요. 이 중요한 때 이렇게 움직이라고 이 자리에 있는 거 아니겠습니까? 하하하하."

중국이 제일 먼저 반응한다.

다른 대사들도 중국의 말이 맞다며 어눌한 한국어를 내뱉었다.

하지만 바이른만이 마음에 안 든다는 듯 입을 열지 않았다.

격이 안 맞긴 하다.

이 자리는 정상급이나 최소 전권 대사가 와야 옳았다. 사안이 사안인 만큼 그에 걸맞은 무거운 안건이 오갈 테니 어중간한 대사들이 시선을 어지럽히는 건 온당치 않았고 적어도 각 나라의 미래를 결정할 책임자급이 아니라면 자리에 있는 것조차 민폐다.

'조금만 기다려라. 바이른아, 네 밥그릇은 확실히 챙겨 줄게. 첫 스타트를 끊은 베네핏 정도는 내가 알아준다.'

잠시 바이른을 바라보던 장대운은 대사들을 보며 운을 떼었다.

"지금부터 가타부타 외교적 수사는 생략하겠습니다. 나도 바쁘고 다들 공사다망하시고 또 우리 한국의 용건이 무엇인지 무척 궁금해하실 테니까요."

"……."

"……."

"……."

"……."

"……."

대답은 없지만 이미 표정으로 답을 한 대사들을 둘러본 장대운은 이미 식어 버린 녹차로 입을 적시고는 본론으로 들어갔다.

"여러분도 알다시피 전쟁은 끝났습니다. 일본은 끝났죠. 이제 우리 한국에 남은 건 논공행상입니다. 물론 이것도 우리 나름대로 원칙을 세워 진행하는 게 맞고 또 그렇게 할 작정이나 다만 한 가지! 아주 큰 난관이 남아 있더란 말입니다. 저 일본 말입니다. 저 섬나라. 조금 민망한 말씀이긴 한데 본의 아니게 전쟁이 벌어졌고 또 신속하게 망가뜨려 놓긴 했는데. 이걸 또 망가뜨려 놓고 나니 저 큰 땅덩어리를 앞으로 어떻게 해야 할지 판단이 잘 서지 않는다는 겁니다. 아주 머리가 아 픕니다. 이게 한국의 아주 큰 고민거리죠. 어떻게 할까 궁리 하다가 각국 대사 분들이라면 고견이 있을 것 같아 이리로 모 셨습니다. 하여 여쭙겠습니다. 저 일본을 어떻게 하면 좋을 까요?"

쿵.

대사들의 눈에 빛이 들어왔다.

욕망이다.

오면서도 설마설마했지만, 진짜 이 용건일 줄 몰랐다는 표 정들이 외교관의 탈을 뚫고 나왔다.

석 죽어도 미국 대통령이라고 바이른만이 이미 준비했다 는 듯 표정 변화가 없었다.

'역시 실망시키지 않는군.'

씁쓸한 척 고개를 끄덕인 장대운은 너무 괴롭다는 듯 심정 을 토로했다.

"하아…… 일본이 전쟁을 걸지만 않았어도 이런 고민은 없 었을 텐데. 그렇다고 우리 국민이 죽어 나가는데 얌전히 당할 순 없지 않겠습니까? 같이 죽자고 싸웠는데 결과가 예상보다 너무도 좋게 나왔습니다. 이러다 보니 생각지도 않은 암초에 걸렸어요. 여러분도 아시잖습니까. 이 전쟁, 우리가 원한 게 아니라는 거."

"그……렇죠. 일본이 먼저 공격해서 시작되었죠. 한국은 적절히 대응한 것뿐입니다."

눈치도 좋게 중국 대사가 맞장구친다.

중국도 일본이라면 이를 가는 건 같다.

그러자 나머지 대사들도 불필요한 언쟁을 할 필요는 없으니 수긍한다는 듯 제스처를 보냈다.

여전히 조용한 바이른을 본 장대운은 다시 말을 이었다.

"그래서 이게 참 고민이 된단 말입니다. 19세기처럼 전부 집어삼킬 수도 없을 노릇이고……."

러시아, 중국, 프랑스, 영국 대사의 표정이 순간 기괴하게 변했다.

"그렇다고 다 이긴 전쟁을 아무런 소득도 없이 물러날 순 없는 거고. 아시잖습니까? 우리 한국이 그동안 일본에 당한 게 얼마인지."

대사들이 침을 꿀떡 삼켰다.

이들도 지금 장대운이 하는 말이 어떤 의미인지 직감하였다.

그러나 장대운은 이들의 예상보다 더 나갔다.

'가진 것을 제대로 활용할 줄 아는 내공을 가진 자가 얼마나 무서운지 오늘 제대로 보여 주지.'

툭 던졌다.

"먹어도 전부 소화는 어려울 것 같고 생각 같아서는 우리 한국에 호의를 가진 여러분들에게 뚝 잘라 떼어 주고 싶기도 하고……."

입을 떡.

대사들의 눈에도 드디어 경악이 들어찼다.

동시에 깨달았다.

지금 권한으로선 불가다.

장대운 대통령이 원하는 바는 예상보다 훨씬 컸고 자신들의 힘으로는 절대 처리할 수 없었다.

상춘재에 적막이 흘렀다.

팽팽 돌아가는 두뇌들.

그 사이로 들이닥친 오르가슴에 장대운은 자기도 모르게 신음을 흘릴 뻔했다.

너무도 황홀하였다.

그러나 포커판에서 페이스 유지는 절대적인 요소다.

게슴츠레한 눈으로 그들을 쏘아봤다.

"뭐 합니까? 본국에 타진 안 하고. 설마 여러분들이 이 건을 처리할 수 있다는 건가요?"

용수철이 반응하듯 벌떡 일어나는 대사들.

그러나 또 바로 나갈 수가 없다.

미국 대통령 바이른이 이 자리에 있었다.

역시 미국. 어느새 냄새를 맡고 대통령이 직접 오다니.

더는 지체할 수 없었던 대사들은 입술을 깨문 채 나가 버렸고 상춘재엔 두 사람만 남았다.

피식 웃은 장대운은 전에 없이 다정한 말투로 바이른을 맞았다.

"먼 길 오시느라 고생하셨습니다. 미스터 프레지던트."

"……."

"설마 아직도 유감이 있으십니까?"

"……아니오."

"그럴 거라 생각했습니다. 사실 이 정도 시간이라면 그동안의 무례를 갚는 차원으로서도 넘치지요. 아닙니까?"

"맞소. 24시간이면 우린 많은 것들을 할 수 있소."

"자, 그럼 한국의 위치를 인정하시겠습니까?"

"……."

"아직 인정하지 않으시는……."

"인정하겠소."

"아이고, 감사합니다."

"아니오. 내가 더 감사하오. 우리 잘 지내봅시다."

장대운, 바이른이 손을 잡았다.

미국과 함께 가겠다고 선언한 것.

미국이 편들어 주겠다고 선언한 것.

장대운으로서는 더할 나위 없는 결과였고 바이른은 추락하는 지지율을 만회시키고 자신의 명예도 드높일 회심의 카드였다.

두 사람은 5분도 안 돼 의기투합했고 장대운은 마치 20년 지기처럼 구는 바이른을 향해 세뱃돈 받듯 두 손을 내밀었다.

"자, 그럼 미국은 우리 한국에 어떤 선물을 주시겠습니까?"

봉투, 봉투 열렸네.

◇ ◆ ◇

창원 중고차 매매 단지 어딘가.

전면에 가득 찬 모니터와 그 앞에서 무언가 바쁜 사람들을 조용히 뒤에서 지켜보는 신태영의 곁으로 가죽옷을 입은 여성이 나타났다.

박은수였다. 일본에서 활약한.

"준비됐습니다."

신태영은 말없이 일어나 엘리베이터 앞에 섰다.

엘리베이터는 지하로 갔는데 체육관처럼 매트가 깔린 곳이 나타났다. 각종 운동 기구는 물론 살상 무기들도 언뜻 보였다.

그때 석준일과 이도진의 안내로 중년에서 노년으로 넘어가는 남자가 한 명 나왔다.

신태영을 보자마자 공손히 허리를 굽히는데.

"어려운 결심을 하셨습니다."

"아닙니다."

신태영이 남자를 아무런 표정 변화 없이 맞이하자 석준일과 이도진은 살짝 안심하면서도 중년 남자에 대한 경계를 늦추지 않았다.

남자는 현은태였다. 제1야당 원내대표.

그가 비록 신태영을 향해 몸 둘 바 모르는 미소로서 공손히 허리를 굽히고 있다지만 잊어선 곤란했다. 그가 한때 대한민국 최고위 권력자였다는 걸.

그렇지만 신태영은 그런 현은태를 살갑게 대했다.

"얘기는 들었습니다."

"의탁할 곳이 사라졌더군요."

"그렇죠. 국정원은 예전 안기부가 아니니. 임무 마치고 온 요원마저 복귀를 못 받아 줄 정도로 쇠락했죠. 흐음……."

뒷말을 삼킨 신태영은 현은태를 측은하게 바라보았다.

갈 곳 없어진 요원이라.

자그마치 30년이란 임무를 마치고 복귀했건만 받아 줄 곳이 없다. 이 사실을 알리며 찾아온 옛 안기부 1차장과 현은태를 보고 얼마나 놀랐던지.

작전명, 배신자의 배신자라 했다.

30년 전, 안기부 1차장 특명으로 시작된 작전으로 친일 매국노 세력에 침투해 뿌리까지 전부 파악하는 것이 그 골자라.

그 위험한 임무를 받은 20대 전도유망 파릿파릿한 청년이 머리 희끗한 중년이 될 동안 정작 안기부가 먼저 망가지고 박진주 정부 때는 1차장이 맡던 국내 파트마저 없어졌다.

그걸 알면서도 현은태는 임무를 지속하고 있었다.

그 속이 어땠을까?

물론 현은태가 친일 매국노 세력으로 갈아탔을 가능성도 있지만, 같이 찾아온 1차장이 보증하였다. 그가 청운 쪽으로 넘긴 상당수 자료가 현은태로부터 나왔다는 걸.

그리고 현은태는 일본이 패망하는 틈을 타 지금까지 모은 모든 자료를 들고 복귀했다.

"지금쯤 장대운 대통령의 머리가 복잡할 겁니다."

품에서 외장 하드를 꺼내 공손히 내미는 현은태였다.

"청와대에 보낸 내용을 데이터로 정리해 놓은 겁니다."

신태영 대신 외장 하드를 받은 사람은 석준일이었다. 석준일이 현은태 앞에서 경례를 붙였다.

"의심해서 죄송합니다. 정식으로 인사드리겠습니다. 저는 청운무역 과장 석준일입니다. 만나 뵙게 되어 영광입니다. 선배님."

석준일도 안기부 출신이다.

갈수록 정치화되는 안기부에 염증을 느끼고 뛰쳐나온 남자.

"나도 만나서 반가워요. 후배님."

현은태도 경례를 붙이고 서로 악수를 나누었다.

석준일은 그것만으로는 부족한지 미묘한 표정으로 연신 허리를 굽혔다.

"죄송합니다. 제가 1차장님께 확인하고도 계속 의심하는 바람에 심려를 끼쳤습니다."

"아니에요. 그 신중함이 더 믿음직스러웠어요. 대표님의 승인 없이는 누구도 믿어선 안 됩니다. 후배님은 참으로 잘해주시더군요."

"아닙니다. 참으로 민망합니다. 저로선 상상도 못 할 길을 헤쳐 오신 분이신데요. 마땅한 존중을 드리지 못했습니다."

"괜찮습니다. 더한 것도 각오했는데요. 이제 후배님도 마음 놓으세요."

정겨운 장면이나 신태영은 슬슬 피곤해졌다.

전쟁의 대미는 정보전이라 할 수 있을 만큼 정보 획득이 중요했다. 서둘러 현은태가 가져온 정보를 교차 확인하고 그에 걸맞은 조처를 해야 한다.

일본에서의 일도 있고 또 전 세계로 퍼져 나간 파문을 떠올리면 생각해 봐야 할 문제가 한둘이 아니다.

"됐다. 이제 그만하세요. 이정문 씨도 돌아왔으니 차차 지난 일을 얘기하면 되겠지. 신원 회복 절차에 들어가세요."

"아, 예."

"옙."

"이정문 씨."

"예."

"어디 갈 생각 마시고 여기에서 사십시오. 살아도 됩니다."

"⋯⋯!"

미소를 우뚝 멈추는 현은태였다.

충격받은 것처럼 멍한 얼굴.

산전수전 다 겪은 정치 9단 초고수의 표정이라 하기에는 너무도 적나라하였다.

하지만 그 속내를 들여다보면 이해 못 할 것도 아니다.

블랙 요원이었다.

블랙 요원의 운명이란 그렇듯 평안은 없었다.

존재가 드러나는 순간 생명이 위험하였고 자칫 잘못하면 버려지기도 한다. 만에 하나 성공하더라도 원상 복귀는 불가능했다.

현은태는 처음 이 일을 맡았을 때부터 그 사실을 잘 알았고 오늘 이 자리에 나타난 건 순전히 작별 인사 차원이었다.

이 나라를 뜨기 전 마지막으로 신원 회복이라도 할 요량으로. 명예를 되찾으려.

"떠나지 않아도 됩니다. 떠나지 마십시오."

"예?"

"떠날 필요 없습니다."

"정……말이십니까?"

"배신자의 배신자는 오늘로써 종결됐습니다. 이정문 씨가 원한다면 여기에서 살아도 좋습니다."

"신 대표님……."

냉철한 남자의 눈에서 눈물이 주르륵.

다들 영문을 모르겠다는 눈치였다. 현은태를 '이정문'이라 부르고 또 이곳에서 살아도 좋다고 하고 저 제1야당 원내대표 현은태는 감격한 듯 울고.

신태영은 설명이 필요하단 걸 깨달았다.

"오늘 이분이 찾아온 건 복귀가 아니라 마지막 인사를 전하기 위해서입니다. 복귀와 동시에 사라지는 것으로 우리의 부담을 줄여 주려고 말이죠."

"예에?"

"나는 말리고 싶습니다. 스스로 배신자의 배신자가 되어 30년이나 오물 밭에 뒹군 분이십니다. 밖으로 더 내돌리는 건 마음에 들지 않아요. 나는 우리가 이분을 따뜻하게 맞아 줬으면 좋겠습니다."

젊은 이정문이 있었다.

대한민국에 암약하는 무리가 있음을 깨닫고 또 그 무리가 하필 일본에 충성하는 걸 파악한 제1차장이 은밀하고도 끈끈하게 묶인 것들을 소탕하기 위한 어떤 계획을 세운다. 극비를 요하는 이 계획은 그 성질대로 아는 사람이 적을수록 좋았고 한 사람이 낙점된다.

요원이 직접 침투하여 상대의 핵심에 접근하거나 아예 먹어 버리는 너무나도 위험한 계획.

시작 단계부터 마무리까지 무엇 하나 살벌하지 않은 것이 없었다.

바뀐 이름 현은태로 살아 어느덧 다 늙어서 돌아왔다.

한 사람의 인생이 온전히 희생됐다.

모두가 격동하는 사이 현은태가 안정을 찾고 평상심으로 돌아왔다.

이래나 저래나 기막힌 스토리였다.

영화에서나 벌어질 일.

석준일은 묻지 않아도 현은태의 삶이, 그 고난이 어떠했을지 피부로 느껴졌다. 맞다. 그를 자미원에서도 본 적 있었다.

그는 완벽한 매국노였고 앞장서서 매국노들을 지휘하기도 했다.

그게 다 작전이었단다.

도대체 어떤 결심이어야 그런 일을 할 수 있는 건지.

"아닙니다. 내세울 만한 것이 아닙니다. 그저 열심히 살았을 뿐입니다. 언제 끝날지 모를 터널 같았으나 다행히 우리 한국이 전쟁에서 승리하는 바람에 예상보다 일찍 돌아올 수 있었습니다. 사실 우리나라가 전쟁 준비 중이란 걸 일본이 알지 못하게 막느라 혼이 났습니다. 하하하하하하."

"아, 이번 전쟁에도 관여하셨다고요?"

석준일이 물었다.

"일본의 한국 전복 계획은 꽤 오래전부터 진행되고 있었어요. 군, 정치, 사회, 문화, 경제 모든 부분에서 잠식해 들어가고 있었죠. 중간중간 장대운 대통령의 뒤집기 때문에 상당 부분 세력이 깎여 나가긴 했지만 건재했죠. 다행히 제가 인정받아 요직에 들어가는 바람에 활용할 수 있었습니다."

석준일이 입을 떡 벌렸다.

옆에서 듣고 있던 이도진과 박은수도 마찬가지였다. 가만히 있는 건 신태영뿐.

"이 정도면 일등공신 아닌가요?"

"아닙니다. 그동안 벌인 짓에 비하면 새 발의 피만큼 갚은 거죠. 나서서 자랑할 일이 못 됩니다."

하긴 요직까지 올라갔다면 얼마나 많은 피를 봤을까?

머리를 긁적이는 현은태였다. 분위기가 삽시간에 부드러워 졌다. 여기 어디에 제1야당 원내대표가 있는지. 이게 정치 9단 의 면모인지.

석준일은 그러다 또 무엇이 떠올랐는지 물었다.

"보통 예민할 때가 아닌데 어떻게 빠져나오셨어요? 위험하 지 않으셨습니까?"

"제가 좀 특별합니다."

"예?"

"예전 정적과 싸우다 칼에 여섯 번 찔려 죽었다 깨어났는 데. 그때 뭔가 재능이 눈 떴죠."

"정말입니까?"

"하하하하하, 일본에서 감시자로 붙인 놈들 전부 목을 비 틀어 놓고 튀었습니다. 어차피 가정도 꾸리지 않았으니 아쉬 울 건 없었습니다."

제일 놀란 건 이도진이었다.

대표인 신태영에겐 '이정문'이라 불리고 일반인들에겐 현 은태라고 쓰이는 중늙은이는 겉으로 보기에도 꽤 정정하긴 하나 키가 160을 간신히 넘겼고 팔도 앙상한 게 무엇 하나 내 세울 게 없어 보였다.

깔아뭉개면 바로 뼈가 부러질 것 같은 육체.

현은태가 그 낌새를 눈치채고 물었다.

"못 믿겠나요?"

"아니, 그게 아니라."

입이 댓 발 튀어나오는 이도진을 보던 현은태가 고개를 저으며 나섰다.

"우리 후배님에게 교육이 좀 필요한 모양입니다. 이 세계는 너무 상식으로만 보시면 큰일 납니다. 괜찮으시다면 허락해 주시겠습니까?"

"……!"

"간단한 시범만 보여 줄 생각입니다. 나름대로 전장 속에 살며 깨달은 것도 꽤 있고요."

"그래요? 좋은 소식입니다."

신태영이 허락하자 망설이는 이도진의 등을 토닥이고 탈의실로 향하는 현은태였다.

잠시 후, 창원 중고차 매매 단지 지하 어딘가에서 돼지 멱따는 소리가 울렸다.

물론 들어주는 이는 아무도 없었다.

◇ ◆ ◇

캔디 해결사 사무소.

오늘도 제발 좀 이사 가자며 투덜투덜 히스테리 부리며 청소하느라 바쁜 이선혜에게 천강인이 다가갔다.

"선물 가져왔다."

"예?! 갑자기 선물이요?"

천강인이 손에 든 건 가방이었다.

단숨에 그 가방 속에 든 것이 자기 선물인 걸 깨달은 이선혜의 표정에 기대감이 들어찼다.

"지나가다가 좋아 보이길래 주워 왔다. 좋아할지 모르겠어."

"뭔데요? 뭔데요? 꺄악! 선물이라니 너무 좋아. 호호호호 호호호호호~~~."

무턱대고 좋다 웃는 이선혜 앞에다 가방 속 물건을 꺼내는 천강인이었다.

그 손에 싯누런 금괴가 올려져 있었다.

1kg짜리도 아니고 12kg짜리 보디빌더 팔뚝만 한 생금괴.

창을 통과한 빛에 비치자 휘황찬란하기까지 하다.

떵.

"이거면 우리 선혜 씨가 노래 부르는 아파트 구할 수 있을까?"

"……!"

이게 당최 무슨 상황인지 이해하지 못한 이선혜에게 천강인이 말했다.

"돈 필요하다고 하지 않았어? 이거론 부족해? 하나 더 줄까?"

가방에서 12kg짜리 금괴를 하나 더 꺼내 내민다.

"가져."

"……."

어쩔 줄 몰라 하는 이선혜에 그제야 천강인은 자기 머리를 쳤다.

"아차차, 이렇게 주면 곤란하지? 그래, 언제 돈으로 바꾸고…… 그치?"

"……."

"알았어. 알았어. 이것보단 차라리 현금이 낫겠지?"

가방에서 또 뭘 주섬주섬 꺼내는데.

1만 달러짜리 뭉치 200개였다.

순간 이선혜는 돈보다 가방에 더 눈이 갔다.

이런 게 다 들어가나?

"늦둥이 동생들 키워야 한다고 하지 않았어? 돈 모아서 아파트 사 준다고."

"제가…… 언제요?"

"저번에 꽐라 대서 주정 부린 거 몰라?"

"주……정이요? 제가?"

"아무튼 저기 캐비닛에다 넣어 둘 테니까 알아서 빼가."

"……."

"영진이 내년에 초등학교 들어간다며?"

"소, 소장님……."

"다 선혜 씨 거니까 알아서 써. 이러면 당분간 돈 걱정 없지?"

혼자 용무가 다 끝나서 소파에 앉는 천강인을 보며 이선혜는 손을 벌벌 떨었다.

눈앞에 12kg짜리 금괴 2개와 1만 달러짜리 뭉치 200개가 있다.

족히 수십억은 될 것이다.

평생 한 번도 만져 보지 못할 거금.

물어봐야 했다.

동자동 판자촌 입구에 자리한 캔디 해결사 사무소와는 전혀 어울리지 않았다.

"설……마 은행 턴 건 아니겠죠?"

"어! 어떻게 알았어?"

"……!"

헐~~.

그러다 이선혜는 마구 부정했다.

헐은 무슨 헐.

진짜 은행을 털었다면 뉴스에서 온통 난리였겠지.

"이거 어디에서 났어요?"

"오다 주웠다니까."

"똑바로 얘기 안 해요?!"

이선혜의 목소리가 뾰족해지자 천강인도 소파에서 등을 뗐다.

"아이, 이거 다 내 돈이야. 의뢰금 받은 거."

"요새 의뢰받은 거라 봤자 애들 잃어버린 고양이 찾아 준 것뿐이잖아욧!!"

"외국에서 받은 거라니까. 나 돈 많다고 했잖아."

"그야……."

이선혜도 천강인이 외국에서 살다 온 걸 알았다.

가끔 찾아오는 레이첼이라는 여자가 보통 여자가 아니란 것도.

말은 안 했지만, 집까지 쫓아온 스토커에게 몹쓸 일을 당할 뻔한 걸 구해 준 사람이 천강인이었다. 그 덕에 집 벽이 박살 나 월세 보증금 받는 데 애로 사항이 있었긴 한데. 구해 주고는 홀연히 사라진 그 뒷모습을 찾아 며칠을 헤매다 사무소를 연 천강인을 발견했고 경리 직원을 구한다길래 덜컥 들어왔다.

그게 이선혜가 이 보잘것없는 캔디 해결사 사무소에 붙어 있는 유일한 이유였다. 그리고 보니 월급도 밀린 적이 없네.

"정말 소장님 돈 맞죠?"

"그래. 내 거야. 나 돈 겁나 많아."

맨날 이 우중충한 사무실에서 컵라면, 짜장면이나 끼고 사는 남자의 말을 믿기에는 신빙성이 떨어지긴 하지만.

그렇다고 무턱대고 도둑놈으로 몰 수도 없을 노릇이었다.

세상에 누가 이 큰 금괴를 갖고 다닐 수 있는지 이선혜의 상식으로는 도무지 추론해 내기 힘들었다. 돌 반지나 금목걸이, 금두꺼비를 들고 왔다면 차라리 의심이 쉬웠을 텐데.

"……."

"……."

"……."

"……."

"아, 왜~~~~~~~~?"

"……."

"돈 필요하대서 갖다 줘도 그러네. 이거 내 거야. 내 돈 내가 쓰는 데도 허락받아야 해? 정말 그렇게 생각해?"

이렇게까지 말하니 이선혜는 할 말이 없었다.

이게 정말 순전한 호의에 의한 것이라면 무례도 이런 무례가 없다.

"죄, 죄송해요. 너무 큰돈이라……. 제가 소장님을 믿지 못한 게…… 맞아요. 소장님을 믿지 못했어요."

"이제 나 부자인 걸 알았어?"

"……예."

"그러니까 앞으로 애들 의뢰받아도 뭐라 하지 마. 돈 안 받아도."

"알……겠어요."

"좋아. 그럼 이 돈으로 아파트나 한 채 살까? 선혜 씨 어머니랑 동생들이랑 같이 살 수 있는."

"예?!"

"왜 놀래? 선혜 씨 아파트 사 주려고 갖고 온 돈이잖아."

이선혜는 아파트에 살아 보는 게 소원이었다.

아파트는 이선혜에게 부의 상징이다.

그 상징이 갑자기 앞으로 다가왔다.

어려서부터 고이 키워 온 꿈이라 해도 그것이 손에 잡힐 거라곤 전혀 생각지도 못했는데.

번뜩 부담스러운 마음부터 들었다.

이런 식으로 현실이 되는 건 단 한 번도 생각해 보지 못했다.

이건 아니었다.

뭔지 모르지만 이건 아니다.

캔디 해결사 사무소에서 일한 지 고작 1년 남짓.

뭐 한 게 있다고 이 큰 걸 받나?

가진 거라곤 몸뚱이밖에 없는 이 생에…….

"……! 설마 저를 달라시는 건가요?"

"으응?"

"저를 노리시고 이걸 주신다는…….."

"얘가 지금 무슨 소리야. 내가 널 왜 노려? 너 집이 필요하대서 집을 주려는 거 아냐. 이유가 더 필요해?"

"소장님도 집이 없잖아요!"

"내가 집이 왜 없어. 여기 있잖아. 여기."

"사무실이 어떻게 집이 돼요?!"

"얘가 등기부 등본도 안 봤나. 이 건물 내 거라고."

"예?"

멍.

"아파트 싫어? 아파트 좋아한대서 알아보고 있었는데. 그럼 주택으로 사 줄까? 널따란 잔디 마당이 있는 놈으로다."

"소장님…….."

"말만 해. 다 사 줄게."

"소장님, 저한테 왜 이렇게 잘해 주세요?"

울먹울먹.

"왜 또 울려고 그래. 이 좋은 날에."

"맨날 소리치고 맨날 뭐라고 하고 맨날 잔소리만 하는데……. 난 아무것도 도움이 되지 않는데……."

"왜 도움이 안 돼. 선혜 씨는 내 사람이잖아. 내 사람이 집이 없어서 곤란하다는데 마스터가 가만히 있는 게 맞아?"

"그래도…… 그래도……."

울음보가 터지려는 이선혜 뒤로 뉴스 속보가 나오고 있었다.

≪방금 영국 총리가 인천 공항에 도착했다는 소식이 들어왔습니다. 청와대에서 대체 무슨 일이 벌어지고 있는 걸까요? 하루 사이 러시아, 중국, 프랑스, 영국까지 전부 정상급 인사들이 급히 우리 한국으로 들어왔는데요. 하나같이 진지한 표정으로 인터뷰 요청도 받아들이지 않고 수행원들과 사라졌습니다…….≫

◇ ◆ ◇

현은태는 전신 성형에 들어갔다. 정치인적 인위적인 인상을 지우고 평범한 삶을 산 누군가의 모습으로.

그에 걸맞은 새 신분도 생겼는데 이름도 역시 이정문으로 올해 58세였다. 조그만 자영업을 하다가 관두고 은퇴한 남

자. 늦깎이 파이어족.

통통 부어 이전의 인상은 전혀 찾을 수 없는 모습으로 회복기에 들어간 이정문을 보며 박은수도 자기 코 좀 높여 달라고 했다가 석준일에게 혼난 걸 제외하고는 청운은 순탄하였다.

이런 청운처럼 저 멀리 고아한 향취의 청와대 상춘재도 그랬다.

미국 대통령, 영국 총리, 프랑스 대통령, 러시아 총리, 중국 총리.

평시라면 절대 모이지 않을 다섯 명의 외국인이 자리 잡고 있었으나 누구 하나 입을 열거나 어깃장 놓는 놈이 없었다.

UN 총회조차 무시하는…… 세계를 주도하는 귀한 인물들이 잘 구부러지지 않는 다리로 상춘재 방석에 앉아 불편함을 감수하고 있는 이유는 오로지 한 사람을 만나기 위해서라.

분위기는 무거웠다.

흐르는 기조마저 쉽게 유추할 수 있을 만큼 명확히 갈렸다. 미국 대통령 한 명을 두고 네 명이 견제 중.

그때 문이 열리며 한 사람이 들어왔다.

"아이고, 늦었습니다. 급한 일이 생겨 처리하느라. 먼 길 오시느라 다들 고생 많으셨습니다."

가장 늦게 들어온 장대운이 빈자리를 찾아 앉았다.

몇몇은 그마저도 탐탁지 않은 빛이 돌았으나 금세 안색을 감추고 오늘의 주인공을 맞이했다.

사실 하루 늦어 버린 네 명은 후회막심이었다. 아직 전쟁 중이고 주한 미국 대사마저 문전박대당하던 모습에 방심했던 것이 이런 결과를 만들 줄이야.

뒤통수 거하게 맞고 날아온 자리엔 정말 미국 대통령이 똬리를 틀고 있었고 어떻게 먼저 한국의 의중을 알았는지 모르겠지만, 미국이라는 나라에 주어진 하루라는 시간은 아주 많은 부분에서 이권을 앗아 갈 것 같은 불길함을 주었다.

장대운 또한 이들이 보내는 눈빛의 의미를 모르지는 않았다. 이대로 놔둬서도 안 되는 것도 알고 지금부터 아주 중요한 일이 논의될 텐데 시작부터 감정이 틀어져서는 아무것도 안 된다.

"일단 오해부터 풀고 시작해야겠네요. 짐작하신 것과는 전혀 다릅니다. 우리 한국과 미국은 사전에 아무런 교감이 없었습니다. 바이른 대통령께서 상의도 없이 방한하신 겁니다. 이유야 현재 워싱턴에서 흐르는 분위기만 보셔도 아실 테고 이 부분에 대해서는 제가 보증하겠습니다."

조금은 표정이 풀어지는 이도 있었지만 두 사람은 여전히 그대로였다.

특히 러시아 총리가 좋지 못했다.

장대운은 굳이 설득하려 하지 않았다.

"안 믿으시더라도 어쩔 수 없겠지만, 사실을 밝혀 두고 가려는 겁니다. 물론 바이른 대통령께서 일찍 오시는 바람에 여러 가지 사안에 대해 많은 도움을 주시긴 했지만, 아직 결정된 건 아닙니다."

그게 싫다는 얼굴들이었으나 장대운은 전혀 신경 쓰지 않았다.

이 자리는 대한민국과 대한민국의 국제적 위상, 앞으로 변화될 극동의 헤게모니를 쥐기 위한 첫 행사였다. 이들의 호감 따위를 얻겠다고 마련한 게 아니다.

자그마치 후천 년을 이끌어 나갈 시발점.

장대운은 어금니를 지그시 물었다.

지금부터는 작은 것 하나라도 사소히 해서는 안 된다. 역사에 길이 남을 '장대운 님'을 위해서라도.

"서론은 이 정도면 된 것 같고. 본론으로 들어가겠습니다. 이미 보고받고 오셨을 테니 대략의 내용은 짐작하실 테고. 바로 안건으로 넘어갈 생각인데 이의 있으신 분 계십니까?"

있을 턱이 없다.

말대로 무언가 나온 게 없었으니.

현안도 무지막지해 잘못 체면 부렸다간 10원 한 장 못 건지고 돌아갈 수 있다는 걸 모두가 인식 중이라 되레 빨리 꺼내라는 모양새였다.

좋은 방향성.

"한국과 일본은 현재 전쟁 중입니다. 그리고 우리 한국이 거의 완벽에 가까운 작전 수행 능력으로 일본을 박살, 승리를 목전에 두고 있습니다. 여러분도 아시겠지만, 이는 부인할 수 없는 진실이며 내일이 되면 내일의 태양이 뜨듯 변하지 않을 사실일 겁니다. 인정하십니까?"

과반수가 고개를 끄덕였다. 동의한다고.

이들도 한국으로 날아오며 실시간으로 정보를 받았다. 급박한 움직임에 전문 싱크탱크가 철야를 달렸고 향후 극동에서 한국이 차지할 위치가 어떨지까지 적힌 한 장짜리 요약 보고서를 손에 쥐었다.

일본은 졌다.

그것도 무참히.

간노 총리가 결사 항전을 외친다지만 각국 정보부는 간노 총리의 가족이 오키나와에서 미국 망명길에 오른 것도 파악했다. 얼마 남지 않은 군사력도 한국의 미사일 부대가 관서 지방에 말뚝 박는 순간 의미를 상실할 테고 자기들끼리의 분열로 그마저도 곧 망가져 버릴 걸 알았다. 한국의 군사력이 글로벌 파이어파워가 집계한 지수보다 월등하다는 내용도 뒷장에 첨부돼 있었다.

누구도 부인하지 않자 장대운은 그제야 어깨를 누르던 긴장감이 한 스푼 정도 달아난 것 같았다.

이들의 인정을 받았다는 건 세계의 인정을 받았다는 것.

등줄기로 전율이 일었다.

과거 대한제국 시절에 이랬다면 어땠을까?

"이에 우리 한국은 일본과의 전쟁에서 승리를 쟁취한 권리로 여러분께 하나의 제안을 하고자 합니다."

꿀꺽.

누군가의 침 넘어가는 소리가 울린다.

이 작은 소리조차 천둥처럼 들린다는 건 그만큼 집중했다는 것.

상춘재는 작은 숨소리조차 들리지 않았다.

장대운도 볏을 날카롭게 세웠다.

"우리 한국은 저 일본 본토를 다섯 개 지역으로 나눌 작정입니다. 다섯 조각으로 나누어 여러분께 하나씩 맡길 생각이죠. 알아서 통치하시도록."

"예?!"

"뭐라고요?!"

"허어……."

"그거였군."

"……."

21세기형 신탁 통치였다.

이데올로기 시절, 한국의 허리를 가르고 미국 소련이 나눠 먹었듯 일본도 다섯 조각내어 각 나라에 던져 주겠다.

명분도 좋았다.

전범 국가 주제에 자위대로 타국을 침공하였다.

계도의 목적이든 징벌이든 앞으로 절대로 무력 집단을 가질 수 없고 100년간 지역별로 각 나라의 신탁 통치를 받는다. 몇몇 나라가, 여느 나라 국민이 잘못된 판단이라고 항의하더라도 수용소에 들이닥친 홀로코스트와 과거사 왜곡, 위안부 문제만 들고 나가도 이 몹쓸 민족을 위해 애써 줄 인간들은 별로 없었다. 그리고 그런 논리의 나열을 굳이 꺼내지 않아도 될 만큼 이들은 강했다.

장대운도 더 끌지 않았다.

"동의하십니까?"

그때 중국 마오창 총리가 손들었다.

"말씀하십시오."

"그럼 한국은 승리의 대가로 무엇을 얻어 갑니까?"

"배상받아야죠. 과거부터 현재까지 당해 온 모든 것을."

"신탁 통치에 끼지 않으시고요?"

일본 본토를 어째서 여섯 개로 나누지 않느냐는 말이었다.

장대운은 대답 대신 지도를 꺼냈다.

지도는 검은색 마카로 긴 선이 그려져 있었다.

마오창은 대번에 알아보았다.

"이건!"

"대마도를 포함한 동해와 남해 전체와 부속된 섬. 오키나와 군도와 센카쿠 군도로 이어지는 섬의 권리를 원합니다."

"잠깐만, 잠깐만요. 이 안대로라면 일본이 가진 섬 전부를 한국의 것으로 만들겠다는 것 아닙니까. 일본 본토를 내어 주는 대신 바다를 가져가시겠다고요? 그럼 일본은 어떻게 되는 겁니까?"

"그걸 왜 나한테 묻는 건가요? 알아서 통치하면 되지 않습니까. 설마 일본에게 또 해군을 주시려고요?"

"아아……."

그제야 마오창 총리는 장대운의 의도를 알겠다는 표정이 됐다.

- 일본에게서 바다를 빼앗는다.

섬나라란 특성이 가진 양날의 검이라.

바다를 이용, 어디로든 뻗어 나갈 수 있으나 또 그렇기에 언제 침략당할지 모른다.

이 전략이 어떤 의미인지 깨달은 마오창 총리는 그 때문에 얼굴이 잔뜩 일그러졌다.

'이거 득보다 실이 많을 수도 있겠어.'

일본의 사정은 제쳐 놓고도.

현재 한국이 원하는 지역 중엔 센카쿠 열도도 끼어 있었다. 한창 긴장감이 높아진 영토 분쟁 지역.

이걸 한국의 영토로 인정하는 순간 중국은 남태평양으로 뻗어 나갈 출구를 영원히 잃게 된다. 오키나와와 이어진 작은 섬들로 인해 동중국해도 거의 유명무실해지고.

'흐음⋯⋯.'

물론 일본이 정상일 때도 동중국해는 태평양으로 뻗어 나가는 길이 아니긴 했다. 그 주인이 일본에서 한국으로 바뀐 것뿐이지만 굵게 그어진 마카선의 존재감 때문인지 마오창 총리는 가슴이 답답해짐을 느꼈다. 게다가 신탁 통치할 다섯 개 구역도 아직 정해지지 않았다. 만일 저 북쪽에 별 쓸모도 없는 구역을 받게 된다면 낭패도 이런 낭패가 없다.

그때 장대운이 의미심장한 미소를 보이며 품에서 낱말 카드 비슷한 걸 한 장 들었다.

[中國. 九州(규슈)]

마오창 총리의 눈썹이 힐끗 올라갔다.

'규슈를 준다고? 우리 중국에게?'

규슈였다.

한국에 급히 날아오면서도 기껏 해 봤자 한국, 중국, 러시아, 미국, 프랑스, 영국의 합의체로 일본을 관리할 요량이겠지 판단했던 그로서는 규슈의 독점은 주먹을 꽉 쥐게 할 만큼 강렬했다.

'이러면 이야기가 전혀 달라지지. 규슈의 중요성은 센카쿠 열도와는 비교도 할 수 없어. 규슈만 얻을 수 있다면 대만을 포기하라는 것만 빼고는 다 들어줄 수 있다.'

100년 후 물러가야 한다는 조건도 별것 아니었다. 마음만 먹으면 얼마든지 비켜 나갈 수 있다. 자그마치 100년이다. 중국 본토에 남아도는 인간들만 이주시켜도 규슈에서 일본색을 지우는 건 일도 아니다.

마오창 총리의 입가에 드디어 미소가 맺히자 장대운은 카드 두 장을 더 꺼냈다.

[Russia. 北海道(홋카이도)]

[USA. 中部(주부), 関東(간토), 東北(도호쿠)]

러시아도 만족한다는 듯 고개를 끄덕였다.

가뜩이나 쿠릴 열도를 두고 일본과 신경전 하는 판에 홋카이도를 통째로 먹을 기회를 준다면 더할 나위가 없다. 광활한 영토의 러시아는 땅이 아니라 거슬리는 게 문제니.

미국은 이미 다 알고 있었다는 듯 아무런 반응도 보이지 않았다.

다만 영국과 프랑스는 구역을 정해 놓지 않아 이름이 들어가지 않은 카드 두 장을 내밀었다. 너희들이 알아서 정하라는 듯.

[00. 四国(시코쿠), 中国(주코쿠)]

[00. 関西(간사이)]

영국과 프랑스의 미간이 확 좁혀졌다.

둘 다 Good.

어느 것도 다 좋다.

두 나라는 여태 잘 살다가 어느 순간 자신에게 선택 장애가 있었다는 걸 깨달은 청년처럼 누구도 먼저 고르지 못했다. 한참 동안.

이도 그럴 것이.

덩치는 시코쿠와 주코쿠가 크나 발전도는 간사이가 압도한다.

그러나 발전도가 압도한다는 건 통치가 어렵다는 뜻이다.

어느 것을 선택해도 아쉬움이 남는 결정.

그때 영국과 프랑스는 아직 일본 정부가 살아 있음을 깨달았다. 중국, 미국, 러시아가 가져간 카드를 매만지며 자기들만의 미래를 그리고 있는 게 과연 옳은 건지…….

꺼냈다.

"잠깐, 잠깐만, 전쟁은 아직 끝나지 않았습니다. 미리 이러는 게 맞겠습니까?"

"그렇습니다. 일본이 어떤 선택도 하지 않았는데 우리끼리는 이러는 건 좀……."

자기의 선택 장애를 모두에게 뿌려 버리는 두 나라의 행태에 중국, 러시아, 미국 전부 안색에 짜증이 묻어 나왔다.

그걸 모르는 나라는 없다.

굳이 꺼낼 필요가 없어 입 밖에 내지 않을 뿐이지.

아니면 이 마당에 다시 선택지를 뽑으라는 건지.

난데없는 훼방에 장대운은 얼른 끼어들었다.

"그럼 영국과 프랑스는 빠지겠다는 건가요? 후회하지 않으시겠습니까? 이번 기회를 놓친다면 영원히 일본에 들어올 수 없을 텐데요. 이럴 줄 알았으면 몇 나라쯤 더 부를 걸 그랬습니다. 이리도 배가 불렀을 줄은 몰랐네요."

너희 아니라도 덤빌 나라는 많다.

영국과 프랑스가 빠지는 순간 한국이 얻어야 할 이권 중 하나가 사라지는 게 아까웠지만, 지금은 강하게 나갈 때.

절대로 빠지지 않을 것을 알지만, 장대운은 카드를 회수하려 했다.

그러자 영국, 프랑스도 얼른 집었다. 시코쿠, 주코쿠가 든 카드를 프랑스가 집었고 간사이는 영국이.

장대운은 두말 못 하게 끝맺어 버렸다. 두 정상의 확답을 받고 다른 나라도 똑같이 받았다. 확답을 받자마자 신탁 통치에 관한 조약서까지 꺼내 사인을 받아 냈다. 싫으면 지금이라도 나가라.

"큰 설계는 대략 마친 것 같군요. 잊지 마십시오. 여러분이 우선권을 쥐게 된 건 순전히 여러분이 일본의 주요 채권국이기 때문입니다. 받을 빚을 100년 신탁 통치 권리로 해결하라는 겁니다. 이자까지 쳐서. 무슨 뜻인지 아시죠? 여러분은 채권자로서 일본에 입성하게 되는 겁니다."

"……."

"……."

"……."

"……."

"……."

"자, 이제부터 세세한 부분을 짚어 보도록 하겠습니다. 시작할까요?"

◇ ◆ ◇

한일전쟁의 피날레는 너무도 허무할 정도로 가벼웠다.

바락바락 악을 써 가며 결사 항전을 외칠 때와는 다르게 일본은 한국의 보병 부대가 물밀듯이 들어오고 한국의 미사일 부대가 도쿄 고쿄와 수상 관저를 포함, 홋카이도 전역까지 사정거리에 놓았음을 밝힌 데다 이 와중에 폭격당한 미쓰비시 공업 지대에서 대량의 방사능이 검출되며 큰 논란이 일었다.

일본은 한국이 핵무기를 썼다며 오페라를 불렀지만 확인해 본 바 지하에 비밀 핵 시설이 있었음이 알려지며 세계인의 가슴을 또 한번 쓸어내렸다.

놀란 건 프랑스, 영국, 미국, 중국, 러시아도 마찬가지였다. 특히나 미국은 기겁해 죽을 듯 달려들었고 이들 다섯 국가가 합작해 압박해 들어가자 채 이틀도 못 버티고 무조건적인 항복을 선언했다.

한국은 환호했고 일본은 무릎 꿇고 분루를 흘렸다.

한국은 도도하게 고개를 쳐들었고 일본은 시선을 깔았다.

프랑스, 영국, 미국, 중국, 러시아 다섯 개 국가도 중재에 적극적으로 나설 수밖에 없었다. 그들이 앞으로 통치할 땅이 더 이상 망가져선 곤란해지기 때문이었다. 복구하는 데만 한 세월이 걸린다면 100년의 베네핏은 줄어들 테고 노리던 실익도 유명무실해진다.

진퇴양난의 일본.

정면에서는 한국군이 노리고 뒤에서는 세계 최강대국이라 할 수 있는 나라들이 창칼로 찌른다. 일본이 할 수 있는 일은 없었고 핵이라는 명분마저 줬다. 결국 절망에 빠진 채 종전 협상장에 모습을 드러내고야 말았다.

일본의 거리는 그 침울함만큼 한산했다. 강성이던 우익들도 전부 어디로 갔는지 종적이 묘연했다. 그렇게 일본은 협상 장에서 한국과 나머지 다섯 나라 간 어떤 협약이 오갔는지 알게 됐고 그 사실이 또 한 번 일본을 절망의 구렁텅이로 몰아 댔다.

특히나 미국의 도움이 절대적이었던 것도.

미국은 일찍이 파악하고 있던 일본 내 핵심 관료와 그 가족에 대한 신상 정보를 과감히 풀었고 한국의 손을 들어 주는 거로도 모자라 빠른 해결을 위해 미군까지 동원하였으니 속 수무책일 수밖에.

자위대는 완전한 무장 해제 절차에 돌입했다.

도움을 받은 상륙 한국군 보병 사단은 무혈입성한 요소요소에 태극기를 꽂았고 혹시나 모를 도발에 대비, 주변을 장악해 갔다. 하나하나 거점들을 빼앗긴 일본은 너무도 허무하게 무너졌고 대성통곡을 하며 조약 협정서에 사인하게 된다.

이 모습을 전 세계가 생방송으로 지켜봤다.

장대운 외 한국인 대표 33인 앞에 덴노 일가 외 300명에 달하는 일본 군관경의 핵심 인사들이 사죄를 드리는 모습을.

당연히 이것이 끝은 아니었다.

300명의 인원은 고스란히 한국 여객기에 실려 김포공항으로 들어섰고 들어서자마자 바닥에 머리를 대고 조아려야 했다. 곧바로 독립기념관으로 이동, 거기에서도 똑같은 자세로 잘못했다 용서를 빌었고 마지막으로 위안부 할머니들 앞에 끌려가 또 한 번 성대한 퍼포먼스를 벌였다.

훗날 현대판 삼궤구고두례(三跪九叩頭禮)라 불릴 이 장면은 교과서에도 채택돼 길이길이 남겨져 자라나는 한국 새싹들의 자부심으로써 큰 영향력을 발휘할 것이나.

논란도 있었다.

다 이긴 전쟁에, 압도적인 격차의 승리임에도 어째서 일본 본토를 다섯 개 국가에 신탁 통치를 맡겼냐는 것이다. 이참에 규슈든 어디든 뚝 떼어 와야 하지 않았냐고 자기 같으면 일본의 절반은 최고 먹었을 거라 말하는 정치인과 언론, 이걸 빌미로 시위하는 이들이 생겼다.

반면, 정부의 결정이 탁월했다는 의견도 있었다.

식민지 건설할 게 아니라면 굳이 저 아비규환에 깊숙이 들어갈 필요가 있냐는 것이다. 일본 북부 해안 지대에 들어가는 모든 도서와 영해를 전부 한국의 영토로 넣었고 태평양으로 이어지는 오키나와 등의 도서들까지 얻음으로써 한국의 잠재력은 이전과는 몇 배나 더 성장했다는 칭찬 일색이라.

적당히 먹고 떨어지고 견제는 실질적으로 일본을 통치할

다섯 개국이 받을 테니까 겸사겸사 다 좋다는 것.

일본과 맺은 불평등 조약도 전부 무효가 됐고…… 7광구의 권리도 포함…… 두 논리가 온라인으로 부딪치며 치고받는 동안 논공행상은 순탄하게 풀렸다.

한국군 보병들은 점령이 안정되자마자 맡은 지역을 이 잡 듯 뒤지며 일제강점기 시절 찬탈해 간 문화재를 찾기 시작했 다. 도쿄, 센다이, 나고야, 나라, 오사카, 교토 등지에 드러난 문화재 양만 60,000점이 넘고 전역으로 합치면 200,000점이 넘어간다는 학계의 정보를 토대로 박물관은 물론 개인의 수 장고까지 걸리는 족족 탈탈 털어 댔다.

성과도 있었다.

나고야 아이치 현 서미시립도서관에서 1,800여 점을 회수 했고, 교토 오타니대학, 교토대학 두 군데서는 고려대장경을 포함 10,000여 점을, 오사카 부립도서관에서는 청자, 백자 등 5,000여 점, 나라 덴리대학 중앙도서관에서는 규장각지와 유 명한 몽유도원도 외 6,000여 점을 찾아냈고 센다이 동북대학 도서관에서도 500여 점, 가장 큰 도쿄에서는 금동불입상, 조 선왕실의궤, 국조보감 등등 회수한 건만 25,000여 점이 넘어 갔다.

단 일주일 만에 나온 결과였다. 큰 것만 추렸는데도 이 정 도.

보고서를 본 장대운은 대노해서 죽은 놈 무덤을 파헤쳐서 라도 반드시 찾아오라 명했다. 더불어 일제강점기 시절 자행

했던 악랄한 짓거리를 계속 방송으로 내보냈고 이를 본 한국 국민은 공분해 이참에 일본을 바다에 수장시키라는 시위도 하였다.

일본을 식민지 삼으랄 때는 언제고 여론이란 참 간사하다.

Chapter. 80

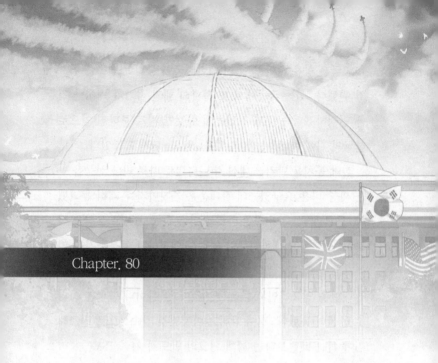

"어쩐 일로 여기까지 찾아오셨습니까?"

"공사다망하신데 시간을 빼앗아 죄송합니다. 제가 오늘 온 목
적은 한 가지입니다. 이번에 큰 약속을 하셨다고 들었습니다.
이에 대해 대통령님의 의중을 살피라는 지령을 받았습니다."

"대만 말입니까?"

"예."

중국 대사가 은밀히 청와대로 들어왔다.

장대운은 자기도 모르게 마른 입술을 혀로 닦았다.

중국이 센카쿠 열도부터 이어도까지 이어지는 라인을 순
순히 내준 이유는 순전히 대만 때문이다.

하나의 중국 그리고 태평양으로의 바닷길.

313

중국은 향후 대만 병합 시 대한민국이 중립 스탠스를 취하길 원했다. 이는 극동에서 또 하나의 패권 국가가 태어난 것을 인정하겠다는 뜻과 같았는데 이것만 지켜 준다면 앞으로 한국의 길에 반대하는 일은 없을 거라는 단서도 달았다.

신탁 통치를 맡기는 대신 각 나라별로 따로 만나 선물을 받는 와중 나온 요구였는데 장대운은 듣자마자 흔쾌히 동의했다. 물론 중국 측 조건이 바뀌는 만큼 한국도 다른 조항을 더 붙였다. 북한을 대한민국의 영토로 인정하고 동북공정을 멈추라고.

대만을 얻으려면 북한을 포기해야 할 판이나 중국은 의외로 선선히 응했다. 길이 막히고 이것저것 지속적으로 원조해 줘야 하는 북한보다는 세계 최고의 반도체 기업 TSMC가 버티는 대만의 가치가 훨씬 더 크다고 여긴 것이다. 규슈도 얻었으니.

"그거야 이미 끝난 얘기인데 어째서 다시 꺼내는 겁니까? 혹시 조건을 변경하시겠다는 얘기는 아니시지요?"

"물론입니다. 재확인차입니다. 이왕이면 문서로 남겨 두는 게 서로에게 좋지 않겠습니까? 두 나라 간 우정도 같이요."

"그야 당연하겠죠. 우리도 천천히 세부 조항을 조율하려 했습니다. 서로에게 좋은 쪽으로요."

이야기가 쉽게 진행되자 중국 대사도 만면에 만족하는 표정을 지었는데 그러다 또 무슨 생각이 들었는지 운을 뗐다.

"대통령님, 궁금한 게 하나 있습니다."

"말씀하십시오."

"한국도 대만이 중요하지 않습니까?"

어째서 대만을 버리냐는 것.

한국전쟁 때 가장 도움 많이 준 나라가 대만이 아니냐는 것.

장대운은 피식 웃었다.

여기에 대해서도 할 말이 많았지만, 어차피 중국에 주기로 한 마당에 굳이 얼굴 붉힐 필요는 없다 여겼다.

"간단합니다. 하나의 중국을 존중하기 때문이죠."

"아아, 그렇습니까? 몰랐습니다. 우리의 기조를 지지하시는지."

"우리도 하나의 한국을 원하거든요. 북한만 건들지 않으면 중국이 어떻게 가든 한국은 변하지 않을 겁니다."

"아아, 명심하겠습니다."

"물론 그것도 있지만, 사실 대만이 원체 한국을 싫어하잖습니까. 무슨 억하심정이 있는 건지 있지도 않은 이상한 가짜 뉴스를 대량으로 뿌리더라고요. 중국에 떠도는 한국 관련 가짜 뉴스의 대부분이 대만발인 건 아시죠?"

"그야……."

안다는 표정이 나온다.

중국은 알면서도 선동질을 위해 적절히 이용하는 것이고.

빠꼼이끼리라 굳이 뒷말은 입에 담지 않았다.

"전이라면 모르겠지만, 우리 한국은 이제 대만 따위에 신경 쓸 겨를이 없습니다. 앞으로 무지막지한 예산이 들어올 예정이에요. 영토가 말도 못 하게 넓어졌어요. 국가를 발전시키고 새로 생긴 영토를 확고히 하는 것도 벅찹니다."

"영명하신 판단이십니다. 하하하하하하, 과연 백 년에 한 번 나올까 말까 한 영웅답게 화통하시군요."

"영웅이요?"

"아니 그렇잖습니까? 저 미개한 섬나라 놈들을 일벌백계로 징계한 거로 모자라 세계 최강대국을 상대로도 아주 많은 것들을 얻어 내시지 않았습니까. 이를 영웅이라 부르지 않으면 누굴 영웅으로 부를까요? 하하하하하."

"감사합니다. 그리 말씀해 주시니 마음이 한결 편해지는군요."

이 와중에 거제도에선 홋카이도에 주둔 중이던 오미나토 함대가 동해 함대의 인솔을 받으며 입항하고 있었다. 오미나토 함대는 새 단장하여 넓어진 영토를 수호할 첨병이 될 것이다. 일본은 지금 배타적 경제 수역에 대한 권리를 모두 한국에 넘겨준 상태이고 영해인 12해리까지만 겨우 보존하였고 선박의 이동과 제조도 또한 그에 한에서만 가능하게끔 명시해 발전 가능성을 철저히 제거하였다.

완전한 고립.

배상금 문제도 이런 식으로 아주 간단하게 해결했다.

일본이 가진 우량 채권 전부를 인수하기로 결정한 것.

'이게 진짜 제대로 된 꿀이지.'

일본은 해외에서 빌린 돈보다 빌려준 돈이 400조 엔이나 더 많은 순채권국이었다. 1년 이자만 20조 엔이 넘는다. 참고로 일본은 2018년 기준 1년 예산이 97조 엔으로 한화로 약 970조 원에 달했다. 2019년은 약 101조 엔으로 한화로는 1,030조 원.

일본은 이자만으로도 1년 예산의 20%를 충당하는 나라였다.

한국은 배상금으로 일본의 도서 외 가진 해외 도로, 항구, 공장 등의 인프라와 유가 증권 등 자산 1,100조 엔을 통으로 가져왔다.

부채인 700조 엔은 신탁 통치에 들어간 다섯 국가가 알아서 변제하라 냅 두고.

쌩자산만 쏙 빼 온 것.

이로써 한국은 매년 55조 엔의 이자를 기대할 수 있었다.

대한민국 1년 치 예산이 매년 1+1으로 들어오게 됐다는 얘기다.

'이것 말고도 또 하나 대박이 터졌지.'

세계적으로 꽤 큰 논란을 일으키긴 했는데.

신탁 통치 확정 후 다섯 나라의 동의를 얻은 안건이 며칠이 지나지 않아 미국의 주도로 UN의 특별 케이스로 상정됐고 한국은 두 달이 안 돼 여섯 번째 UN 상임 이사국이 되었다.

돈도 돈이지만.

어쩌면 이것이야말로 한일전쟁의 가장 큰 성과라 할 수 있었다.

대한민국이란 나라가 더는 동아시아의 작은 나라가 아님 이 선포된 격이니.

가히 엄청난 업적이었다.

'죽지. 죽어. 이 같은 업적을 누가 또 세울까?'

중국 대사가 돌아가자마자 장대운과 비서실장 도종현은 다시 머리를 맞댔다.

"일단 잡아들이고 봐야겠죠?"

"그게 나을 것 같습니다. 워낙에 신출귀몰하고 악랄한 놈 들이라 더 놔뒀다간 무슨 짓을 할지 모르겠습니다."

"그래, 계엄령이 유지될 때 처리하죠. 나중에 하려면 절차 가 복잡해요. 도주의 우려도 크고."

"알겠습니다. 지금부터 국가 반역죄 명목으로 전부 잡아들 이겠습니다. 10원 한 장 받았다면 예외 없이."

"오케이, 그렇게 가요. 근데 문호는 아직도 마비 상태예요?"

"회복 중입니다. 이정희 씨 모녀가 수송선으로 입국할 때 제일 먼저 뛰어가 껴안았다고 하더군요."

"하여튼 짜식이 그럴 거면서 되게 비싸게 굴었네요."

"말도 마십시오. 특전사에 끼어 구출하러 가겠다고 얼마나 난리를 피워 댔는지…… 진상도 이런 진상이 없었습니다."

"동진 배터리 대표님은 뭐라세요?"

"그저 감사하다고 하시죠. 문호가 지랄을 해 대 구출이 빨 라졌다 믿고 있으니까요."

"굳이 밝힐 필요 없겠네요."

"지랄한 건 맞으니까요."

"빨리 식이나 올리라 하세요."

"근데 또 문제가 있습니다."

"뭔데요?"

"이번엔 이정희 씨가 퇴짜를 놓는다네요."

"헐~~~."

일본을 다섯 조각내 요리하는 중요한 시점에도 두 사람은 매국노들의 조사를 놓지 않았다.

대통령령으로 한민족 특별 조사단을 발족.

군검경을 포함 국세청, 감사원 등에서 차출한 인원들만 500명이 넘는 대단위의 조직을 구성했다.

그들 모두 모처에 꼬라박힌 채 집무실에 있던 자료를 하나하나 조사하였다. 자료 신뢰도가 어찌나 좋은지 며칠밖에 되지 않았음에도 그 윤곽이 선명하게 드러날 정도라.

본래 이런 일은 이러쿵저러쿵 말도 많고 탈이 많기 마련이었는데…… 특별 조사단이 설립된다는 소식만으로도 언론이 들불처럼 일어나 자유를 억압하느니 독재 정권으로 회귀하냐느니 나불댔고 그 과정에서 인원 선별도 몇 단계를 거치며 굉장한 심력을 들여야 했다.

기밀성과 책임 여부를 위해 누가 누구의 끈을 타고 오는지 명확하게 구분해야 했고 그들의 수십 년 행적을 전부 들춘다는 것도 큰 난맥이었다.

하지만 우리에겐 치트키가 있다.

누군지 고맙게도 날짜별로 인간별로 정리된 자료를 보내주었고 검증하는 차원으로서는 이보다 쉬울 수가 없었다. 인원 선별도 마찬가지로 이래도 되나 싶을 만큼 막 썼다. 아주 순조롭게.

그렇게 오늘 장대운은 자료가 진짜라는 확신을 얻었다.

- 다 잡아 와!

청와대의 명을 받은 군대와 경찰이 사정없이 움직였다.

급작스러운 움직임에 또 무슨 일이 벌어지나 싶은 국민이 불안해질 때쯤 장대운은 대한민국 내 암약하는 매국노에 대한 정보를 풀었고 나라가 다시 한번 뒤집혔다.

그동안 신뢰했던 인물이 주르륵, 지도자라 여겼던 인물이 촤르륵.

증거들이 모두 그들이 최일선에서 조국을 망가뜨린 배신자라고 하였다.

면면이 아주 대단했다. 야당 실세에 다음 대 대통령감이라 불리는 한민당 원내대표 조태정과 제1야당 민생당의 원내대표 현은태, 국회 법사위원장 정민태, 화준그룹 신상조 부회장, 태청물산 이동문 대표, 강원형 검찰총장, 백준삼 대법원장, 대정일보 반도준 등등 이름이 호명되며 이들이 그동안 일본의 사주를 받아 어떤 일을 해 왔는지 고스란히 방송으로 나갔다.

사태는 들불처럼 번져 나갔다.

정관경군을 포함, 학계부터 사회 주요 인사들까지 광범위하게 조직된 체계가 이 나라에 숨겨져 있었고 대한민국이 기회를 잡아 승천할 때마다 다리를 꺾고 날개를 비틀어 막아 왔다는 증거가 명명백백하에 공개됐다.

돈 몇 푼에 동원됐던 일꾼들까지 전부, 싹쓸이하듯 잡아들여 심판대에 올린 장대운.

그가 국민에 물었다.

- 이들을 어떻게 할까요?

다음 날부터 청와대 게시판으로 별의별 얘기가 다 쏟아져 들어왔다.

멍석말이는 기본, 대대손손 털어 버려야 한다느니 돌팔매로 죽여야 한다느니 그냥 죽이는 건 오히려 도와주는 거니까 한 놈 한 놈 잡아다 고문을 하자는 내용도 있었다. 능지처참, 거열 등등 갖가지 고문술을 소개하는 사람들도 생기고.

며칠간 듣고만 있던 장대운은 한 가지 제안했다.

- 그렇게 일본을 존경하고 따른다니 아예 일본에 보내 주면 어떨까요? 문명인으로서 손대기도 끔찍할 만큼 더러운 놈들 때문에 고민하는 시간이 너무 아깝습니다. 괜히 찝찝하기도 하고 괜히 전염병 돌 것 같기도 하고…….

그것 참 괜찮다는 의견이 압도적으로 치솟았다.

다만 한국에서 자라 한국의 은혜를 입었으니 한국에서 얻은 것은 가져갈 수 없게 하자 하여 스위스 금고에 있던 1달러까지 탈탈 털어 일 인당 1가방만 허락하에 모두 일본으로 이송시키자는 의견이 골자가 되어 국회를 통과시켰다.

장대운은 관대하게도 가고 싶은 지역도 선택하게 해 주었다. 미국의 지배하에 들어가는 도쿄가 대부분이었다는 게 함정이었지만.

어쨌든 이 일로 한국도 타격을 입었다.

근 3만에 달하는 배신자와 그 가족들까지 총 10만에 해당하는 인원이 쑥 빠진 터라 공백이 생겼다는 건데.

이도 또 특별 채용으로 봉합하여 깨끗하게 마무리 지었다.

◇ ◆ ◇

"돌아가세요."

툭 떨어지는 한 마디에 김문호는 입도 뻥끗 못 하고 병실에서 쫓겨났다.

이제운 대표가 따라 나가 그의 어깨에 살포시 손을 올렸다.

"오늘은 이만 돌아감세."

"예, 내일 또 찾아뵙겠습니다."

"그러게."

돌아가는 김문호를 보던 이제운 대표는 이해할 수 없다는 표정으로 이정희에게 돌아왔다.

얼마 전까지 죽고 못 산다고 굴던 딸이 어째서 김문호를 내칠까.

그러나 묵묵히 창밖만 내다보는 이정희를 보는 순간 목까지 올라온 질문을 삼켰다.

슬퍼 보였다.

분노, 짜증, 삐침이 아니었다.

고통이었다.

둘 사이에 도대체 무슨 일이 있었길래.

딸과 아내가 그 험한 일본에서 무사히 돌아왔다는 것만으로도 감사한데…… 협력사로 손잡으려던 일본 기업 대표가 필사적으로 보호해 준 덕에 이렇게 상처 하나 없이 아비의 품으로 왔건만.

딸아이에게는 또 한 번의 시련이 남아 있는 듯했다.

"……"

다음 날 김문호가 다시 왔다.

와서 별말 없이 앉아만 있다가 돌아갔다.

그다음 날도 김문호는 조용히 앉아 있다가 돌아갔다.

그다음 날도…….

그다음 날도…….

김문호는 딸아이의 모든 것을 눈에 담으려는 듯 뇌리에 각인이라도 하듯 바라보기만 하고는 돌아갔다.

세상과 관계없이, 이 세상에 둘만 있는 듯이.

◇ ◆ ◇

새로운 희망 혹은 내일 손에 넣을 비전 등을 기약하며 온 나라가 들썩였다.

쓰시마, 오키나와, 센카쿠 열도가 통째로 영구 할양되고 그에 붙은 도서와 배타적 경제 수역이 한국의 영토가 되며 그 지역을 기반으로 살아가던 일본인들은 선택의 기로에 섰다.

이대로 살며 한국 국적을 취득, 대한민국을 조국으로 삼을지 아니면 중국, 프랑스, 영국, 미국, 러시아가 통치하는 곳으로 이주하여 여전히 일본인으로 살지.

전쟁도 전쟁이지만 전쟁과 아무런 관련도 없던 다섯 나라가 일본을 쪼개 통치에 들어간다는 소식은 세계를 경악하게 만들었고 한국을 거부하여 고향에서 나가야 하는 일본인들은 눈물을 뿌리며 시위를 하였다.

'일본은 일본인의 손으로'를 외치며 시위대의 가두 행렬이 각 나라 관영 매체를 통해 실시간으로 퍼져 나갔고 새로운 식민지의 탄생에 기겁한 시민들은 영국, 프랑스, 중국, 미국, 러시아를 규탄했다. 물론 찬성하며 합당한 조치였다고 하는 이들도 반대편에 몰려 환영을 하였지만.

어쨌든 세계의 이목이 전부 한국과 일본에 몰려 있을 때도 캔디 해결사 사무소는 운 좋게 최상층 복층 구조로 나온 아파트를 매입하여 가구도 채우고 가전도 넣으며 하루하루 즐겁게 보냈다.

"우리 영진이 유치원은 어때요?"

"조아여."

"좋아요? 선생님도 좋고 친구도 다 좋아요?"

"예, 선생님도 조코 칭구도 조아여. 다 조아여."

노란 유치원 가방에 알록달록 예쁜 옷을 입고 아침부터 정성스럽게 빗은 머리로 생글생글 웃는 이영진은 사랑스럽기 그지없었다.

이런 일에 경험은 없지만 그래도 최선을 다해 아파트 앞 유치원 버스 자리까지 배웅할 천강인은 그만 귀여움의 격정을 이기지 못하고 영진을 꼬옥 껴안고 말았다.

"형도 영진이가 좋아요."

"영진이도 형 조아여."

"아으으, 좋아."

터지는 콧소리와 함께 천강인은 영진의 손을 잡고 현관문을 나섰다.

뒤에서 나갈 준비하던 이선혜가 지금 뭐 하는 짓이냐고 쳐다보았다. 천강인은 전혀 신경 쓰지 않았다.

"오늘은 내가 유치원 버스 태울 거야."

"무슨 소리예요? 내 일이에요."

"내일 하세요. 가자. 영진아. 오늘은 형이 데려다줄게. 이따가 누나가 데리러 갈 거야. 좋지?"

"조아여~~."

신나서 나가는 둘을 쳐다만 보는 이선혜의 어깨를 정순길 여사가 툭툭 쳤다.

"호호호호호, 소장님이 우리 영진이를 이렇게 살뜰히 챙길 줄은 몰랐네. 보기 좋지 않아?"

"응? 그게 무슨 말이야?"

"조금 더 살면 보이네. 남자가 저렇게 나서는 건 마음이 있어서지. 소장님처럼 멋진 사윗감은 생각도 못 했는데. 너도 이제 사랑받고 가정도 이루고 살아야지."

"엄마!!!"

"아, 깜짝이야. 얘는 아침부터 소릴 지르고."

"소장님이야. 소장님이라고. 함부로 얘기하지 마. 우리 도와주고 영진이 예뻐한다고 우릴 책임지겠다는 게 아니잖아. 행여나 엉뚱한 소리 하지 마. 알았어?"

극구 부인하나 정순길은 전혀 영향받지 않았다.

"그래서 넌 싫어?"

"그건……."

"거봐. 너도 좋잖아. 세상 어디에서 너를 이렇게 챙기는 남자를 찾겠니?"

"……."

"얼른 가. 출근 시간 늦겠다."

"으응, 알았어."

등을 밀려 현관을 나서는 이선혜를 나갈 때까지 물끄러미

처다본 정순길은 기도했다.

딸자식의 행복한 미래를 위해.

이 행복이 영원하길 바라며.

그녀는 며칠 전, 이 펜트하우스를 처음 만났을 때를 기억하였다.

사글세 작은 부엌 딸린 방 하나를 얻어 영진이 어린 것을 끼고 겨우겨우 겨울을 보낸 어제.

화장실도 밖에 있어 일 볼 때마다 차가운 공기에 쓸린 소름에 몸을 떤 어제.

선혜가 멀쩡히 다니던 회사를 관두고 새로운 직장을 얻었다 했을 때까지도 몰랐다. 조금은 더 풍족해진 생활비에 돈을 더 주는 좋은 직장에 들어갔나 보다 여겼다. 그리고 늘 미안했다. 3년 전, 남편이 교통사고 죽고 그때부터 가장이 된 딸아이에게 참으로 면목이 없었다. 기약 없는 하루에 밀어 넣은 것을.

그런데 어느 날, 나라에 전쟁이 터지고 거리가 뒤숭숭할 때 같이 살 집을 얻었다는 연락이 왔다. 이 무슨 소린가 하여 찾아갔건만 이 집에 데려왔다. 직장 상사라고 집만 주고 쿨하게 돌아서는 천강인을 그때 처음 봤다. 남자 앞에선 냉랭해지기 이를 데 없는 딸 선혜가 누군가를 필사적으로 잡는 것도 처음 봤다. 또 사무실에서 잘 거냐고. 집 안에 남자가 있어야 안심된다고 기어코 2층에 밀어 넣는 걸 보고서야 둘 사이가 보통이 아닌 걸 깨달았다.

하긴 보통 사이가 아니니까 이런 걸 주는 거겠지.

더구나 영진이만 보면 깨가 쏟아진다.

이 이상 완벽할 수 있을까?

"제가 무슨 복을 더 바라겠습니까. 감사합니다. 감사합니다. 그저 감사할 따름입니다……."

◇ ◆ ◇

미국 밀, 옥수수, 인도네시아 대두 등 곡물과 아르헨티나, 칠레산, 호주산, 미국산 육가공품을 가득 실은 배가, 또 저 멀리 중동산 원유가 속속들이 인천과 부산항으로 들어오고 있었다.

한국이라는 나라는 매년 약 1,500만 톤의 식량과 7,000만 배럴 이상의 원유를 수입해야 유지된다.

이는 날이 갈수록 그 비중이 더 심해졌는데 90년대에서 2000년대로 넘어오며 30%가량 증가했다. 반면, 주식인 쌀 생산량은 3,000만 명분밖에 나오지 않고 비상시 북한 주민 2,800만 명분까지 생각하면 어림도 없었다.

자급률 꽝.

곡물(사료용을 포함)은 28%, 쌀은 98%, 축산육류는 70%, 소고기는 47%.

무역이 끊기면 모자란 만큼 굶어야 한다.

원유도 180일 치가 전부.

일이 터지는 순간 1년 안에 대규모 혼란과 더불어 무정부 사태까지 갈 수 있음을 경제 전문가들도 예고하였다.

겉으론 평안해 보이지만 실은 살얼음판을 걷고 있다는 것.

부작용이었다.

이 나라는 그동안 대외적 확장에만 주력하여 살아왔다. 먹고 사는 생존의 가장 기본적인 대책은 외면하고.

빨간불이 켜졌다. 혹여나 대규모 재앙으로 식량 수급에 문제가 생기는 순간 모든 것이 올 스톱이 될 수 있다고.

중국 중난하이.

"과연 규슈를 얻은 것으로 만족해야 했나?"

"방법이 없었습니다. 급하게라도 뛰어들지 않았다면 우리에겐 기회도 없었을 겁니다."

침중하지만 단호한 마오창 총리의 말에 장리쉰도 고개를 끄덕였다.

"하긴 일본이 그렇게 형편없이 깨질 줄 누가 알았겠어?"

"의표를 찔렀죠. 철수 명령이 떨어지고 일본의 준비 태세가 해제된 순간 한국의 공격이 시작됐으니까요."

"주일 미군은?"

"그 시점 사령관이 본국으로 소환되며 지휘 체계에 공백이 생겼습니다."

"절묘했군."

"우왕좌왕했을 겁니다. 한국에서 쏘아 올린 미사일을 미국이 발견했더라도 전달이 늦었고 일본도 또한 대응이 늦었기에 속수무책으로 당한 겁니다."

"이런 걸 천운이라고 해야 하나?"

"그리 봐도 무방할 겁니다. 세계 전쟁사에서도 손꼽을 만한 전격전이었으니까요."

일본의 자만심, 미국의 매너리즘, 장대운의 과단성, 이 셋 중 어느 하나라도 아귀가 맞지 않았다면 한일전쟁은 이토록 싱겁게 끝나지 않았을 것이다.

여기에서 더 큰 문제는 한국의 승리를 바로 우리 중국이 지대적으로 거들었다는 거다.

전쟁을 전제로 하는 두 번의 영토 분쟁.

그 일련의 사건들이 한국의 전쟁 수행 능력을 비약적으로 상승시켰다.

초탄 1,000여 발.

준비되는 사수로부터 2,000여 발이 더 일본 본토로 떨어졌다.

남아나는 게 없었을 것이다.

이 정도 숫자면 중국도…….

그 미사일이 언제 다 준비된 거냐면 전부 우리 중국에 대응하여 부랴부랴 마련한 미사일이란 거다. 그것이 온전히 일본을 향한 것.

첩보에 따르면 한국은 이번 전쟁으로 폐기 수순을 밟던 미사일의 상당수를 소진했다고 한다. 최첨단 무기도 아니고 쓰레기장으로 가던 무기로 덜컥 승리를 쟁취해 버린 것이다.

이 얼마나 말도 안 되는 결과일까?

허파가 뒤집힐 만큼 배가 아팠다.

"아쉽군. 북한이라도 밀어 버렸어야 했는데."

"압록강 주변 라인 부대를 전쟁 대기 상태로 돌입해 놓았을 줄 누가 알았겠습니까. 한일전쟁이 벌어졌는데 남쪽 부대를 움직인 것도 아니고 말입니다."

"우리가 쳐들어올 걸 대비했다는 건가?"

"남북이 교감했다는 뜻이겠지요."

"흠……."

"북부전구를 움직일 시점 북한으로부터 핫라인이 날아온 것도 의심스럽지 않습니까?"

"그렇지. 그 어린놈의 새끼가 손만 까딱해도 중난하이로 핵을 날리겠다 으름장을 놨지. 감히 나를 위협했어."

"북한에 침투시킨 라인이 소멸되지 않았다면 그렇게 어이없이 물러서지는 않았을 텐데 말입니다."

"후우…… 그렇지."

비통한 심정이었다.

마오창의 말이 전부 옳았다.

북에서 오는 정보만 끊기지 않았다면…… 이렇게 두 손 놓고 봐야만 하는 무기력함은 맛보지 않았을 것이다.

"어쩔 수 없는 일이었습니다. 당시 첩보도 한국군 현무 미사일의 일부가 북부전구로 선회했다는 내용이 아니었습니까. 미리 준비하고 있었다는 뜻이죠."

"압록강을 넘는 순간 한국군이 참전하고 뒤이어 미군도 끼어들었겠지. 바이른이 하루 먼저 온 게 너무 컸어."

"이미 지나간 일입니다. 일본은 패배했고 한국은 일본을 쪼겠습니다. 침공했더라면 규슈를 얻지 못했을 겁니다."

"자존심이 상하는군."

"좋게 보시지요. 우리도 일본에 갚아 줄 것이 꽤 되지 않습니까?"

난징 대학살, 만주사변, 상해사변, 만주국 건립, 당고 협정 등등 20세기 초반 일본에 의해 중국은 자존심 상할 일이 참 많았다.

그러나 더 자존심이 상하는 건 역사를 잊은 인민들이었다.

조상을 짓밟은 일본을 좋아한다. 무분별하게 일본풍을 따라 하고 일본 거리를 만들고 일본을 찬양하는 등 무지몽매한 모습을 보인다.

똑같이 당한 한국은 아직도 잊지 않고 일본이라면 눈에 불을 켜고 덤비는데.

"일본이 저지른 만행을 부각시켜야겠어."

"그것 말고도 한국이 일본을 식량 생산과 경공업 기지로 만들겠다는 제안에 대해서도 대책을 세워야 합니다."

이도 문제긴 했다.

중국은 세계의 공장이다.

중국이 돌아가지 않으면 세계 경제도 돌아가지 않는다.

중국의 세계 공장화는 중국이 세계를 움직이는 기반이었다.

이 공식이 무너지면 중국도 무너진다.

하지만 일본이라면 큰 걱정은 않는다.

다소 침해될 수는 있으나 일본은 그 한계가 명확하니까.

물가, 인건비 면에서 일본은 중국의 상대가 되지 못한다.

수출은 어불성설, 겨우 내수나 돌릴 정도일 것이다.

"일단 사태를 지켜봅시다. 규슈는 기존 계획대로 가고."

"알겠습니다."

"한국의 움직임을 잘 살피세요. 장대운이 또 무슨 짓을 저지를지 모르니까요."

말을 하면서도 장리쉰은 뼈아팠다.

장대운은 이런 날을 예상이라도 했다는 듯 한국 내 중국인을 소개했다.

북한 쪽 라인도 소멸되고 한반도는 완전히 중국의 손을 떠났다.

마오창의 대답도 역시 그랬다.

"주한 대사에게 강력히 전달하겠습니다."

남은 건 고작 주한 대사뿐이었다.

◇ ◆ ◇

"곤란한 문제가 또 있습니다."

"뭔가요?"

"백방으로 알아보긴 했는데 웃돈을 얹어 줘도 산유국들이 생산량을 늘리지 않습니다. 현재 중동 호르무즈 해협과 말레이시아 말라카 해협으로 들어오는 배들이 한계입니다. 더는 팔아 주질 않습니다."

"얼마나 되나요?"

"20만 톤급 다섯 대가 마지막입니다. 지금까지 겨우 1억 배럴을 채웠습니다. 원유만 본다면 한창 부족합니다."

1톤은 약 7배럴이었다.

한국의 일일 원유 소비량이 약 280만 배럴.

한국이 현상을 유지하려면 하루 40만 톤의 원유가 필요하다.

그런데 한국의 공공 및 민간 부문 원유 비축분은 딱 100일분밖에 없다.

4,000만 톤.

2억 8,000만 배럴.

유사시 원유가 끊기는 순간 한국은 100일 만에 정지한다는 것.

물론 수출도 안 하고 줄이고 줄여 허리띠를 졸라매 버티면 몇 년은 가겠지.

그러나 이는 아포칼립스 사태 때나 사용할 만한 방법이다.

버티는 건 절대 능사가 아니다.

이 사실을 깨닫고 일본과의 전쟁 임박 직전, 부랴부랴 주문을 넣어 확보한 원유가 1억 배럴이었다. 50일 치를 겨우 확보한 것.

지금 이 순간도 도신유전에서는 하루 100만 톤의 등유급 기름을 생산하지만……. 이를 일반적인 원유로 환산하면 300만 톤 정도 되긴 한데.

번외로 쳐야 옳다. 절반은 또 남의 것이고.

유사시라는 거다. 어느 날 세계인이 작심하고 플라스틱 쓰레기를 보내지 않으면 끊길 자원이니.

그래서 온전한 우리 것이 있어야 한다.

"골치 아프네요. 7광구는 어떻게 되고 있답니까?"

"겨우 속도가 붙었다고 합니다. 이전까지는 아무래도 조심스러웠고요."

돈 앞에 개차반인 석유 카르텔이라고 하더라도 국제적 분쟁 지역에서만큼은 제 마음대로 굴지 못했다.

발굴에 소극적이었다는 것.

이들이 펼치는 논리는 간단했다.

막말로 신나게 뚫어 놨는데 어느 날 밤에 어떤 놈이 침투해 폭파해 버린다면?

물질적, 인명적 피해는 고사하고 뽑어져 나오는 원유에,

생태계 파괴에, 범인을 잡더라도 책임을 온전히 물을 수도 없다고 했다. 발뺌하면 그만이니.

그래서 대략의 지점만 지정, 확인하고 탐사하는 활동에만 주력했는데 뚫더라도 안전하다는 확신이 생길 때까지 사전 준비 작업만 아주 길게 했다. 덕분에 현도 건설은 그 기간 쫓아다니며 노하우를 상당량 빼먹었다.

"일본이 항복하자마자 시동을 걸었다는 거네요."

"예, 그동안 확보해 둔 지점이 많아 이제부터는 시간이 그리 걸리지 않을 거라 알려 왔습니다."

"반드시 7광구를 열어야 합니다. 그 녀석이 열려야 우리의 혈도도 개방됩니다."

한국의 일일 석유 제품 수출이 75만 배럴 어치였다. 사우디아라비아(164만 배럴), 러시아(148만 배럴), 네덜란드(147만 배럴), 미국(109만 배럴), 싱가포르(96만 배럴)에 이어 6위.

도신유전으로 산유국 행세를 하고 있다지만, 7광구에서 일일 100만 톤급 원유가 터져야 수출 가능한 진짜 산유국이 된다.

"유가 시장이 혼란스럽다는 소식을 들었어요. 사우디아라비아가 이번에 사상 최대 폭의 재정 적자를 기록하자 휘발유 값 67% 인상안을 포함한 긴축안을 내놓았다 하더라고요."

어제 자 신문으로 사우디 정부가 유류 보조금을 축소해 무연 휘발유 가격을 리터당 0.45리얄(140원)에서 0.75리얄(234원)로 67% 올린다고 AFP 통신이 전했다. 고품질 휘발유 가격도 0.6리얄(187원)에서 0.9리얄(280원)로 50% 인상 한다고.

"세계적 기준에서 보자면 여전히 싼 편이지만, 사우디에선 기름값 인상 자체가 이례적인 일이잖아요. 심상치 않습니다."

"예, 체크해 두겠습니다."

"그나저나 우리도 산유국이 되면 기름값을 꽤 줄일 수 있 지 않을까요? 사우디 수준은 아닐지라도."

기름이 나오면 기름값이 싸질 거란 기대가 컸다.

본래 특산품은 산지가 제일 싸니까.

'후후……'

상상만 해도 기분 좋았다.

연평균 1,500원을 오가는 기름값이 어느 순간 700원이나 800원 수준으로 줄어든다면 국민도 7광구의 혜택을 직접적 으로 보는 것이니 모두가 좋아하겠지.

그런데 도종현이 말없이 고개를 젓는다.

"왜요?"

"큰 오해이십니다."

"뭐가요?"

"현 체계대로라면 유가를 아무리 낮춰도 1,100원이 한계입 니다."

"예?!"

도종현의 설명은 이랬다.

휘발유를 기준으로 보통 정유사에서 리터당 200원꼴로

출하되는데 여기에 세금 등을 포함하면 리터당 1,070원이 된다는 얘기를 한다.

200원이 1,070원이 된다고?

이게 무슨 말도 안 되는 마법인가 했는데.

"기본값 즉, 원유 생산과 운송비 등과 정유사 정제 마진 등으로 출하 가격이 리터당 약 200원이 나옵니다."

여기까진 알고 있다.

"그런데 우리나라는 유가와 상관없이 고정된 세금이 있습니다. 교통 에너지 환경세 475원, 지방 주행세 123원, 교육세 71원이 그것이죠. 이러면 리터당 가격이 869원이 되잖습니까."

헐~~.

"여기에 정유사 부가 가치세부터 주유소 부가 가치세, 품질 검사 수수료, 정유사 유통 비용, 주유소 유통 마진 201원이 플러스됩니다. 그래서 1,070원이 나옵니다."

"……."

근거가 있다는 뜻이다.

현 체계에선 아무리 낮춰도 1,100원이 한계라는.

"……이게 그렇게 되는 겁니까?"

"예."

실망스러웠다.

산유국이 돼 휘발유값을 떨어뜨리는 부푼 꿈을 안고 있었는데.

그 업적으로 국민에게 칭찬받을 고민을 하고 있었는데.

세금 때문에 안 된단다.

재료값, 운송비 외 온갖 마진을 더한 것보다 교통 에너지 환경세가 더 많다고.

이게 무슨 말도 안 되는 상황인지.

"그뿐입니까? 여기에 국제 유가가 상승하면 또 오릅니다."

그러네.

유가가 오르면 재료값이 상승할 테고. 판매가도 상승할 테고.

"……."

주유소 기름값이 해외 이슈에 따라 들쑥날쑥한 이유가 있었다.

그렇다고 위정자로서 섣불리 세금을 건드릴 순 없었다.

한국이 가진 고질적인 문제……. 기술 개발, 수출 증대, 북한, 주택 문제, 저출산 등을 해결하기 위해선 국가 재정이 빵빵해야 하니까.

"산유국이 돼도 안 되는 건 안 되는 건가?"

장대운이 미간을 잔뜩 찌푸리고 있는데.

도종현이 시선 앞으로 태블릿 영상을 틀어 줬다.

≪……도신유전에서 수입 원유를 대체하고 있는 이때 교통 에너지 환경세와 지방 주행세, 교육세가 왜 필요한지 모르겠습니다. 없애거나 대폭 줄여야 한다고 생각합니다. 그동안 우리가 낸 세금이 올바로 사용되고 있는지 너무도 의심스럽

습니다. 이 세 가지 세금만 없애도 우리나라는 휘발유를 500
원에 공급할 수 있습니다. ≫

얼핏 들으면 너무도 공감되고 가슴 벅찬 얘기였다.
운전자라면 쌍수를 들고 환영할 얘기.
아래 달린 댓글도 심상찮았다.

→ 사우디도 내수용에 저유가 정책을 사용하다 100조 넘게
재정 적자를 봤다는데 우리가 이걸 하자고? ㅋㅋㅋㅋ 신종
자살 방법인가?

→ 그건 아니죠. 사우디는 국가 재정의 90%를 원유에 의지
하지만 우리는 다르잖아요. 같은 선상에 두면 안 된다고 생각
합니다.

└ 다르죠. 아주 다르죠. 걔들은 땅만 파도 기름이 나오는
데 우린 뭔가요?

└ 우리도 도신유전에서 뽑잖아요. 곧 있으면 7광구에서
도 나올 거고. 때맞춰 할인하자는 겁니다. 기름값이 너무 비
싸요.

└ 수십 년 이상 기름으로 살아남은 나라와 이제 막 시작하
는 나라가 같나요? 걷기도 전에 뛰라는 거잖아요.

→ 산업계는 아주 오래전부터 저가로 유류를 공급하고 있
던데. ㅋㅋㅋ 그 덕에 가격 경쟁력이 좋아져 돈 좀 만졌다던
데. ㅋㅋㅋㅋㅋㅋ

→ 들뜬 폼이 꼭 로또 맞은 사람들 같네요. 로또 맞은 대다수가 불행하게 사는 건 기억하나요?

└ 로또 맞아도 잘사는 사람은 잘삽니다.

└ 비밀로 하고 조심히 몸을 낮춘 사람이나 잘살겠죠. 흥청망청은 패가망신의 지름길입니다.

→ 세금 총량은 절대로 줄지 않을 겁니다. 유류 쪽에서 빠지면 다른 쪽으로 부가되겠죠. 이거 조삼모사 아닌가요?

→ 도신유전에서 기름을 뽑아내고 있다면서요. 조삼모사든 뭐든 이 정도면 내수용 가격은 낮출 여지는 충분하잖아요. 우리는 더 많은 혜택을 누릴 권리가 있어요.

→ 맞습니다. 지금까지 과도한 세금으로 국민을 등쳐먹었으면 슬슬 풀 때도 됐죠.

└ 차를 몰지 않으면 됩니다. 대중교통을 이용하세요. 그럼 등을 처맞을 일도 없겠 ㅋㅋㅋ

└ 님이 뭔데 시비죠? 여긴 할 말 할 수 있는 공간 아닌가요?

└ 말투를 보니 등도 얼마 처맞지 않은 것 같은데. 그냥 욕이 하고 싶은 건가요? 스트레스가 심하면 너희 집에 있는 접시나 깨세요. 어른들 노는 데 끼지 말고. ^^

"누군가요?"

"한민당 의원입니다."

"아직도 한민당이 있나요?"

"아, 죄송합니다. 한민당 출신 초선의원입니다."

전쟁이 벌어지자마자 해외로 튀려 했던 놈들, 공항과 항구에서 잡아들인 배신자들의 한국 국적을 박탈하고 그 재산을 강제 압류하는 작업을 진행하는 중이었다. 게다가 청와대로 온 자료, 즉 지하에서 암약해 온 민족 반역자들을 추려 탈탈 털었더니 현역 국회의원만 58명이 나왔다.

이게 얼마나 기가 막힌 일이냐면, 21대 국회 300석 중 미래 청년당 178석을 뺀 나머지 122석에서 58명이 국가 반역에 참여했다는 뜻이다.

민생당이 52석 중 23석.

한민당이 43석 중 31석.

군소 정당, 무소속 27석 중 4석.

이 일로 한민당은 수십 년 역사를 뒤로하고 소멸되었다.

실망한 국민은 한때 국회 해산까지 외쳤으나 미래 청년당에서는 단 한 명도 나오지 않았고 242석의 국회의원도 건재했기에 재보궐선거 운운하며 보류해 둔 상태였다.

"건방진 놈이네요."

"살아남으려는 거겠죠."

"하긴 한민당 꼬리표가 붙었으니 다음 대 총선에 나와 봤자 답이 없겠네요."

"예, 어떻게든 이름을 알리려 들 겁니다."

"일단은 기름값에 관한 건 보류하시죠."

초선의원 건도 뭉개겠다는 것.

건드려 봤자 그놈 이름값만 높아질 테니.

"예."

"다음 안건은 뭔가요?"

"배상금 사용처입니다."

"아! 이것도 큰일이네요."

한일전쟁에서 승리하며 한국은 배상금으로 일본의 도서 외 일본이 가진 해외 자산 1,100조 엔어치를 통째로 가져왔다.

"달러로 치면 약 8조 달러 정도 되겠네요. 후우~~~."

"그 정도 될 겁니다."

"어마어마하네요. 이러면 1년 이자가 대충 4천억 달러가 넘는 건가요?"

"우리 돈으로 500조 원이 넘습니다."

"모처럼 마음이 웅장해지네요."

그런즉 일본에서 들어온 배상금에 대한 사용처는 굉장한 이슈일 수밖에 없었다.

정부가 어떤 선택을 할까? 온 언론이 국민이 귀추를 주목하고 있는 만큼 말이 참 많았는데.

국가 발전에 써야 한다는 등 국민에 나눠 줘야 한다는 등 강제 징용 피해자들을 위한 재단을 만들어야 한다는 등 아직 들어오지도 않은 돈을 마치 자기 지갑처럼 여기는 이들이 슬금슬금 나타났고 그 노른자 자리를 차지하고자 온갖 협잡질이 다 벌어지고 있었다.

그러나 그런 욕망을 다 합쳐도 새 시대를 여는 장대운의 집요함에 비할 바는 아니다.

"가 봅시다."

"옙."

◇ ◆ ◇

《놀랍습니다. 너무 엄청납니다. 오늘 정부의 발표는 가히 경악에 가깝습니다. 올해 일본에서 들어올 배상금 중 300조 원을 국민께 분배하겠다 하였습니다. 단순 계산으로 일인당 600만 원씩 돌아갑니다. 범죄로 복역 중인 자를 제외한 대한민국 국적자로 인정되는 모든 이가 해당한다고……》

8시 뉴스에서 대대적으로 떠들었다.

빨리 해당 주민 센터로 가거나 온라인 국민 배상금 사이트로 가 신청하라고.

장대운은 이렇게 발표했다.

한일전쟁은 대한민국 모두의 승리이니만큼 첫해 배상금만큼은 전 국민과 나누겠다고.

나머지 200조 원은 국군의 역량 강화와 일제강점기와 관련해 피해 입은 분들께 투입하기로 했다고. 그리고 내년부터 나오는 금액에 관해서는 전액 국가 발전과 복지 분야에 적절히 나누어 사용하겠다고.

난리가 났다.

남녀노소 할 것 없이 만세를 불렀다.

하늘에서 돈이 쏟아진다.

"반응이 좋네요."

"한일전쟁 승리도 가슴이 벅찬데 그 과실까지 돌아온다잖습니까. 싫어할 사람이 있겠습니까? 작은 돈도 아니고."

"그런가요? 하하하하하~~~."

"저도 살다 살다 이런 날을 맞이할 줄은 정말 몰랐습니까? 하하하하하하하."

장대운, 도종현은 서로를 보며 크게 웃었다.

100년 묵은 체증이 싹 가신 것처럼.

한참을 웃고서야 장대운이 미소를 지우고 정색했다.

"이제 시기가 온 것 같습니다."

"맞습니다. 명분도 확실하고요."

"진행할까요?"

"당 대표께 연락드리겠습니다."

다음 타석에 대한 준비는 한일전쟁 시작 전부터 돌아가고 있었다.

전쟁 중에도 일곱 명의 비서들이 문을 걸어 잠근 채 밤낮을 가리지 않고 매진한 결과물이 지금 책상 위에 놓여 있었다.

개헌이었다.

제7공화국을 위한 제의.

'드디어 시작이로군.'

모진 목숨을 잇기 위해 일본을 제물로 바쳤다.

대성공.

'가자. 거침없이.'

이번 개헌의 골자는 새로운 영토에 대한 정의였다. 한일전쟁의 승리로 얻은 한일 배타적 경제 수역에 대한 권리와 일본의 도서들을 대한민국의 영토로 편입하는 것.

달라진 국토를 헌법상에 명시하는 것이다.

덧붙여 대통령 5년 연임제와 국회의원 5년 임기, 만 18세 선거권 부여, 민족 반역자에 대한 가차 없는 응징이 있었다.

민족 반역자 처벌에 관한 내용을 특별법이 아닌 아예 헌법에 기재해 버리자는 것.

누구든 사리사욕을 위해 국가와 민족에 피해를 입혔다간 곱게 못 죽게. 곱게 죽어도 나중에 드러난다면 파헤쳐 버리게.

이외 국회의원의 불체포 특권, 면책 특권 같은 특권도 전부 삭제했다. 급여 50% 삭감과 세비, 기타 편익도 찌이익, 그 위신을 바닥으로 떨어뜨렸다. 물론 이럼에도 워낙에 권한이 막중하여 덤빌 인간이 많긴 한데.

어쨌든 마지막으로는 오권 분립이었다.

사법, 행정, 입법으로 분리되는 기존 구조에서 두 가지를 더 추가하겠다는 내용을 넣었다.

언론과 종교.

"이제부터 모든 뉴스 권한은 새롭게 신설되는 언론부가 관장합니다. 언론부는 기존 언론사가 이행하던 업무를 총괄하고……."

방송사, 신문사 등이 주력으로 하던 뉴스 업무가 바뀐다는 뜻이 아니었다. 그네들이 하던 건 그대로 하되 언론사주, 광고주 같은 민간이 더 이상 영향력을 끼칠 수 없게 만들겠다는 내용이었다.

언론을 사사로이 이용할 수 없게 하겠다는 것.

얼핏 보면 국가가 언론을 소유하겠다는 뜻으로 볼 수 있으나 이는 사실상 언론에 던지는 선물이나 마찬가지였다. 물론 이 와중에 언론인을 두고 재야로 돌아갈지 언론부 소속이 될지 본격적인 가지치기에 들어가겠지만.

어쨌든 초반 저항은 간단히 진화시켰다.

하는 일은 똑같다.

급여와 인사권이 언론사 사장이 아닌 국가로부터 나오게 됐다는 게 다르고 스스로는 국가 공무원으로서 권한을 발휘하게 됐으니 한층 더 대우가 좋아졌다. 그걸 깨닫는 순간 언론 박해니 언론 사정이니 따위 하는 소리는 쏙 들어갔다.

다만 종교 부문은 좀 빡셌다.

맹목적 성향의 신도들은 설득이 불가능했고 종교 내 기득권은 자금 흐름을 제도권으로 옮겨 오는 작업을 거부했다.

결국 분노한 장대운이 몇몇 종교 단체를 털었다.

불교 인사가 벤츠 몰고 유학 다니고 벤츠 몰고 와인 마시러 다니고 공금 횡령해 자기 재산 증식시키고……. 기독교, 천주교 인사도 똑같았다. 북한에서나 하던 자손 승계가 이뤄지는가 하면 온갖 이권 사업에 다 개입돼 정치화되고 있음을……

그 눈살 찌푸릴 행태를 대놓고 풀었다. 또 협박했다. 그들의 치부가 고스란히 찍힌 성관계 동영상으로.

장대운은 외쳤다.

"각성하세요. 세금 내고 투명하게 법의 테두리 내에서 정해진 대로 정당한 활동을 하세요. 오는 20일까지 기한을 드립니다. 그때까지 순응하지 않으면 사이비로 규정, 국민을 현혹하고 국론을 분열시킨 죄로 엄히 다스릴 겁니다."

이게 말만이 아니란 걸 대한민국 누구도 의심하지 않았다.

이미 모든 계좌가 동결 상태.

민족 반역자들이 당한 꼴…… 죄질이 나쁘면 국적이 박탈당해 맨몸으로 추방당하거나 갱생의 여지가 있다면 북한의 수용소로 가는 걸 여태 지켜본 종교인들은 또 어느새 정부 편이 된 언론인들이 쳐들어와 마구 파헤치며 해당 종교 지도자들의 민낯을 가차 없이 까기 시작하고 각 종교 내에서도 사방팔방 각성의 목소리가 올라오자 갈대처럼 흔들렸다.

이것만도 버티기 힘든데.

상대가 하필 헌정 사상 최강의 대통령이었다.

한일전쟁까지 승리하고 온 국민의 지지를 받는 무소불위의 대통령.

그 대통령이 본보기로 누구를 지목한다는 소식이 들려오자, 더는 버티지 못하고 백기를 들었다.

끝, 끝, 끝.

"묻겠습니다. 개헌에 성공한다면 다시 대통령직에 출마하실 생각이십니까?"

국회 질의장이었다.

여덟 대의 카메라가 생방송으로 내부 전경을 담는 이곳엔 수백의 사람들이 밀집돼 오직 장대운의 입만 바라봤다.

장대운도 홀로 고고히 그들을 바라봤다.

개헌이라는 패를 꺼낸 이상 부인하고 겸손한 척하는 건 기만이었다. 장대운도 이 기회를 절대로 놓치고 싶지 않았다. 성공한다면 최장 15년까지 합법적으로 대통령직에 머물 수 있게 된다.

이런 마당에 아니라고 손사래 치는 건 본래 캐릭터와 맞지 않고…… 오히려 노골적으로 대응했다.

"예, 그럴 생각입니다. 국민께서 허락해 주신다면 제가 더 해볼 생각입니다. 물론 저보다 뛰어난 사람이 있을 수 있고 저도 또한 저 아니면 안 된다는 생각을 가진 건 아닙니다. 다만 이 일을 처음부터 수행한 사람으로서 새로 들어와 아무것도 모르는 사람보다 훨씬 더 전문적이고 입체적이지 않을까 자신하는 것뿐입니다. 국민 여러분, 부탁드립니다. 부디 저를 믿고 밀어주십시오. 저를 밀어주신다면 나의 나라, 우리 대한민국이 세계 최강대국으로서 그 기반을 다지는 모습을 보시게 될 겁니다. 만일 제가 오염되고 잘못한다면 5년 후에 심판하십시오. 모든 일은 국민을 위해, 국민의 뜻대로 흘러가게 될 겁니다."

여론은 당연히 좋았다.

인당 600만 원이 쏟아졌다. 4인 가족이면 2,400만 원.

세금도 붙지 않은 생돈이다.

웬만한 근로자의 연봉급 금액이 한 방에 턱.

역대 어느 대통령이 이런 복지를 실현했나?

수백 년 한반도의 응어리를 풀어 준 것도 모자라 자신들만의 축제를 벌이는 게 아닌 국민 모두에게 이 공을 되돌렸다.

이런 대통령이었다. 이런 대통령이 다시 출마하여 세계 최강대국으로서 기반을 닦겠다는데 반대할 인간이 있을까?

우려했던 종교인들의 집단 행동도 극소수였다.

그렇지 않아도 종교의 폐쇄성에 대한 개혁의 목소리가 커지던 참이다.

세금을 내는 대신 공식적으로 국가 지원을 받을 구실이 생겼다. 별정직 공무원으로서 일할 기회를 얻고 성도와 불자들이 자신이 믿는 종교의 상태를 한눈에 볼 수 있다는 점에 찬성이 많았다. 몇몇 인정받지 못한 종교들이 거리로 나와 시위하나 아무도 알아주지 않았다.

그렇게 국민 투표일이 잡혔다.

이번 개헌 일정은 이랬다.

[국회의원 과반수 발의 → 30일간 헌법 개정안 공고(국민의 알 권리와 충분한 여론 수렴을 위해) → 공고된 날로부터 60일 이내 의결(국회의원 2/3 찬성) → 국회 의결 후 30일 이내 선거권자 과반수 투표, 투표자의 과반수 찬성으로 확정 → 대통령의 개헌 공포]

"떨리십니까?"

"설렙니다."

"결과가 어떻게 나올 것 같습니까?"

"방송에서 알려 주겠죠."

모든 방송사의 이목이 국민 투표에 집중됐다.

투표용지에 적힌 건 단지 찬성 혹은 반대뿐.

수많은 시민이 줄을 이어 투표소로 향했고 물론 이 중요한 시점에도 놀러 가는 인간들이 꽤 많았으나 새로운 시대를 연다는 의미에서 이전과는 전혀 다른 투표율을 나왔다.

그리고,

[투표율 82.3%,

찬성 91.2%, 반대 6.3%, 무효 2.5%로

개헌 확정]

만세를 외쳤다.

온 나라가 장밋빛 청사진을 그렸다.

언론 분석에 의하면 이번 개헌은 전쟁의 승리로 고무된 민심이 크게 기울었다는 게 그 첫 번째였고 한순간에 600만 원이라는 거금을 받은 기쁨의 표현이라고 보는 이도 있고…….

그 부정적인 영향에 대해 우려하는 목소리도 있었으나.

공통적으로는 역대급으로 기분 좋은 뇌물 선거였다는 평이 많았다.

어쨌든 명분을 쥔, 다 무너진 야당 따위 반대가 심하든 말든 영토 정의를 공고히 하고 광활한 바다를 손에 넣은 대한민국의 비전은 날로 밝아질 것임을 의심하지 않았고 장대운은 1988년 제6공화국을 개창한 이래 23년 만에 제7공화국이 출범하였음을 선포하였다.

그리고 진짜는 지금부터였다.

7공화국이 열렸다.

새로운 공화국이 열렸으니 모든 선출직 공직자는 선거를 통해 다시 뽑아야 한다.

"이 장대운에게 다시 한 번 힘을 주십시오. 저는 오직 처음과 끝이 같습니다. 국가와 민족을 위해 이 한목숨 바치겠다는 결의를 이어 가게 해 주십시오. 더 복되고 더 큰 나라를 지향하며 세계 속에서 대한민국의 위상을 드높이겠습니다. 국민 여러분, 저를 밀어주십시오~~~~~."

축제 같은 한 달간의 유세였다.

그 끝에 장대운은 93%란 말도 안 되는 득표로 경쟁자를 물리치고 21대 대통령에 당선됐다. 미래 청년당은 의석수 245석을 차지하며 초거대 여당이 됐다.

바야흐로 대한민국은 새로운 장으로 넘어가게 됐다.

〈11권에서 계속〉